《寂寞芳心》电影剧照 1

图书在版编目(CIP)数据

寂寞芳心/(美)塔金顿著；吴贵容译．—北京：首都师范大学出版社，2014.11

(奥斯卡经典文库)

ISBN 978-7-5656-2186-4

Ⅰ.①寂… Ⅱ.①塔… ②吴… Ⅲ.①长篇小说—美国—现代 Ⅳ.①I712.45

中国版本图书馆CIP数据核字(2014)第271834号

JIMO FANGXIN

寂寞芳心

(美)布斯·塔金顿 著　吴贵容 译

责任编辑　刘志勇

首都师范大学出版社出版发行

地　址　北京西三环北路105号

邮　编　100048

电　话　68418523(总编室)　68982468(发行部)

网　址　www.cnupn.com.cn

三河市博文印刷有限公司印刷

全国新华书店发行

版　次　2015年1月第1版

印　次　2015年1月第1次印刷

开　本　880mm×1230mm　1/32

印　张　9.375　插页2

字　数　202千

定　价　29.00元

总序：电影的文学性决定其艺术性

不是每个人都拥有将文字转换成影像的能力，曾有人将剧作者分成两类：一种是“通过他的文字，读剧本的人看到戏在演。”还有一种是“自己写时头脑里不演，别人读时也看不到戏——那样的剧本实是字冢。”为什么会这样，有一类人在忙于经营文字的表面，而另一类人深谙禅宗里的一句偈“指月亮的手不是月亮”。他们尽量在通过文字（指月亮的手），让你看到戏（月亮）。

小说对文字的经营，更多的是让你在阅读时，内视里不断地上演着你想象中的那故事的场景和人物，并不断地唤起你对故事情节进程的判断，这种想象着的判断被印证或被否定是小说吸引你的一个重要原因，也是作者能够邀你进入到他的文字中与你博弈的门径。当读者的判断踩空了时，他会期待着你有什么高明的华彩乐段来说服他，打动他，让他兴奋，赞美。现实主义的小说是这样，先锋的小说也是这样，准确的新鲜感，什么时候都是迷人的。

有一种说法是天下的故事已经讲完了，现代人要做的是改变讲故事的方式，而方式是常换常新的。我曾经在北欧的某个剧场看过一版把国家变成公司，穿着现代西服演的《哈姆莱特》，也看过骑摩托车版的电影《罗密欧与朱丽叶》，当然还有变成《狮子王》的动画片。总之，除了不断地改变方式外，文学经典的另一个特征，是它像一个肥沃的营养基地一样，永远在滋养着戏剧，影视，舞蹈，甚至是音乐。

我没有做过统计，是不是20世纪以传世的文学作品改编成电影的比例比当下要多，如果这样的比较不好得出有意义的结论的话，我想换一种说法——是不是更具文学性的影片会穿越时间，走得更远，占领的时间更长。你可能会反问，真是电影的文学性决定了它的经典性吗？我认为是这样。当商业片越来越与这个炫彩的时代相契合时，“剧场效果”这个词对电影来说，变得至关重要。曾有一段时期认为所谓的剧场效果就是“声光电”的科技组合，其实你看看更多的卖座影片，就会发现没那么简单。我们发现了如果两百个人在剧场同时大笑时，也是剧场效果（他一个人在家看时可能不会那么被感染）：精彩的表演和台词也是剧场效果；最终“剧场效果”一定会归到“文学性”上来，因为最终你会发现最大的剧场效果是人心，是那种心心相印，然而这却是那些失去“文学性”的电影无法达到的境界。

《奥斯卡经典文库》将改编成电影的原著，如此大量地集中展示给读者，同时请一些业内人士做有效的解读，这不仅是一个大工程，也是一件有意义的事。从文字到影像；从借助个人想象的阅读，到具体化的明确的立体呈现；从繁复的枝蔓的叙说，到“滴水映太阳”的以小见大；各种各样的改编方式，在进行一些细致的分析后，不仅会得到改编写作的收益，对剧本原创也是极有帮助的，是件好事。

——资深编剧　邹静之

主编的话：跟随文学人物走进各种各样的命运险境

能参与《奥斯卡经典文库》丛书的编辑工作，我感到特别的荣幸和高兴。说实话，这套丛书的编辑过程不仅给我，也给我们整个编辑团队带来了莫大的兴奋感。

兴奋之一：这是国内首次以大型丛书的形式出版经典电影的文学原著，这无疑是奉献给广大读者的一场阅读盛宴，我们相信无论何种口味的读者，都会从这套丛书里找到自己的最爱，甚至找到陪伴自己一生的精神伴侣。

兴奋之二：我们选择的书目全部是奥斯卡奖得奖或者提名的电影原著。奥斯卡本身就是全球最值得大众信赖的品牌之一，在奥斯卡异常严格的选拔标准下，这一批电影原著小说的艺术质量，还有部分原著是第一次出中文版本，我们之前也并未读过，但读过之后，深为震撼——世界一流的小说确实能带给人直击心灵而又妙不可言的独特感受。

兴奋之三：这套丛书让我们重新认识了文学原著和电影作品之间的互动关系。有的作品我们只看过小说，没有看过电影；而有的作品我们只看过电影，没有看过小说（后一种情况更多一些）。于是在编辑的过程中，我们重新补课，将同一故事的两种艺术形式尽量都补看完整。补完课才发现，文学与电影之间的关系真是太有趣了——电影或者因为时长所限、或者因为视听特性的发扬、或者因为求新求变，通常都要对原来的文学作品做出取舍和改动，电影编剧和导演如何取舍如何改动，背后其实都隐藏着电影创作者的深入思考。而很多文学名著又被不同的电影创作者多次改编，这些不同的电影版本所体现出来的电影创作者的不同趣味、不同表达以及独特个性，每每让我们生发出一种“又发现了一片新大陆”的感觉。我们作为读者和观众，往往会为哪一个电影版本改得更好而争论得面红耳赤——而对于那些两种艺术形式都没看过的朋友来说，我个人的建议，最好先读小说，充分展开自己的想象世界之后，再去看电影，收获绝对不一样。

兴奋之四：比起编剧和导演对文学作品的改编，演员、明星们对文学人物的演绎无疑更能引起大家的好奇和关注，在看完小说之后，带着悠闲而挑剔的眼光，再去评论、比较电影里的明星的表现，甚至去评论、比较不同版本的明星的表现，这给我们带来了数不清的快乐时光。

因为部分原著小说和电影也是我们第一次接触，以上所呈现的，都是我们在编辑过程中非常真实的感受。我们也非常期望我们的工作能带给广大读者同样的兴奋和快乐。《奥斯卡经典文库》为您精心挑选的这些非常优秀的原著小说，完全值得您腾出一点业余时间，全身心投入其中，跟随着那些精彩的文学人物走进各种各样的命运险境，去迎接那些意想不到的感动和震撼。

——北影老师　何亮

导读：另类灰姑娘的故事

小时候看格林童话，结局总是灰姑娘后来与王子过上了幸福的生活。童话是美丽的，令人无比神往。残缺的童话，也会成就另一种美丽，因为唯有真实的力量，才能映照出现实的苦难。

每个姑娘几乎都想能遇到自己的白马王子，而发生一段动人的爱情故事，一段佳话从此常驻心中。梦耶？真耶？在爱情里，早就已经分不清楚了。然而现实中，牵绊着爱情，并不总是恋人之间多变的感情，还可能是其他。

自古，门当户对便是婚姻的一大定律。本书中，女主人公爱丽丝·亚当斯出身贫寒，常遭同龄姑娘的排挤，面对着与自家贫富悬殊的白马王子的一见钟情，爱丽丝迅速沦陷在其英俊的外表与多情的眼神之中，尽管家中父母争吵不断，令自己烦恼不已，兄长怪异的行为同样使爱丽丝难堪，但是又有什么能挡得住爱情的脚步呢？爱着焦躁着，等待着命运的转变，然而，在命运的转角，等待自己的居然是恋人一顿饭之后忙不迭的逃离。

空落落的心，是无处安放，还是就此沉沦？显然这都不是爱丽丝的选择。

爱丽丝是一个独特又普通的女孩。她与所有的女孩一样，也有小小的虚荣心，也渴望凭借婚姻改变自己的命运，但是命运并没有眷顾她。

作者在写这个故事的时候，从现实写到童话，又从童话落到现实，最后在主人公变化中升华个整个故事，让故事有了另一种与众不同的生机。

本书作者布斯·塔金顿（Booth Tarkington，1869－1946）是美国小说家及剧作家。出生于知识分子家庭，他一生共创作小说五十多部，剧本二十五部（十一部与他人合作完成），风格多以讽刺和幽默见长。他与威廉·福克納、約翰·厄普代克是仅有的两次赢得奖普利兹奖的三位小說家。

他的第一部小说《印第安纳来的绅士》（The Gentleman from Indiana）（1899年），描写一位乡村编辑反抗政治腐败的故事。他在三部曲《混乱》（1915年）、《伟大的安伯逊家族》（1918年；1919年获得普利策奖）以及《中部人》（1923年）中反映了社会变迁对一个中西部家庭三代人的影响。作者对于现实的讽刺与描写部分正是来源于他在这些作品中的积累。这些作品对社会的描写，记录了时代变迁中社会的发展变化，是很好的“社会日记”。

本书的直译名是《爱丽丝·亚当斯》，《寂寞芳心》是其根据小说改编后的电影名。这是他的代表作之一，也是他另一部获得普利兹奖的作品。这部小说是被收入《西方正典》的不朽之作，讲述的是一位来自中下层家庭的浪漫女孩幻想破灭的故事。于1935年被搬上大荧幕，后来获得了奥斯卡最佳影片的提名，足见其优秀的程度。

电影纵然以其声画优势见长，但是也有不及书的地方。原作中作者锋利的笔触在文中随处可见，仅用一个词便能将上层社会人士的虚伪和做作表现的淋漓尽致，我常在深夜翻译之时，看到这样闪亮的字句，不禁在心中为他叫好！作者深厚的语言功底，总是能见诸于细节。而这样的功力无疑增加了小说的精彩程度！

作者残忍地将一个本该以童话故事般结尾的故事撕裂，字里行间便将读者又女主人公苦难的现实生活带往浪漫的爱情故事，又在浪漫达到顶峰的时候，凌空一击，将人拖回现实，生动的笔触，锋利的视角，都是电影所不能匹敌的。

这是一部差点与中国读者失之交臂的佳作，自从它问世以来，从未有过中译本，此次中译本首次面世，也恳请各位读者指正。

书与电影，犹如《寂寞芳心》的两生花，同样开得灿烂，开得美丽，开得芬芳。

吴贵容

第一章

一个守旧的男病人，觉得护士犯了一个错——老是晚上把两扇窗户都打开。她无意的忽视，无疑加剧了他对她的不满。每天晚上，他都会告诉她，只要是有点儿常识的人都应该知道晚上的空气对人的身体不好。

“并不是所有的东西，人的身体都能抵御得了，佩里（Perry）小姐，”他愤怒地警告她，“即使是一个孩子，但凡他有那么点儿常识的话，也应该知道不能让病人吹夜风，健康人都不行！‘离夜里的风远点儿，不论你感觉有多好。’那是我小时候妈妈常常告诉我的。‘离夜里的风远点儿，维吉尔（Virgil），’她曾经说过，‘离夜里的风远点儿。’”

“我想，她的妈妈很可能也对她说过这样的话。”护士说道。

“当然，她确实说过，我外祖母——”

“噢，亚当斯（Adams）先生，我猜你的外祖母就是这么说的！那是因为，以前这个平坦的中央之国还是个沼泽地，还没有像现在这样干涸。我猜事实应该是沼泽地里的蚊子叮了人，将疟疾传给了他们，特别是那时他们还没给窗户安玻璃。而我们给这些窗户都安上了玻璃，没有蚊子来叮我们，所以，你现在应该做个好孩子，放松你的大脑，乖乖地去睡觉。”

“睡觉?”他说，“但愿能!”

他觉得四月里夜晚的空气是最糟糕的。他确信那会杀了他，他很肯定。“人类能活下来，那真是个奇迹。”那个月的一天晚上，他一直是这样认为的，“你和医生都应该好好地接受教育，太讨厌了，简直无法忍受！你在毒害一个人，用四月的晚风毒害他——”

“那一点点风还害不到你，”佩里小姐随意地打断他，“明天就是五月夜晚的空气了，我想那对你会好很多，不是吗?现在我们只需要安静下来，当个好孩子，做个安静甜美的好梦。”

她给他服了药，然后将玻璃杯放在了桌子中间，她便返回到自己的小床上，不一会儿，她轻轻的鼾声便响了起来。这时，他因生气没了倦意，开始精神起来。

“睡觉？哦，当然，谢谢!”

然而，他确实断断续续睡了会儿，迷迷糊糊之间，他还做了梦。但是，在他睁眼之前，他忘记了那些梦。通常，他都是整个晚上都这样醒着躺在床上的。他意识到，对于这个城市而言，自己也不过是它千千万万个伟大作品中的一个罢了。

窗外，暮霭沉沉，这个城市中的人们正沉沉地睡去。它坐落在这里，夜晚团团雾气缭绕，湿湿地覆盖着周围的一切，午夜之后，它尽力安静几个小时，但是它的精力实在太旺盛了，根本无法保持安静。甚至当它挣扎着入睡的时候，还在咕咕哝哝，要消化当日的事情，而这些已经和次日轰隆隆的声音掺杂在一起了。

夜车从远处的电车上载来最后一批乘客，还时不时地吼上两声；城市之外的平原上是被煤烟熏得乌黑的郊区，那里工厂林立，金属机械忙碌的声音遥遥可闻；东边、西边，还有南边，引擎咔嚓咔嚓地在铁轨上喷着蒸汽；在这种空气中，仿佛所有的一切都模糊了起来，地下的机器振动着，发出嗡嗡声，引得无数的电线在高空中微微颤动。

年轻的时候，亚当斯很少这样抱怨，如它们扰他清梦的这些事。即使在生病期间，他可能也会为自己作为这个“活着的小镇”上的一员而感到骄傲。但是年届五十五岁时，对于它们，他的心中只剩下了厌恶。因为它们使他无法入眠。正如他所说的，它们“压迫了他的神经”，几乎其他所有的事都是这样。

他听到送牛奶的马车驶进了窗下的十字街，在每一所房子面前停下。送奶工搬着他的牛奶缸在后门的走廊上来来回回地走动，马便往下一个客人的门前缓缓移动，然后停在那里等着。

“他已经进入普罗克斯（Proulx）家，”亚当斯想，接着他又继续这个进程，“我希望在送达安德森（Anderson）家之前，它们统统变酸。”

“现在他正离开。听听这残忍的声音！谁会关心我睡不睡得着！”他抱怨那匹马，它在人行道古旧的砖块上任意踩踏，马蹄之下发出叮叮当当的响声，它尽情地摇晃着身上的挽具，也许只是为了赶走它头顶不远处的一只苍蝇。

光在窗户上投出影像，早起的小麻雀随即唧唧喳喳地叫了起来，吵醒了小花园树上的“邻居”，其中包括一只大嗓门儿的知更鸟。刚开始时，鸟儿们叫声杂乱，但是很快就变得异口同声。

“睡觉？现在？简直该死，难道不是吗！”

夜晚的声响变成了白天的嘈杂。远处汽车引擎发动的声音比起一个小时前的黑夜，变得更加活跃。屋前闪过一阵响亮的哨声，漫不经心地吵着睡梦中的人，可恶的程度远远胜过送奶工的那匹马。此时，一群黑人工人经过，虽然不知道他们是上夜班归来还是在去上白班的路上，但至少有一点是可以肯定的，他们在放肆地开着玩笑，笑声在他们所经过的地方久久回荡。

靠在水壶边的报纸遮住了他的眼睛，但淡淡的微光依旧能够穿透报纸，这对于亚当斯来说已经构成了一种侵略。

他的思绪漫无边际地飘荡着，大多数想象多过于推理，夜间的光线试着阻止黎明的到来，提醒着他心中那些不快之事，虽然他无法明晓到底是哪些不开心的事。

让他更为困惑，备感愤怒的是，对此他无能无力，然而又总是在将要解决的这个点上徘徊。他可能在自我反省中变得更清醒了，他把这一切归因于夜间的灯光，它似乎努力地赶着要走在太阳之前，刺激着他内心半掩藏着的知觉，让他痛苦的情绪再添几分。

嘈杂不再，他又打起了瞌睡，忘记了他正在想的事情了。当他睁开眼睛的时候，他的护士正从小床上起来。可以这么说，他不喜欢看到这个场景。她一张僵硬的脸对着他，感觉就像是在一间又热又干的画室里，拿黏土贴在脸颊上。她似乎还有点儿迷糊，她熄灭了灯，给她的病人递了一杯奎宁水，这时她已清醒了许多。

“好吧，这不是很好吗！我们又有了一个美好的夜晚。”她一边离开病房到卧室里换衣服，一边说道。

“是的，你又有了一个！”他回道，虽然是在她关上了门后才说的。

他听到他的女儿穿过狭窄的走廊向他的房间走来的脚步声，所以知道她已经起来了。他希望女儿会很快来看他，他觉得她是不会给他的神经带来压力的其中一个。尽管女儿的想法伤害了他，确实每件事都伤害了他。但是先来的却是他的妻子。

她穿了一件棉外套，头上还戴着晚上睡觉时戴着的方巾，那方巾已经破了，一绺灰发从她头上的方巾边落下。她努力让自己显出高兴的样子。

“哦，你又好起来了！我一看见你就知道，”她说，“佩里小姐告诉我，你又有了一个美好的夜晚。”

他发出了冷冷的嘲笑声，以表达对佩里小姐的不满，为了更加清楚地表达自己的意思，他补充道：“她和往常一样，睡得挺好的！”

但是他的妻子笑容依旧：“这是个康复的好兆头啊，这意味着你现在确实是处在康复期。”

“哦，是吗？”

“这毫无疑问！”她叫道，“哎，你真是个好人，维吉尔——所有人都在期望着你强壮起来，当然，那不远啦。从现在开始，只要几个星期，你就会好起来了。”

“哦，我会吗？”

“当然会的！”她轻快地笑了起来，并走到房间中心的桌子旁，把他的药瓶往里挪了一两英寸，然后她翻开一本书，把它摊在另一边，有时候，她都在重复的做着一些没有意义的事情，试图制造一个令人感觉很整洁的气氛，虽然她做的这些没有对他产生任何实质性的影响。“当然会的，”她漫不经心地重复了一遍，“你会像以前一样强壮的，可能会更强壮。”她停了一会儿，没有看他，接着她又欢乐地补充道：“为了你能飞起来，找到更好的东西。”

在他们之间，一些重要的事情又浮出了水面，虽然她是带着一种随意而活泼的语气说的，但是她的声音暴露了她的情绪，她说出的最后一个字带着颤音。

她依旧假装着充满希望地，而又全神贯注地整理着桌面，没有看着她的丈夫。也许是因为他们已经结婚这么多年了，她知道他此刻会有怎样的表情，只要有可能，她更想躲避他现在的这种眼神。

同时，他艰难地盯着她，他的嘴唇开始一点点地扭曲，嗫嚅着，而不是在一个病人的兴奋中悲伤着。

“所以那就是了，”他说道，“那就是你要暗示的。”

“‘暗示的’?”亚当斯夫人看起来既惊讶又宽容，“哎，我没有做任何暗示，维吉尔。”

“那你讲的我会‘找到更好的东西’是什么意思?”他犀利地问道，“难道你所说的没有任何的‘暗示’吗?”

亚当斯夫人现在转向了他，她走到床边，拉起他的手，但是他迅速把手撤了回来。“你真不该让自己这么紧张，”她说道，“当然你现在要做的唯一的一件事就是快快好起来。你不该再回到那个旧洞穴里头去了。”

“‘旧洞穴’? 你就是这么叫它的，是不是?”她的话显然戳中了他的软肋，怒气让他的声音更刺耳了。经他这一刺激，她说话的速度也更快了：“你真不该再回到那儿去了，维吉尔。那对我们任何一个人都不公平，而且你知道它不是的。”

“别跟我说我知道的，求你了！”

她拍拍他的手，突然由急迫变成了悲哀的乞求：“维吉尔，你不要回那个旧洞穴里头去了。”

“那对我来说真是个好词啊！”他说道，“把一个男人的事业叫作旧洞穴！”

“维吉尔，如果你不感谢我而去找些不一样的事情，你难道不能为了孩子做一些事情吗？别告诉我，你不会做我们想要你做的事，你心里知道你应该去做的！如果你仍然坚持你固执的决定，一定要毫无理由地走自己的路，回到那儿去的话，就不要告诉我，因为我实在无法忍受！”

他猛地抬起头望着她，愤愤地说道：“你可真是找到了一个好方法来治疗病人！”她没说话，是为了让他看到眼泪在她的眼眶里打转，她摇摇头，离开了房间。

他独自躺在那儿，快速地呼吸着，他消瘦的胸还好能承受这种情绪。“好！”他哑着嗓子，气愤地重复道，“好个治疗病人的好方法！好！”接着，一阵沉默后他发出了低低地声音，似乎是笑声，但他脸上依旧怒气冲冲。

“真是家常便饭！”他叫道，意思是他妻子的这点手段一点儿都不新奇。

第二章

事实上，亚当斯夫人有很大的野心，在她两三步就穿过位于她丈夫对面的走廊与大厅之间的时候，所有的一切都还在她的掌控之中。她是一副必定有事要发生的样子，而不是可怜兮兮的。当亚当斯夫人进入女儿——爱丽丝（Alice）漂亮的房间时，爱丽丝还没有打扮好。在亚当斯夫人进来前，爱丽丝正坐在装饰得很好的桌子前，在一面三叶草框的镜子面前玩着——摆弄着她的手和做着表情。她将手放在脖子后面，扭过头对着镜子，看着镜中静止的脸，先笑一笑，接着又做出傲慢的鄙视的表情。但是当门被打开的时候，她迅速停止，并急忙用手拨弄着她那一头美丽的棕色头发。

这双手很漂亮，能把事情整理得很好，很精细。“她已经都准备好了!”一个冷漠的女朋友说到它们，意思是爱丽丝的心和性格，都被这双高贵的手盖过了风头。然而她其余的部分也很好，她经常被称作“正好漂亮的女孩”。这一适当的评价意味着一个女孩不仅漂亮，其他方面也很美。至少可以说她当得起这样的评价。至少她闭目养神的时候，就是这样的，虽然安静只是她的一个习惯。但在家很少能看见她的这一面，她摆出这种姿势，这让她的手更加令人难忘了。她经常摆出这种姿势，肩膀首先受到了刺激，接着她的脚也受到了召唤，激情地表演起来。

活泼的神情在脸上表现得恰到好处，她的活力简直达到了巅峰；而若对于一个新来到这镇上，毫无天赋的年轻男子来说，这就是不幸的，他本该试着去弄明白这种刻意的慷慨大方对于他的影响。他说过："她的这双可爱的淡褐色的眼睛和绝妙的热情的面部表情，使她看起来很美好。"他对此的解释是没什么说服力的，但是，并不是他的发音让爱丽丝的女朋友们突然爆发出的、不断的笑声令人难忘，而是比起爱丽丝来说，她们更多的是帮他避开厄运，而不是帮爱丽丝。

亚当斯夫人竭力安慰她，坚持说爱丽丝有"许多高尚的品德"，比起那些言语粗暴，性格呆板，嫉妒所有拥有她们所不能拥有的东西的女孩，爱丽丝要好得多。所以，爱丽丝得到的夸奖比起她所追求的要多得多，她在惶恐不安中成长起来，生怕亚当斯夫人不断地说"滚出这个家"。最后，亚当斯夫人哭了，因为女儿如此不相信母亲的看法。爱丽丝经常觉得要好好指导指导她的母亲。

亚当斯夫人的早安问候便是这一整天的预示，或者，这种乞求的方式也可能是一种劝诫，她比爱丽丝想象的更易怒，那时爱丽丝想着亚当斯夫人可能已经看见了镜中的姿势。这担心真是多余，亚当斯夫人已经看了千万次，爱丽丝没想到的是，母亲没觉得那意味着什么，只不过是轻轻一眼掠过罢了。

“看在上帝的份儿上，妈妈，进来关上门！请不要让它开着，这样所有人都会看到我的！”

“没人看着你，”亚当斯夫人说道，随手关上了门，“佩里小姐下楼了，而且——”

“妈妈，我听到你在爸爸的房间，”爱丽丝说道，并没有停止抱怨，“我能听到你们俩说话，而且我觉得你不应该让我可怜的老父亲那么紧张——无论如何，那不适合他现在的状况。”

亚当斯夫人坐在床边。“他现在好多了，”她并不受干扰，继续说道，“他几乎已经好了。医生是这么说的，佩里小姐也是这么说的。如果现在我们不给他灌输正确的想法，以后我们就再也不能了。只要他出门，第一天他就会回到老路上去——你会看到的！而且，一旦他这样做了，他就会停在那儿，那时就太迟了，我们永远都没办法把他弄出来了。”

“好，无论如何，我觉得你对他可以更委婉些。”

“我确实是想尝试这样做，”亚当斯夫人承认道，“但那对他没有什么用。我觉得你不理解他和我所做的一切，爱丽丝。”

“关于你们俩，我倒真有一件事不理解，”爱丽丝爽快地回应道，“人们在结婚前，可以做任何他们一起想做的事。然而，在结婚后，为什么同样的事他们却做不了呢？当你和爸爸刚订婚的时候，他为你做了所有你想让他做的事。那一定是因为你那时知道怎么去管着他。现在你为什么不能像那时对待他那样来对待他呢？”

亚当斯夫人叹了一口气，她微微一笑，没有做任何回应。但是，爱丽丝继续说道：“那么，为什么你不能？为什么你不能像当初你们刚恋爱的时候，你叫他做的那样去叫他做事呢？

妈妈，为什么你不去试试，而只是讥讽他呢？”

“‘讥讽他’，爱丽丝？”亚当斯夫人说道，语气中带有一丝哀婉和凄厉，但凄厉之感更甚，“我是怎么努力来给你当后盾的？”

“没关系，伤害你的感情也没什么。”爱丽丝聪明地将这凄厉挡了回去，“为什么你不回答我的问题？为什么不对爸爸委婉一点儿呢？为什么你不能用你年轻的时候，还没结婚之前对待他的那种方式来对待他呢？我不能理解为什么人们做不到那样。”

“可能有一天你会明白的，”亚当斯夫人温柔地说道，“你二十五岁的时候就会结婚了。”

“你在绕弯子。为什么不直接回答我的问题？”

“这些问题无法对年轻人回答，爱丽丝。”

“你是说因为我们太年轻所以无法理解？我并不这么认为。对于一个二十二岁的女孩子来说，这点儿智慧还是有的，不是吗？而且理解力就是一种智慧，不是吗？为什么我必须等到和男人一起生活二十五年后才能明白你为什么不能对爸爸委婉一点儿？”

“也许在那之前你会明白一些事，”亚当斯夫人发抖地说道，“你可能会明白有时你是怎样伤到我的，仅靠智商，年轻人是不能了解每件事的，随着时间的流逝，你会得到你所要的答案，而且到那时你不会再问这个问题了。你理解你的父亲，爱丽丝，但你不知道当他做这个决定的时候是什么使他变得这么固执。”

爱丽丝站起来，开始穿她的裙子。“好吧，我倒觉得意义不曾改变任何人，”她继续说道，“我觉得哪怕一点点有趣的劝说都会事半功倍。”

“一点点有趣的劝说!”亚当斯夫人重复着这个词，满含着讽刺意味的悲痛，“是的，确实我是这么想的！但那没用，就这样吧。”

“可能你把‘有趣’给丢了，妈妈。”

这是今天早晨的第二次了——现在七点多了——眼泪似乎给了亚当斯夫人一丝慰藉。“我本不希望你那样讲的，爱丽丝，你从不错过一个机会，”她温柔地说道，“似乎很奇怪，你有时连一个机会都不错过的!”

但是爱丽丝正在上洗手间，对她的话似乎毫不关心：“哦，好吧，我觉得总有更好的方法来照顾一个人而不仅仅是软禁他。”

亚当斯夫人差点痛苦地哭了出来：“软禁？爱丽丝。”

“如果你对我完全放手，”爱丽丝欢快地继续说道，“我相信爸爸一定会愿意做任何我们要他做的事。”

“这就是了，你是在告诉我搞坏了所有事。好，从现在开始我不会再干涉，你放心好了。”

“请不要再那样说了，”爱丽丝迅速答道，“我够大了，能明白爸爸的各种压力。我只是觉得你那样做只会让他更是执意发脾气。你可能更了解他，但有件事，我发现了，而你却没有！那儿!”她友善地拍拍母亲的肩膀，走到门边：“我现在就上楼，去跟他问好。”

她一边走，一边继续松松她的衬衫，出现在她父亲的面前时，她的一只手还在忙着，但是用另一只手拍了拍他的额头。

“可怜的老父亲——爸爸!”她喜气洋洋地说道，“每次你开始变得好起来，就有人跟你讲这样疯狂的话，你就又复发了，真是羞愧啊!”

悲哀的眉头下，她父亲的一双眼睛惆怅地看着她。“我想你听到你妈妈进来了。”他说道。

“我也听到因为你，她生气地走开！”爱丽丝笑道，“到底是怎么了？”

“哦，都是一些烦死人的老掉牙的事情了。”

“你是说她希望你好起来的时候尝试做些新的事情？”爱丽丝问道，有些兴奋，“所以我们需要有更多的钱吗？”

他充满伤感的额头显得比原来更悲伤了。他将额头往上抬了抬，显出一副痛苦的样子，对此他的女儿太熟悉了，这对她来说不算什么。但是他平静地说着：“是的，基本上，我们没有多少钱了。”

“哦，不！”她笑道，然后用整理完衬衫的两只手拍拍他的脸颊，“想想对于一个男人来说，多少伟大的开始都和你所知道的一样！我总是相信如果你只要关心的话你就会变得富有，爸爸。”

但是他愈加痛苦：“别以为我们所拥有的已经足够，事情就是这样，困难依旧存在，爱丽丝。”

“困难不一定总在！”她再次拍拍他的脸颊，笑了笑说道，“曾经是够的，可能现在我们得省着点花——但是现在的阻碍是，我觉得妈妈的想法真的很符合现实，虽然我觉得在你很虚弱的时候，她还拿这些来烦你真是一种耻辱。但是你别担心，你就想想当你好起来之后的其他事情。”

“你懂的，”他说，“你知道，在这个世界上，对于我这个年纪的男人来说，想找到你所说的这些伟大开端不是一件容易的事情。而且当你年过半百，从五十岁到六十岁，在放弃一些你所知道的事情时，可能会有很大的风险，也会在尝试一些新的东西上遇到风险。”

“我的天哪，多烦人啊!”她大声地叫道，“难道我没告诉过你，在你康复前，你都要停止想那些东西?”

她弯下腰，在他的鼻梁上友好地吻了一下：“好了！我得去吃个早饭。现在振作起来！一切都会好的。”她离开的时候，站在门边，挥了挥她那漂亮的手，以给他更多的鼓励。

她吹着口哨，用手指同时敲打着栏杆，从狭窄的楼梯上走下来，她吹着口哨走进餐厅，看见母亲和哥哥都已经坐在餐桌旁。哥哥二十多岁，是个清瘦面色蜡黄的男孩，当她找到位置坐下来时，他漫不经心地向她打了个招呼。

“似乎没什么事能难倒你!”他说道。

“不，没什么，”她轻快地回答道，“你遇到什么麻烦了，沃尔特（Walter)?”

“别让我替你担心!”他回过身，似乎觉得这是一个实在巧妙的回答，因为他微微地笑了一下，接着端起咖啡，结束了这次对话。“沃尔特总是看起来有很多秘密的样子!”爱丽丝说道。她总是机警地研究他，她的细心观察已经成了一种带着善意的消遣：“他做的每件事、所说的每句话，似乎都是演给他心目中的神秘观众看的，而且他总是能得到掌声。想想他刚刚所说的：他似乎觉得那意味着什么，但是如果确实是这样的话，为什么？这就是在他和他心中的秘密观众之间的另一个秘密了！我们真的不知道沃尔特的任何事，不是吗，妈妈?”

沃尔特又笑了，他在一定程度上忍受了她的推测。喝完咖啡之后，他从口袋里掏出一个小包，那小包用一张蓝色蜡光纸包着，已经被压平了。他拣出一根短短的、又弯又皱的雪茄，点着，然后提了提他那绑着皮带的裤子，表明这种琐事根本不值得一提，接着离开了房间。

当门关上的时候，爱丽丝笑了。“他真是充满秘密，”她说道，“你不觉得你应该多去了解了解他吗，妈妈?”

“我很确定他是个好孩子，”亚当斯夫人不假思索地回答道，“沃尔特总是很勇敢的，对于他没有优势的事情，而这些事还是和他一起长大的男孩子们也喜欢的，他总是很勇敢的。我没听他抱怨过一句。”

“关于他没被送去读大学的事?”爱丽丝叫道，“我应该觉得你也不会！他甚至连读完中学的决心都没有!”

亚当斯夫人承认：“在我看来，似乎是在和沃尔特一起长大的男孩子们几乎都去了东部的学校，为读大学做准备的时候，沃尔特才失去了他的动力，我们没钱供他上大学。要是你爸爸听到的话——”

爱丽丝打断了她：“根本不对！沃尔特讨厌书本，讨厌学习，也讨厌运动，等等。他不关心任何我听说过的美好的东西。你想他还能怎样呢，妈妈？他一定是喜欢某些东西或者其他的某个地方，但是你想那会是什么呢？闲着的时候，他都会做些什么呢?”

“我们已经七年没有一起吃晚饭了，他吃晚饭时总是迟到，出了门，天知道他去了哪里!”爱丽丝摇摇头，“他以前常常和我的那些男性朋友一起出去，但我想他现在不会了。”

“为什么？因为这可怜的男孩一整天都在工厂和公司里头。一直到下午五点他都闲不下来，他根本没有多余的时间。”

“为什么？他怎么可以这样?”亚当斯夫人反问道，“那不是他的错，可怜的孩子！他小时候认识的那些男孩都已走向大学的校门。”

“是的，但是当那些男孩还在这度假的时候，沃尔特却没联系过他们中的任何一个。他们之中，不会有人再来我们这儿了。”

“我还以为他交了其他的朋友。在他这个年纪，需要小伙伴是很正常的。”

“是啊，”爱丽丝不赞同地强调道，“但是他们是谁？我想他是在一个镇里某个野地方玩呢。”

“哦，不。我敢确定他绝对是个听话的孩子，”亚当斯夫人反驳道，但是她的语气却不是完全确定，她解释道，“要是你爸爸可以看到生活对他来说可能是非常不一样的——”

“别介意，妈妈！你知道，那不是我必须相信的。如果我们只是一天两天由着他，那么我们可以和爸爸一起做更多的事。答应我你再也不会跟他说什么——呃，直到他能下楼来吃饭。好吗？”

亚当斯夫人咬住嘴唇，开始微微颤抖。“我觉得在有些事情上，你还是可以信任我的，爱丽丝，”她说道，“你知道的，我毕竟是有些年纪了。”

“真是个好女孩！”爱丽丝笑着跳起来，“别忘了，这相当于一个承诺，要做的就是一点一点地去鼓励他。我会在出门前跟他说再见。”

“你要去哪儿？”

“哦，我有很多事情要做。我想会去米尔德瑞德（Mildred）那儿看看她今晚穿什么，然后我想往下走，买一码雪纺绸缎和一些窄色带来给我的拖鞋做个新鞋面——你要给我些钱了——”

“如果他会给我的话！”当她们一起走到楼梯前时，母亲悲伤地说道。但是一小时之后，她拿着一些钞票走进了爱丽丝的房间。

“他在书桌抽屉里存了一些钱，”她说道，“最终他还是告诉了我钱在哪儿。”

她的声音有些激动，而爱丽丝机灵地看着她，在她的眼睛里看到了湿润的痕迹。

“妈妈！”她叫道，“你没有做到向我保证的那样，你没有。你——没有，在佩里小姐面前！”

“佩里小姐正在给他拿肉汤，”亚当斯夫人冷静地回答道，“另外，你错了，我没有向你保证任何事。我说的是，你应该相信我知道什么是对的。”

“所以你还是旧事重提了！”爱丽丝突然转身离开，大步走到了父亲的门前，她轻轻地推开门走向他，将手轻轻地放在他紧紧拧在一起的眉头上。

“可怜的老父亲！”她说道，“每当你有一点点好转，就有人来烦你。然后你就旧病复发，真是糟糕。你根本一点儿都不想被打扰！你不需要任何人来告诉你怎样远离你挣扎了多年的旧洞穴，不需要任何人来告诉你怎样开始让我们每个人都变得很好，变得有钱，你自己知道该怎么做！”

随即，她亲吻了他，又做了一次安慰人心的告别，就像一只白色蝴蝶驻足在门的阴影里，迷人的手再次关上了门。

第三章

亚当斯夫人还留在爱丽丝的房间里，但是在女儿还缺钱的时候，她的心情似乎没有改变。

“他有没有说什么?”亚当斯夫人迅速地问道，言语中充满期待。

“说?”爱丽丝有点不耐烦，她重复道，“哎，没事。我可没让他说。真的，妈妈，我认为对你来说，最好还是不要进他的房间，因为我不信你进去之后，不会跟他讲那些，如果你说了的话，我们永远也不可能让他去做对的事情了。永远不能!”

亚当斯夫人沉默着，沉默中带着悲伤和痛心。她转身离开女儿，走向门外。

“现在，为了上帝!”爱丽丝叫道，“别再制造悲剧了，考虑考虑我给你提过的那些实际的建议吧。”

“我不会，”亚当斯夫人欲言又止，“我只是……只是要去打扫楼梯，爱丽丝。”她转过身，关上门，去了门厅。不一会儿，便听到了她下楼的声音，脚步中，带着些许不得已的屈服。

爱丽丝听了，叹了口气，低声说了句：“哦，真是折磨！”说着便转而去做些能令人稍微高兴点的事。她穿上一件棕褐色，面料柔软的大衣，接着戴上了一顶苹果浅绿的女式帽子，然后在帽子上盖了个面纱，面纱遮住了她的额头。这些显得她庄重而又潇洒活泼。之后，她对着镜子，认真地照了照，然后打开梳妆台的一个抽屉，从里面拿出一个边角装饰着金丝的卡片盒，打开之后却发现里面竟然是空的。

她打开另一个抽屉，那里面放着两个白色的卡片纸盒，一个上面简单地写着“亚当斯小姐”，其他的是以哥特式的字体刻上去的。“阿丽丝·图特·亚当斯（Alys Tuttle Adams）小姐。”后一半属于爱丽丝的“阿丽丝[1]”阶段——大部分女孩都曾经历过的；并且爱丽丝一定会感觉她已经长大了，因为，今早她[2]眉头紧锁，慎重考虑之后，她从盒子里将东西拿出来，把它们撕碎，准备丢到小桌子旁边的垃圾桶里，当那些碎片从指缝间落下时，犹如片片雪花一般。她又将卡片盒放入写着“亚当斯小姐”的箱子里。接着，她找出一副白色的新手套，将一根顶端带点象牙色的马卡拉手杖挂在手臂上，出发了。

她走下楼，戴上手套，虽然终于将“阿丽丝”驱逐出自己的人生，但是她依旧紧锁着眉头。她慢慢地走下楼去，在

---

① 阿丽丝：爱丽丝的小名。指代爱丽丝的童年和少女时代。——译者注

② 她：这里指代阿丽丝，即爱丽丝本人。——译者注

最后一个楼梯上停住，她环顾四周，脸上满是需要的神情，但是痛苦又在微微地加深。这跟她永远抛弃了“阿丽丝”有关，但是关系不大。

这座十五年的小房子就要变成一个废墟。亚当斯一家建了它，把它从他们以前租的“安妮皇后”屋移到这里。在国家的中部地区，就一栋房子而言，已建了十五年，真是一段很长的时间了。而且，这栋房子建起来轻而易举，虽然他们住了一段时间之后，亚当斯一家才意识到这房子是多么的脆弱。这座建筑就是以“坚固、结实和方便”而闻名，建筑师将房子建得非常结实，工程很是成功。爱丽丝在楼梯上停下脚步，这里很接近“客厅”了，这儿是“客厅”和走廊仅有的分隔区，有两根涂成白色的柱子。这些柱子，是由松木做成的，柱上刷了漆，柱子的基座上布满凹痕和凿过的痕迹。其中一根柱子，发出咔啦啦的声音，几乎就要撑不住了。“硬木”地板已经凹凸不平了，墙的一角明显不再坚固，壁纸摇摇晃晃，露出了下面的灰泥。

家具大部分是结婚礼物，一直沿用了下来，虽然有些很老了。两个摇摇椅和脚凳，面是棕色的长毛绒，点有缀饰，这些还是亚当斯夫人的母亲留下的。屋内其余的装饰就是画和花瓶了。亚当斯夫人很喜欢花瓶，她说，每年她的丈夫送给她的圣诞礼物总是一种或另一种花瓶——无论店员给亚当斯先生看了些什么，它们的价钱是十二或十四美元。还有些画是用镀金蚀刻边框装裱的：兰斯城（Rheims）①，坎特伯雷（Canterbury）②大教堂，聚集在码头的帆船。而且爱丽丝还记得在她小的时候，她的父亲有时会指着最后水波倒影的那张，

---

① 兰斯城：位于法国东北部的一座城市。——译者注

说这真是一幅好画。但是在她看来，对这类东西（或者是任何事）表示出兴趣，已经是很久以前的事了。

其他的是两幅水彩画，画框是巴洛克风格：一幅画的是阿玛菲（Amalfi）修道士站在一个藤架墙下；第二幅画的则是满院子盛开的鸢尾花，这是爱丽丝十四岁的时候画的，是送给妈妈的生日礼物。爱丽丝的目光停在了那上面，但却毫无自豪之感，她更喜欢罗马斗兽场（Colosseum）这幅画。在她看来，这是“这个房间里唯一的好东西”了，因为她从这幅画里感受到了拥有与赠与的区别，她并不后悔用那块在哪里都能惹人艳羡的貂皮换了这幅画。之前，这里常年挂着的是铁雕制的尼亚加拉大瀑布（Niagara Falls）上的标志性建筑——吊桥。这是亚当斯先生还在兰博公司时的同部门的同事送的。当爱丽丝催着要把它移到昏暗的楼上走廊时，亚当斯先生当时还有些不高兴，甚至在爱丽丝已经换来“罗马斗兽场”，都用橡木框框好送到这座房子里来了之后，他还是抗议了好几天。爱丽丝哄着他，他高兴了起来，当然这是在他让步之后，她心里清楚地知道这两幅画之中，哪幅更讨人喜欢些。

那些画，那些花瓶，那些老旧的棕色的长绒制的摇摇椅和脚凳，那三把镀金的椅子，那些用新的印花棉布盖着的安乐椅和灰色天鹅绒沙发——每一处的每一件东西，处处覆盖着肮脏的污垢。它们落在蕾丝窗帘的每一丝纤维上，令窗帘不再光鲜亮丽，呈现出一种令人不悦的灰色；它们落在窗台上，令窗户玻璃晦暗不已；它们覆盖住墙，覆盖住天花板，在角落里变得更暗更厚。然而这并不是家庭主妇的错，这不能怪谁，就像白色木质的家具一旦沾上污点就永远不能抹去。污垢不断累积，她们只能把周围的一些擦洗掉。

这个难看的小地方是爱丽丝心头的一根刺，虽然年复一年，灰尘正在一点一点地增厚，但是她都习惯了。然而，她知道在方圆百里之内，她不可能找到比这儿更好的地方了，只要她还在这个城市里，即使是在很富裕的朋友们当中，也没人可以有她这儿这样的优势。的确，在这个全国满是软焦煤的国度，觉得自己相当穷的人们可能会找到安慰：干净的新优点已经被发现了，它真是有钱也买不到。

爱丽丝走到前门的时候，心情开始明朗起来，春风拂面之时，她变得更开心了。当她走到用砖块铺成的人行短道上时，所有的不快都已离她而去。看看四周的大街，看看这鲜艳无比的遮阴枫树，尽管它们呼吸的是黑色的煤灰空气，但是头顶上长出的却是成千上万的嫩绿新芽。

她朝北边走去，轻快地踩着一路点点新芽的碎影子，扣上了她的手套扣，上下摇晃着她手臂下的马卡拉手杖，让它随着轻快、短小的步伐随意伴奏着，跳着踢踏舞。如果她想去什么地方的话，她不得不走得快些；对于她贴身的短裙，尽管有点儿短，但还是不影响正常走路；她还是很高兴拥有这些时尚的小东西，因为它们给了她更多的力量。

虽然四周并无赞赏的目光投来，其他行人也没觉得它们有什么迷人之处，但当爱丽丝经过第一个十字路口，她险些遭遇车祸，她不得不让自己变得警觉起来了。一个上了年纪，穿着讲究的妇人站在那儿等电车；她就像一个胖胖的模特，一张脸犹如冻伤了的桃子；她似乎在努力地使自己优雅起来，但却傻乎乎地将这种努力赤裸裸地展露在众人面前；她那圆圆的但黯淡无神的眼睛似乎唤醒了痛苦的生活，如同被压得变了形的拖鞋后跟，几乎撑破了的紧身迷你裙。马卡拉手杖因此受了惊吓，明显开始安静下来，乖乖地当一个装饰品，而不是做些它不该做的事。

感觉到这女孩在向她鞠躬，像球一样的女士迅速换了一张脸。“早上好，道林（Dawling）夫人。”爱丽丝说道。道林夫人回过身对着她挤出一丝笑容，这笑苍白得就像圣诞老人脸上的笑一般。爱丽丝与道林夫人擦肩而过，但她那紧闭的嘴巴却发出了啧啧声。

这声音清晰地从道林夫人的耳旁掠过，道林夫人依旧没有意识到以这种或者任何一种方式，她都能对自己的想法了如指掌；她一直都单纯地坚信她想让别人看到什么，别人就只能看到什么；她想让别人听到什么，别人就只能听到什么。在家的时候，都是她的丈夫来打破这种僵局。

爱丽丝认真地看了一会儿后，她发现一个大约四十来岁的绅士正向自己走来，这让她感到欣慰。就像道林夫人一样，他也开始觉察出爱丽丝的靠近，虽然爱丽丝离得还有些距离，但是他对此却是十分高兴的。然而，绅士也像道林夫人那样，在他的观念里，爱丽丝没有意识到他做的这些事是多么的重要。他把手伸到脖子上，透过领巾，熟练地捋了捋他大衣的翻领，整了整他的帽子，似乎在聚精会神地望着人行道；而就在他快走到爱丽丝跟前的时候，他突然抬起头，微笑着摘下他的帽子，向爱丽丝深深地鞠了一躬。

他本想要求的，就是爱丽丝的回应了。爱丽斯右手边的手杖暂时停止了摇摆，而她的左手以一个漂亮的姿势移动着，好像有个冲动将它带到了心里去。她微笑着，牙齿突然咬住了下嘴唇。几个月前，她看见某个女演员在一部剧里用这种微笑，现在它完美地呈现在爱丽丝的脸上。爱丽丝学得太到位了，但是漂亮的手对心的一点点的刺激，是她此刻所有的一切。

绅士继续向前走着，当他重新戴上帽子的时候，她正好经过他的眼前。他对于爱丽丝来说，算不上什么，除了他对这个漂亮的女孩显示出的极大的优雅。他是个中年人，是个已经结了婚，有了家室的男人。爱丽丝已经认识他很多年，这一切都已经不需要再多做强调了，然而，这一不合时宜的会面却演得如同西班牙爱情哑剧片段一般。

这一切都不是因为那个绅士——除了充当了一个提示信息，甚至都没有给绅士留下一丝印象。爱丽丝自己并没有意识到她所想的，这种想法从她的万千思绪中涌出，没有任何具体的言语可以诉说。尽管如此，她还是这样想了，当她看见其他的熟人做这种漂亮手势的时候，她就会不由自主地觉得就如同这位绅士所做的那样，他是在演一部哑剧。在爱丽丝无言的思绪当中，他是在向她描述这世界的伟大；但是更多的是，他是在告诉她，高尚而无人理解的单身汉是多么的好，多么的神秘。

她严肃地加快了速度，被一个模糊的王子般的人惹得心都有点儿乱了，他一定就“等在”那儿，或者可能正在找她。当他找到她的时候，她常常觉得她是在“等着”他。有时，这些想法是这么的确定，它们变成了就在嘴边嘟嘟囔囔的话。“等着。只是等着。”而且她可能还加了句“为了他!”二十二岁，她只能通过嘲笑自己来结束这神秘的见面，虽然并没有一直渴望着。

她走到一个泥泞的胡同口的水泥地上，一群黑人小孩正在玩耍；在她看来，为了盯着她，他们中止了自己的游戏。她朝他们灿烂一笑，但是他们太沉浸于幻想当中，以至于认为这是种友好的表示。爱丽丝小心翼翼地挑了一条路，避开了那个泥泞的地方，她听见他们中的一个说：“呀！拄手杖的女孩子!”

她知道很多黑人小孩都用这种不恭敬的语气，而她也并没有觉得吃惊。然而，她被一个反对的声音干扰了。他可能才六岁，这种批评带来的刺痛，并没完全被孩子的天真无知这一原因所减缓，而爱丽丝已经开始对她的手杖感觉有点儿不舒服了。道林夫人凝视的眼神已经醒目地指出了这个；其他女人更是只瞟一眼眉毛和嘴唇都瞬间皱了起来，而爱丽丝意识到她一走过，他们中的一两个人就直接停下来看她。

她是在一些杂志上看到有些女士带着手杖上街，就是因为那个，所以她都不曾问过这种时尚是不是受人承认，在某个范围内，是不是受人瞩目，她也买了一个。相反，这些注视着她的女人们明显没有意识到她们看到的并不是什么古怪行径，而是一个了不起的时尚预言。早上出发前，爱丽丝在嘴唇上抹了些红色，也给脸涂了些腮红；她其实并不需要，她自己的脸色就已经够红润的了，而现在脸红更加剧了。

光亮的玻璃窗前，灿烂的阳光消失在了乌云之中，乌云默默地沉了下来，压着这条街，压向她。在一栋略有点奢侈的小公寓里，三个戴孝的女人正坐在那里讲着闲话。当她们看见爱丽丝的时候，她们便又转移了话题。她们立即回过神来，向爱丽丝肃穆地鞠了一个躬，这是她们必须要做的，然而爱丽丝的眼神并没有转移得太快，她的眼角余光被突然张开的一口闪亮的白牙吸引住了，黑色的手套暗暗地闪着光亮再次抓住了此刻的欢笑。

红晕在爱丽丝的脸颊上散开，她的脸烧了起来，她意识到她的微笑，她的点头，对于这些可笑的女人来说，是太热情了，但是对于她们来说，身份十分重要，这对爱丽丝来说是更尖锐的刺痛。因为爱丽丝一家子都是兰博（Lamb）的，兰博公司的董事长在她出生之前就雇佣了她的父亲。

“而且知道他的薪水！很肯定他们发现了那些！”她这样想着，更痛苦的是，对于她所穿的，她拄着的手杖，引起她们狂热议论的手杖的价钱在转瞬间就算得清楚了。

她卷起袖子，不再让它大摇大摆地晃着；她的呼吸变得急促，变得起伏不定，好像有什么正在包围着她一样。她沉浸在自己的脚步中，但是在她走过的几个街道中，她见到了许多绅士，她发现，被破坏的不仅仅是行走，似乎她的生活也突然遭到了破坏；虽然她并没有看见彬彬有礼是如何被毁灭的。这些兰博女人们觉得她和她的手杖简直很滑稽，难道不是吗？她这样对自己说。这就是她们纯正的血统：她们认为因为这女孩的父亲为自己的父亲打工，这女孩也就没有资格在风格上与她们媲美，特别是这风格还是她的风格。可能其他所有的女孩和女人们都会赞同她们的看法，当她们在一起时还会嘲笑她，而且这可能就是命中注定吧，她们还试图想让所有的男人们都觉得她是很傻的假装者。对于女人来说，没什么比当个牧羊人来得更容易了，男人们就像一只只绵羊一样，女人们把有着同样想法的男人圈在了一个圈子里。“当个局外人吧，”爱丽丝想道，“得让他们相信我就是个局外人。生活有什么意义？”

可是当一个衣着华丽的年轻人在离她不远处的十字街转角处转身，并大步向她走来的时候，一切都失效了。他放慢了脚步，他就是个陌生人，但是却自愿放缓时间，只为了能多看她一眼。

她抬起美丽的手，摆弄了一下她脖子上的装饰，咬了咬她的嘴唇——没有笑，但是不解的是——最后，在这陌生人将要触及自己的影子之时，她低垂的眼睛，正撞上了他的眼神。那一刻之后，每当要达到她目的地的——那栋房子之前，她都要有意地出现在这条路上，站在那栋重要的大厦的路口。这是个多么令人开心，印象深刻的地方，但是爱丽丝没有马上进入那里。她停住了，仔仔细细地检查每个地方，包括每一个小小的，木匠忘了从砖块上刮下来的污点，她对着这小小的瑕疵皱起了眉头。她用些东西将这些刮走，如果有谁往回看的话，他都不会怀疑她曾在这儿住过。

爱丽丝没看是不是发生了这种事情，但是她推测，可能确实是这样的，她迈着轻快地脚步，离开了身后的通道，开开心心地向朋友米尔德瑞德·帕尔默（Mildred Palmer）家走去。

第四章

早上，亚当斯先生有些不安，中午他叫佩里小姐打电话给他的女儿，他想对她说些什么。

“我听到她几个小时前或更久就已经离开家了，”佩里小姐告诉他，“我会去看看的。”她离开了一小会儿，从亚当斯夫人那儿证实了自己的想法。“是的。她到米尔德瑞德小姐家去看看她今晚打算穿什么样的衣服。”

亚当斯先生疲倦地看着佩里小姐，但他没有动，也没有询问任何事情。因为他已经适应了女人之间的暗语，这似乎对他来说已经成为一个习惯，这些暗语，当女人们试图解释的时候，就会变得更加难以理解了。他发现对于男人来说，最好的解决方法就是让她听起来就只是声音而已。佩里小姐走回窗下的摇椅旁，亚当斯先生目不转睛地看着她，眼中满是悲伤。她像往常一样平静地告诉他，这事没什么猫腻，虽然家里有部电话，但爱丽丝还是走了两英里去问这个简单的问题，就是这样而已。显然佩里小姐也懂得，为什么爱丽丝小姐知道米尔德瑞德小姐穿什么这事很重要。亚当斯先生也理解爱丽丝应该关心她自己穿什么“看起来干净整洁，能展现出她最好一面的，为什么，当然她会想。”“他这么想着，但是令他永远无法理解的是，为什么别人的着装会成为吸引她的一部分。

她今天早上短短的游览并不是什么新鲜的事；不断地去看米尔德瑞德穿了什么衣服，或其他一些女孩想要穿什么衣服。而当爱丽丝从其他任何女孩或女人聚集的地方回到家的时候，她总是迫不及待地、认真地给她母亲描述她见过的衣服。在这种时候，如果亚当斯先生在场，他就会知道带着“蝉翼纱”或“塔夫绸”或“雪纺”这些字眼的纺织品，但其余的对他来说都太专业，他就像一个男孩在布道，却无人问津，只能等着它自己结束。最神秘的是亚当斯夫人的兴趣：亚当斯夫人对她自己的穿着漠不关心，但她总是急匆匆地问爱丽丝，她的朋友们说了些什么，然后便是一副充满歉意的样子。但当爱丽丝描述别人的衣服时，亚当斯夫人却十分热切地听着女儿说这些。

“他们走了！”他咕哝着说。片刻之后，他听到前门关上的声音，在这座墙体单薄的建筑里，任何声音都是可以听到的。爱丽丝刚刚回来，在亚当斯先生房门不远处的走廊上，亚当斯夫人叫住了她。

“她说什么了？”

“她有点着急，”爱丽丝一边拾级而上，一边回应道，“她有时候就是会这样，假装她没了主意，但我敢肯定她一定是穿带有马林丝纱罗[1]荷叶边的玉米色乔其纱[2]的那件。"

"你不是说她在帕特森（Pattersons）的舞会上会穿那件吗?"亚当斯夫人问道，爱丽丝已来到楼梯口。"你不是告诉我说她会在帕特森的舞会上再穿一次——"

"当然不，"爱丽丝相当任性地打断了她的话，"她的衣服从来不穿第二次，今晚，她当然不想穿任何一件大多数人都见过的衣服。"

佩里小姐从亚当斯先生的房间走了出来："你爸爸想知道你会不会来看看他，就一分钟，亚当斯小姐。"

"可怜的爸爸！当然!"爱丽丝喊道，她迅速走进房间，佩里小姐依旧站在门外，"爸爸，怎么了？我想一定是你背上的病又犯了。"

"我的早晨总是如此糟糕，"亚当斯说着。爱丽丝拍了拍他的手，安慰他："我在想……"

"我不是告诉过你不要这样了吗?"她欢快地说道，"当然，你是会有糟糕的时候，特别是你做的那些事，还是我明明白白告诉你别去做的那些。现在你停止想这些吧!"

他悲伤地笑了，闭着眼睛沉默了一会儿，接着让她坐在床旁边。"我在想我想说的东西"他补充说。

"比如说什么，爸爸?"

"嗯，其实也没什么，"他带着些许恳求的语气说道，语气中还带着幽默和歉意，"我只是觉得也许有些时候，我应该对你说的更多些，或者说一些其他的，比如，呃，比如说这样的事，比如说在兰博公司的事。"

---

① 马林丝纱罗：一种布料。——译者注

② 乔其纱：一种极薄的透明细纱。——译者注

“现在，爸爸!”她从坐着的椅子上俯下身子，假装生气地拍他的手，“我不是说了吗？你不能再思考一件事直到你完全康复为止?”

“嗯。”他说。接着他慢慢地看向地板而没有看她，“我只是觉得也许有时候我告诉你，他们当时是怎么依靠我的，那样并没有什么害处呢。”

“那么，为什么他们没有表现出什么来呢?”她迅速地问道，“妈妈和我一直感觉着，他们并不欣赏你。”

“哎，是的，兰博确实在我进去的第二年，就开始降我的薪水，我一直为兰博工作，而他们每两年就降我一次薪水。到现在我已经在杂货部当了七年的主管，除非我是公司正式的一员，否则我几乎再没有更多的权力。”

“哦，为什么他们不让成为你公司正式的一员呢？这一切都是他们很久以前就应该做的!”

亚当斯先生笑了，但笑声中更多的是从心底发出的叹息：“兰博的老板们叫我‘最老的候补’。”他带着歉意又笑了起来，好像是为自己的这个名号而来的那么点儿骄傲而道歉。“是的，先生，他们说我是他们那儿‘最老的候补’，我想兰博的老板们知道他们可以依靠我管的部门，到月底的时候他们就可以拿到最好的报告；但他们没有让谁到公司去顶替我的工作，宝贝。”

“但是你说他们依赖你的，爸爸。”

“他们确实这样，但当然不是说他们没了我就没办法了。”他停下来沉思着，“我不只是看起来知道怎么做——我是说怎样开口讲这件事。我想告诉你的是——对我来说，这似乎是很有趣的，近几年来，你母亲是这么感觉的。我想看到一个比奥利哈尼斯（Alleghanies[①]）这边的兰博公司建得更好的医药批发公司，我不是说更大，我是说建的更好——对于一个男人来说这种事是很有趣的，就像，只要我听到了就管它叫“洞”。有趣的是，当你这么想的时候，你对于那样的业务已经做得非常好了，领导似乎也是这么想的，而且他们还照惯例把薪水设的和大家一样多——呃，我的意思是，爱丽丝，这实在有点儿好笑，让你母亲这么像我一样这么想，那几乎是，几乎不可能的，可以这么说。”

他的声音变得颤抖，但这微弱的叹息和情感却足够影响爱丽丝。她突然对着他弯下腰，用手臂环住他，贴着他的脸颊。“可怜的爸爸！”她低声说道，“可怜的爸爸！”

“不，不，”他说，“我不是想故意烦到你的。我只是觉得——”他犹豫了，“我只是想——如果我说一些那里的事，它也不会造成任何伤害。我想也许你不明白，那是一个很好的地方。他们是很好的工作伙伴，他们似乎一直都挺把我当回事儿的——比如，去年我一跟他们说，他们就收了沃尔特。如果他们还挺看重我的话，你不觉得这看上去很划算吗？爱丽丝？”

“是的，爸爸。”她答应着，却一动不动。

“工作还是挺愉快的，”他继续说，“我们部门的男孩子们都是很可爱的，爱丽丝。呃，他们现在分散在兰博公司的各个部门里。我们一起度过了许多快乐的日子。”

她抬起头说：“我希望有一天你在家可以比在那里更开心，爸爸！”

---

① 奥利哈尼斯：美国东北部的地方名，以俄亥俄的河流命名。——译者注

他无力地反驳道："现在，我不是那个意思——我不想烦你——"

她的睫毛扑闪扑闪，她看着他："对不起，我一直叫它'洞'，爸爸。"

"不，不，"他轻轻地反驳道，"这是你母亲说的。"

"没有。我也说了。"

"好吧，如果你确实这么做了，那也只是因为你是从她那听来的。"

她摇了摇头，然后亲吻他。"我要去和她谈谈。"她说着，果断地站了起来。

但这时，父亲的声音大了起来："你还是让她去吧。我只是想和你说说而已。我不是有意要开始——你母亲不会——"

"现在，爸爸!"爱丽丝又高高兴兴地对着他微笑起来，"我想让你停止担心！一切都会好的，没有人会再来打扰你。你看着吧!"

她带着微笑走到大厅，但她关上门后，脸上却满是遗憾，而她的母亲，正在对面的房间等着，亚当斯夫人满是同情地开了口。

"爱丽丝，你怎么了？他说了让你心烦的事?"

"等一下，妈妈。"爱丽丝找到一块手帕，用它擦擦眼睛和鼻子，擤了擤鼻涕，然后突然，落寞地坐在床上，"可怜的，可怜的，可怜的爸爸!"她低声说。

"为什么？"亚当斯夫人温柔地问，"他怎么了？有时你表现得好像他没有变好。他说了什么?"

"妈妈——呃，我认为我很自私。哦，我确实很自私!"

"他这么说你了吗?"

"爸爸？不是，确实不是的！我的意思是，也许我们都有点儿自私，我们企图让他出去猎寻一些新的东西。”

亚当斯夫人看起来陷入沉思：“哦，本来就该是这样！”

“妈妈，我想我们应该放弃它。我没想到这样真的伤害到了他。”

“呵，难道他没有伤害过我们吗？”

“我从不知道那些，妈妈。”

“我的意思不是说通过说些什么话来伤害，”亚当斯夫人不耐烦地解释道，“而是伤害别人的方式总是有很多种的。当一个人固执地拿着一份根本养不活自己一家人的工资的时候，那难道不是伤害他们了吗？”

“哦，那对我们来说够了，妈妈。我们可以有我们需要的——如果我没有这么奢侈的话。哦，我知道我确实奢侈！”

但面对这样的坦诚，她的母亲却尖声喊道：“奢侈！你有的还没人家女孩子的十分之一。只要他不离开那个糟糕的地方，你就不可能拥有你本就该有的一切。他是供给了一点儿食物和这住所，但那又算得了什么？”

“我认为我们不应该再去试着改变他。”

“你不要？”亚当斯夫人站在她的面前，“听着，爱丽丝，你父亲睡过去了，那是他惹的麻烦，他必须清醒过来。他不知道事情已经发生了变化。当你和沃尔特还小的时候，我们的确足够——至少似乎和我们认识的大多数人是差不多的。但这个小镇已经不是从前那样的了，时代也不是从前那样的了，这些可怕的价格也不再是从前的价格了。除了你父亲，所有的东西都已经变了。他不知道，他以为他们每两年给他一百多美元，他就是一个很有钱的男人了！他觉得是孩子们花的钱太多，比他给你祖父祖母的那些钱还要多——他够了！”

“但是沃尔特，”爱丽丝颤颤巍巍地说，“沃尔特根本不花他任何钱。”声音中透着饱受打击的感觉，“所有的都是——我！”

“为什么不呢？”亚当斯夫人哭了，“你那么年轻——这个时候你的生活本就该充满美好，现在正是你应该享受生活的美好和幸福的时候。但是你得到了什么？”

爱丽丝的嘴唇颤抖着，她其实对于这样的控诉无动于衷，但她却表现出一副要反驳的样子：“无论如何，这样的日子我有，但绝不是经常有。我也得到了其他女孩子有的许多好东西——”

“你有吗？“亚当斯夫人凄惨地讽刺道，“你能乘着豪华轿车参加今晚的舞会吗？你能只需要打个电话就能叫动一个花店，让他们给你送一些兰花吗？你能——”

但是爱丽丝打断了这些例举。显然，在单个例子中，所有情感离开了她，她变得务实起来，在这些琐事中她想起了一些非常严重的问题。她从床上起身，走到门口的衣柜，里面放着她的裙子。“哦，看这儿，”她轻快地说道，“如果你能给我做个新衬里的话，我就决定穿我的白色蝉翼纱。恐怕这要花掉你近一个下午的时间。”

她把衣服拿出来，把它铺在床上，亚当斯夫人认真地检查着它。

“你觉得你能赶完吗，妈妈？”

“我看不出来有什么不能的，”亚当斯夫人的手抚摩着这件衣服，说道，“这不会超过四或五个小时。”

“让你在机器前坐这么长时间，我真是羞愧，”爱丽丝心不在焉地说，接着她又补充道，“我相信我们应该让爸爸一个人待着。我们放弃吧，妈妈。”

亚当斯夫人继续仔细地检查着这件衣服："你买了雪纺和丝带，爱丽丝?"

"是的。我确信我们不该再跟他谈这件事了，妈妈。"

"好，我会看着办的。"

"我们俩要达成共识，我们永远都再不会对他说一个字了，"爱丽丝说，"如果我们能让他自己下定决心那就更好了。"

第五章

关于这个，他们面前摆着的是更直接的实际问题，他们放弃了这个话题，转而将她们的注意力全部集中在裙子上。当楼下响起午餐铃时，爱丽丝仍然在改她的裙子，没有留心到它的召唤。

“我想我们最好去吃午饭，”亚当斯夫人心不在焉地说，“铃响了。”“再等一分钟，妈妈。现在是对袖子—— ”她继续做她的规划。不幸的是，铃声对于一个想要打败它的人的心情丝毫没有影响。它由一个圆圈三个小金属碗组成，它们大小不等，并且，在一根带衬垫的棒子的敲打下发出振动，几乎如音乐般令人愉快。是爱丽丝发明出了这个东西，这根棒子取代了她的整个童年都在使用的黄铜“晚餐铃”；而无论是她还是她的家人都意识到，这个声音甜美的代替装置让家庭的生活更加困难。尽管工资增长的速度令人气馁，但是亚当斯一家仍努力保持家里能有一个厨师；并且，因为他们无力支付高价来请个好仆人，所以他们通常雇佣的是一个古怪的来自游牧民族的黑人女性。在这样的人手中，老式的“晚餐铃”是她满意的。但对于就餐这事，任何的磨磨蹭蹭，都是令她无法忍受的。铃声随心所欲地亵渎着这一切，没有什么能克制住铃声的响动。但麂皮包裹的槌子可以在爱丽丝的两个中式小碗上，敲击相当长的时间，没法给听者造成什么紧迫感，除了激怒厨师，没有任何其他影响。令人哭笑不得的是，表达愤慨并非只借助温柔的和声；在安装了晚餐铃之后，厨师要价越来越高，经常突然提出辞职。

厨师辞职的次数增多成了困扰，亚当斯夫人把这看作家里莫名新添的困难。比起前几年，付给一个厨师的薪水已翻了一番，而厨师却对烹饪知之甚少，对做菜也没什么激情。你给这些人越多，似乎他们表现得就越糟糕——如果仅仅给他们一点点，情况根本得不到改善，如果你没有按他的要求给的话，你连最差的厨师也请不到。尽管如此，在这些事情上，亚当斯夫人仍然马马虎虎算得上是个乐观主义者。一手拉扯她长大的母亲叫女厨师为“女孩”，她在爱丽丝的引导下，放弃了原先的看法转而支持一个并不精确的定义“女仆”。几乎总是在每一位厨师来了一天左右，亚当斯夫人就会用胜利的语气说：“我相信——当然这样肯定有点儿快了——但我真的相信这个新的女仆就是我们一直在寻找的宝藏!”同样，爱丽丝梦想着能有一个神秘的完美伴侣，她以同样的方式“等待”着，她的母亲有一个神话般的理论，就是宝藏总是隐藏在宇宙的某处，比如会来到亚当斯家，在亚当斯家的厨房里做饭，不是四天，也不是四周，而是永远留在这儿，这样一个完美的“女仆”。

现在，在任的却并不是这样的人。爱丽丝深爱自己，也让母亲全神贯注地关注着自己的晚礼服，虽然这样重复和拖延的声音是很不寻常的，但对于晚餐铃温柔地提醒却恍恍惚惚。最后这一猛烈的声音，毫无束缚，怒吼着，这下两人终于听到了。它来自下面的大厅。

“我说再见!”“女仆”说道，“就是这样了!”

之后，前门被“砰”的一声关上。

“为什么，这是什么 —— ”亚当斯夫人问道。

她们赶紧走下来查看。佩里小姐告诉了她们。

“我解释的道理她听不进去，”她说，“她按了晚餐铃四五次，还自言自语；然后她上楼到她的房间打包行李，我跟她说了，无论如何她不能就这么走了。”

亚当斯夫人对这件事一副早有预料的样子。“我就知道，今早我付钱给她的时候，她的眼神告诉我她一定有事，所以我并不感到惊讶。好了，一直到我找到一个新人之前，我们都不能让亚当斯先生知道这件事。”

他们吃了午饭，是刚走的女仆走前做好了放在桌上的，饭菜早就凉了。之后亚当斯夫人准备去洗碗。“我会在一瞬间搞定它们的。”她乐呵呵地说。但最后还是爱丽丝洗的碗。

“我不喜欢你做这些，爱丽丝，”她的母亲反对道，跟着她进了厨房，“这些活儿会让你的手变粗糙，当一个女孩的手像你的那样——”

“我知道，妈妈。”爱丽丝看起来有点儿担心，但是她还是摇了摇头，“这回你还是别忙了；你需要时间做那件晚礼服。”

亚当斯夫人叹着气走了，而没了专家帮忙的爱丽丝则开始用温水洗起盘子、杯子和碟子，霎时间水花四溅。过了一会儿，她还在干着活儿，可眼前却出现了一派恍惚的梦境：

她化成了一个色彩艳丽的画中的人，看不清面容，也看不出那晚上她身上会发生些什么。她看见她自己妩媚而端庄，正穿着面料柔软的晚礼服，这件晚礼服正是此时她的母亲在楼上为之奋斗的那件。她看到自己站在一个花环拱门下——舞厅的入口处，还看到了在闪耀的地板上的人们迅速转过头来看向她，然后所有的年轻男子都急忙呼喊着、抢着要和她跳舞。她被引荐给一个高大，皮肤黝黑，傲慢的、笑着的陌生人，随即音乐开始的时候，这人大摇大摆地把她从人群中拉了出来。她看见自己和他在一起跳舞，看到了自己给他的半笑半烦恼的笑容；当她在冲洗刀叉时，她为自己的微笑感到可笑。

她知道，这些满怀希望的戏剧性画面是不会出现的，但她勾画出的他们是真实的，她继续创造着他们。所有这些她穿着或携带的鲜花——在这些细节上，她的母亲为她感到悲哀，但这使它们更为重要——她看见兰花点缀着的自己美艳迷人；她抛出一束长枝大玫瑰；她漫不经心地摇晃着一整束白色山茶花；她漫步在满是美丽花朵的长长的温室走廊里，所有的这些昂贵得超出了她所能承受的范围，除非是在这种令人渴望的白日梦里，在她目前视野所及，虽然她认真地找了个遍，她也没发现送花的人。

她想象之中，对在那个夜晚戴上花的渴望是那样真真实实地浮现了，这样的渴望也开始变得鲜活起来。她开始觉得，拥有他们可能是特别重要的。“这可能是晚上！”她仍然是处在幻想的年龄，她幻想任何一次舞会都可能成为命中至关重要的一个转折点。无论多么平凡或多么令人失望的舞会之夜都可能带来一次重要的会面，而不为人知的达官显贵可能就会在那儿出现。

爱丽丝几乎没有意识到自己正在想入非非——遐思往往是短暂的，这一刻出现，下一刻就消失不见了。他们之中也并不完全都是陌生人，有那么些时候，他是由她认识的年轻男子的碎片组成的——她喜欢的某一个微笑就是来自于其中的一个人，形象是来自这个人，头发却是来自另外一个人——而且有时她也认为他可能就藏在某处，这样说来，她从来没怀疑过，在实际相识的人里，有人正在寻找着她，而她从没怀疑过的这个人，也正是她所等着的这个人。一个眼神，一个转身，一句话——可能一些花就盛放在胸前或手上。

她慢慢地擦干了盘子。但茶杯却掉到了地上碎了，她只得梦游似的打扫着火炉边的碎片。她叹了口气，将扫帚放到了窗口边，让目光漫无目的地在小院子外面徘徊。新长出来的草，在满是煤灰的冬天里显得缤纷无比，它们再次现出生机，现在正绿得生气勃勃，突然中间有一小撮紫色闯入她的视线，抓住了她茫然的眼神。它们只出现了一小会儿，却渐渐变得越来越吸引人。

那是一朵紫罗兰。

爱丽丝跑上楼，戴上她的帽子，来到户外，开始搜寻紫罗兰。她发现了二十二朵，这是好预兆——自从她二十二岁后——但是却不是纯紫色。她找遍了院子的每一个角落，再想多点也没有了。

她怀疑地看着手里的一小束花，瞟了一眼隔壁的草坪，那里也没有更好的风景了。她若有所思地走进房子，把她的二十二朵紫罗兰养在了一碗水里。很快她又出来了，只见她皱着眉，上了一辆有轨电车，然后换乘了一辆汽车来到了市郊一个已开放了的新公园。

在这里，她重新开始搜寻，她来了一个小时，一朵紫罗兰也没找到。她小心翼翼地搜寻着整片草地，她的眼睛在略微凹凸不平的草地上来来回回地寻找，却没有在这整洁的区域发现任何的小紫点。最后，她来到附近的一个老树林的边界，与市政区并无交界的地方，小紫罗兰花朵出现了，她开始收集它们。她挑得仔细极了，她给每棵小紫罗兰周围都松了松土，以便将它连根拔起带走，这样它才能活更久些。她还带来了一张餐巾纸，她把餐巾纸用水弄湿，然后松松地包起她收集的花。

草皮太湿了，她没法跪下来，她只能弯下腰，耐心地干着活儿。她到家时，已经五点了，天空中还飘着蒙蒙细雨，她的膝盖紧绷得都颤抖了，她的背疼痛难忍，她很累，但她有了三百朵紫罗兰。爱丽丝把它们栽在一盆水里，开心地拿给母亲看，母亲却唠叨个不停。

“哦，你这个可怜的孩子！想想你应该做的，这么辛苦得来的却是其他女孩小手一点，便唾手可得的东西!”

“没关系，”爱丽丝哑声说道，“我得到了它们，今晚我将过得十分愉快!”

“你刚刚得到了!”亚当斯夫人同意，语气中却带着强烈的同情，“上帝当然知道这是你应得的，采摘这些紫罗兰，可怜的东西，你要是种它们，上帝可不能太吝啬，得让它们活下来。在我完成晚礼服之前我必须先吃饭，再给我几分钟，我肯定能做完！而且它看上去会特别漂亮。这个，你一点儿都不需要担心，至于这些可爱的紫罗兰——”

“我想——”爱丽丝开口又停顿了一下，接着又磕磕巴巴地说道，“我想，好吧，我不知道，你觉得在告诉沃尔特之前有更好的方法——”

“不，”她母亲说，“这只会令他抱怨更长的时间。”

“但他可能——”

“别担心，”亚当斯夫人要打消她的疑虑，“他会有些迷茫，但他不固执，让我跟他谈，你不需要说任何话，无论他说什么。”

这些用来吸引沃尔特关注的练习都在餐厅中进行，练习由母亲指导，爱丽丝已经听了她的话正沉默地坐着。亚当斯夫人一开始就乐呵呵地笑着。“比起让沃尔特吃光这些菜，我都不知道我在做饭上能多花多少时间?”她说，“不要狼吞虎咽，孩子！不着急。”

即使是在和自己的家人接触的时候，沃尔特也绝不多说一个字。

“我吗?”他说，“已经有约了。”

“我知道你有约了，但可以用其他时间再约嘛。”

他带着一丝怜悯，笑了一笑。“你懂的，不是吗？如果你泡了咖啡——如果你没有就别麻烦了，去镇里买点就可以了。”他似乎要起身离开，而爱丽丝咬着嘴唇，惊慌失措地看了一眼她的母亲。

但亚当斯夫人似乎根本没有受到干扰，她又笑了起来：“哎，胡说，沃尔特！我会在几分钟之内就给你煮好咖啡的，但首先我们要有甜点。”

“怎么样?”

“一些可爱的桃子。”

“不要是什么桃子罐头，”沃尔特坦白地说道，又坐回他的椅子，“晚安。”

“沃尔特！它最早也要九点才开始。”

他停了一下，很疑惑：“什么开始?”

“舞会。”

“什么舞会?”

“当然是米尔德瑞德的舞会了。”

沃尔特笑了笑:“那关我什么事?”

“什么,你难道忘了,它就在今晚举行,你忘了吗?”亚当斯夫人叫道,“你这个孩子怎么这样!”

“一个星期前,我就已经告诉你了,我不会去参加那个舞会,”他皱着眉头回答道,“你是听见了的。”

“沃尔特!”她感叹地说,“你当然要去!今天下午我把你的衣服全部拿出来了,还帮你把它们好好地熨了一遍,这些衣服看起来非常漂亮,而且——”

“它们看起来并不适合我,”他打断母亲的话,“我告诉过你了,我要到乡下去。”

“但是,当然你会——”

“听着!”沃尔特果断地说,“你的脑袋里可别有什么错误的观念。我不想去米尔德瑞德那个该死的舞会上,吃一两桶碎玻璃而已。”

“但是,沃尔特——”

沃尔特开始真的恼火了。“不要‘沃尔特’① 我!我可不是上流社会那些卑鄙的人。即使他们用钻石来哄我,我也不会和米尔德瑞德那群人同流合污的。”

“沃尔特——”

“我不是告诉你了吗,不要刺激我,没用的?”他说道。

“我亲爱的孩子——”

---

① 沃尔特:沃尔特源于日耳曼语人名,有“统治,军队”的含义,在本文中指“统治,控制”的意思,与沃尔特的名字同音双意。——译者注

“哦，真是荣幸之至！”

亚当斯夫人放弃了愉快的气氛，看起来很受伤，她隔着桌子扫了一眼端庄安静的佩里小姐。“恐怕佩里小姐绝不认为你这样是有礼貌的，沃尔特。”

“你说得对，她不会，”他冷冷地表示同意了，“我不想再听到任何有关我要去——”

然而，他的母亲尖刻地打断了他：“这似乎很奇怪，你总是拒绝去任何一个我们朋友的家，沃尔特。”

“你们的朋友！”他说着，从椅子上站起来，露出了一个略带粗鲁而又讽刺的笑容，“你们的朋友！”他重复道，走到门口，“哦，是的！当然！晚安！”

他回转身，露出一种嘲弄的神情，略微看了她们一眼，便出门去了。

爱丽丝喘着气说：“妈妈——”

“我会阻止他！”她的母亲突然说道。之后，在前门口，亚当斯夫人跟着一群逃学的学生，依照他身上穿的帽子和雨衣认出了他，并追上了他。

“沃尔特——”

“早跟你说过去镇里的日期。”他粗声粗气地说着，还想要打开门，但母亲抓住了他的胳膊，阻止了他。

“沃尔特，请你回来吃完你的晚餐，我特地为你煮的，我想你至少可以——”

“现在，现在！”他说，“那不是你真正要做的，你不是想让我吃，而是想让我听。”

“好吧，你一定要听！”她抓住他的胳膊，抓得更紧了，“沃尔特，求你了！”她恳求道，连声音都变得颤抖，“请不要给我制造这么多的麻烦！”

他把手拉出来，退开几步看着母亲，尖锐地说道：“看看！”他接着又说：“我服了你了，好吧！爱丽丝她自己去那个舞会又怎么了？”

“她就是不能！”

“为什么不能？”

“这样对她来说太残忍了，沃尔特。所有其他的女孩到了那儿之后都有个依靠。”

“那么，她为什么不能也有一个某人？”他暴躁地问道，“某人除了我，我是说！为什么没有人邀请她去呢？她应该是很受欢迎的，无论如何，我觉得她是这么认为的，她真是够了！”

“我不明白你怎么可以这么狠心，”他的母亲哭着说，“你知道的，他们为什么不像跟在其他女孩身后那样跟着她跑，那是因为我们穷，她没有任何背景。”

“背景？”沃尔特重复道，“背景？这是什么意思？”

“你今晚会跟她去舞会的，沃尔特？”他的母亲恳求道，没有停下对他的开导，“你不明白的事情对她来说是多么艰难，而她是多么努力，或者你不能这么自私！让她今晚失望，我简直受不了了！她整个下午都在丽景园除草，沃尔特，她还花了几个小时摘紫罗兰花来戴。你会——”

沃尔特的心不是铁打的，妹妹采摘紫罗兰的经历已经感动了他。“哦，混蛋！”他说，他猛地将软帽甩在墙上。

他的母亲面露喜色：“真是好儿子，亲爱的，你永远不会后悔——”

“别说了，”他要求，“如果我带她去，你会付出租车费吗？”

“哦，沃尔特！”亚当斯夫人再次表现出窘迫，“你不能吗？”

“不，我不能，我可不想烧钱，你不能告诉她今晚她要回来的时间，你一个人付钱怎样？”

“我没有什么钱。”

“嗯，爸爸——”

她悲哀地摇摇头：“今天早上我刚从他那拿了一些，我不能再打扰他了，那会让他紧张的，他一和金钱亲密接触就会——”

“我猜他也帮不上忙，”沃尔特发觉，“我们可以走走救济院的路子，好吧，我们就走着去那个该死的聚会，怎么样？”

“冒着雨？沃尔特？”

“嗯，现在只下着蒙蒙细雨，我们可以乘电车到房子的街区那，沃尔特？”

他的母亲再次摇头：“那没什么用的。”

“好了，碰碰运气，没事！”他突然同意了，“我给她要了一个东西来坐坐，也就75美分。”

“什么，沃尔特！”亚当斯夫人高兴地叫道。

“你知道如何获得驾驶室那个？太好了！”

“就是一辆出租车，”沃尔特愤怒地告诉她，“这是一辆轻便的小汽车，我都让她进车里了，但你还没告诉她那是什么呢，是不是？”

亚当斯夫人同意——她没有。

第六章

晚饭后，爱丽丝忙了两个小时；但是就在九点前一刻，她还站在她的长镜前，眼睛里闪烁着光亮，神情庄重。她的头发打理得很精致，她要求的应有尽有；她以前在脸上用过的任何不自然的颜色如今都只会衬得她的美丽更加别致；而晚礼服，是她母亲花费了几个小时精心缝制的，不仅不皱，看起来还像一朵可爱的白云。最后衣服上还镶了两朵明艳动人的紫罗兰花，每朵的茎都用锡箔纸做衬底，衬底外面还裹了一层紫色的薄丝绸；其中一朵花她戴在腰间，而另一朵她就戴在手上。

她母亲兴高采烈地把佩里小姐叫进来，来免费观看这个光芒四射的一幕，她坚信爱丽丝绝对会是一个焦点。“这是多么纯洁又简单的画面！”她说道，那意思简直就是说没有其他的任何东西能令她满意的了。“如果没见过今晚的场景，我简直不能相信一个人能看起来像是一幅画一样！”惊讶的护士说道，“她爸爸也会像我一样这么觉得的。你看他肯定会这么说的，她就是一幅纯洁而简单的画。”

当爱丽丝到父亲房间去看他，向他展示自己并道晚安的时候，亚当斯先生却没有原原本本实现这一预言，只是虚弱地轻轻地笑着。“好，好，好!”他说道。

“你看起来很好——非常好!”他的手指来回指着她那两朵花，“那个，爱丽丝，你的舞伴是谁?”

“这个你不用担心!”她笑道，并顽皮地用手中的紫罗兰花在他的鼻子上蹭来蹭去，“他对我很好，真的!”

“真好！这些紫罗兰花闻起来很香，如果它们和你一块儿去这个聚会的话，它们也一定这么觉得。玩得开心点儿，亲爱的。”

“我就打算这么做的!”她说道。她开心地又重申了一遍，当她离开的时候，脸上呈现出那样坚定的表情：“我就打算这样的!”

“他怎么说的?”她母亲边问道，一边将一件相当老旧的外套温柔地铺在爱丽丝的床上。“你告诉他你‘打算’做什么?”

爱丽丝最后一次走回到她的三面镜，站在较长的那个面前。“就是我打算今晚玩得很开心，”她说道。看着镜子中的自己，她从镜前离开，亚当斯夫人正好把外套叠好了给她，“看起来，我好像可以，你是不是也这么觉得?”

“你将会是今晚的皇后，”她母亲愉快地低声在她耳边说道，“你不要怀疑自己。”

“嗯，还有一件事，”爱丽丝说道，“我想我确实看起来够好了，用不着非得和弗兰克·道林（Frank Dowling）一起跳舞！我所求的马上就要发生了；如果今晚他靠近我的话，我会像其他女孩那样，用同样的方法来对待他的。你说，沃尔特在前边叫到车了吗?”

“他——他正在大厅里等着呢，”亚当斯夫人紧张地回答道。她把另一件衣服叠好了放在外套上面。

爱丽丝皱起眉头看着它。“那是什么，妈妈?”

“那是——那是你父亲的雨衣。我想你得穿上它——”

“但是我没必要在出租车里头穿它。”

“你得上车和下车，你不需要把它带进帕尔默家。你可以把它放在——放在——正下着小雨呢，你用得着的。”

“哦，好吧，”爱丽丝同意了。几分钟后，在沃尔特的帮助下，她爬上了他找来的交通工具上，她更加理解了她母亲操心的原因。

“这到底是什么，沃尔特?”她问道。

“不要管它，它能保证你的头不湿就行了，”他一边回答道，一边在她旁边坐下。这时，他们正在街上颠簸地走着，她沉默着。但是，最后她还是重复了她的问题：“这是什么，沃尔特?”

“什么是什么?”

“这——这车?”

“这是自动车。”

“我是说——它属于哪种?”

“你自己不会看吗?”

“太黑了。”

“这是辆二手轻便小汽车，”沃尔特说道，“你是不是不知道是什么意思？意思就是它是一辆廉价小汽车。”

“好吧，沃尔特。”

“你不满意吗?”

“为什么不，不会的，亲爱的，”她努力和气地说道，“这是你的吗，沃尔特？你买了它？”

“我？”他笑道，“我连个旧独轮手推车都买不起。我和别人出去的时候，有时会租下它。它可是花了我七十五美分，还得算上汽油钱！”

“听起来还可以。”

“我一猜就是！那个农夫欠我些钱，这是我可以从他那儿拿到这车的唯一方法了。”

“他是车库管理员吗？”

“不全是！”沃尔特发出沙哑的笑声，“你肯定会很高兴的，我猜，你要是知道他是谁的话。”他说道。

他的语气让她感到很疑惑。她如实地说出她还是不想知道到底是谁欠了他车。“我有时会笑你老是保守着自己的秘密，”她补充道，“但是我真的从没打听过你的私事，沃尔特。”

“哦，别，你别打听！”

“确实，我不会。”

“是的，你太好了，喔，你什么时候需要我，我随叫随到，”他讥讽地说道，“好吧，我会尽快告诉你我在哪得到的这辆车。”

“我想你还是不要尽快了，沃尔特，”她赶紧说道，“请别告诉我。”

但是沃尔特还是打算要告诉她。“为什么，这绝对不是违法的，”他说道，“他是老 J. A. 兰博（J. A Lamb）的，他把这辆车留给了他的黑人司机。我从他那儿租来的。”

“从兰博先生那儿？”

“不，是从黑鬼司机那儿。”

“沃尔特！”她倒吸了一口气。

“我确实这么做了！如果黑鬼自己不用它出行的话，我哪天晚上用都行。他今晚开他们的豪华轿车——小亨丽埃塔·兰博（Henrietta Lamb）去参加晚会，无论怎样，她父亲都死了快一年了！”他停住了，接着问道：“好了，你感觉怎样？”

她没有说话，他开始后悔透露给她这么多事情，虽然他还是只以他自己的方式表达了自己的悔意。“好吧，是你让父母叫我送你来这晚会的！”他说道，“我以最好的方式解决它好吗，这样还不行吗？”

她还是没有做任何回应。“哦，这车洗的够干净的了，”他说道，“那个黑鬼，他像每一个白人一样讲究。你不需要担心那个。”她还是什么都不说，他粗暴地又说道：“如果我能付得起钱的话，我肯定会搞到一辆更好的车的。你不需要对此感到这么紧张。”

“我不明白——”她声音低沉地说道，“我不明白你对这种人知道多少。”

“这种人指谁？”

“就是——黑人司机。”

“哦，现在，给我听着！”他大声反驳道，“你不知道这是一个人人平等的国家吗？”

“并不是那么平等的，不是吗，沃尔特？”

“那是你自找的。”他反击道。“除了那些贵妇有钱人家，你也不认识这个镇子上还有其他的人了。”他停住了，似乎在等着反驳。但是什么都没等到，他又说出了自己的观点：“他们让我不舒服。”他们渐渐接近他们的目的地。在这湿湿的黑夜中，一座装饰满了明亮的灯光的大房子正闪耀着鲜艳夺目的光芒矗立在他们面前。其他的车，不像是他们那样，正在渐渐靠近这光辉的中心。长长的三角光穿过蒙蒙细雨，靠近干净的地面。小小的红尾光再次在微湿的街道地板上隐约可见。穿过无数微光闪烁的弯曲车道两旁，车在车道的棚里停下，当车上的人从豪华轿车下来的时候，一道白色的强光欢快地跳出并抓住了这隐约闪烁的微光。

爱丽丝紧张地抓住了沃尔特的手臂，他们刚好在车道入口。“沃尔特，我们不能从那儿进去。”

“怎么了?”

“把这可怕的车留在外边吧。”

“为什么，我——”

“住口!”她强烈地坚持道，“你必须回去！回去!”

“哦，上帝!”

小车就停在入口站之间。但是沃尔特把它倒了出来，免得与从他们那儿突然转弯的车撞到一起。穿过车道，车正走着，一个男人正对着窗户咧开嘴笑着。“廉价的小汽车走错地方了!”他说道。

“他看到我们了?”爱丽丝叫道。

“谁看到我们了?”

“哈维·马龙（Harvey Malone）——在那辆外国双门小轿车上。”

“不，他看不出来是我们在这儿，”沃尔特让她相信，他已经把车停在街外面的石头边熄了火。“如果他确实看见了，那又怎样，又不是钓到了大鱼?”

爱丽丝沉默地坐下，发出一声深深的叹息。

“好吧，想回去吗?”沃尔特问道。“当然我很愿意!”沃尔特又加了一句。

“不。”

“好，那么，我们把车停在庭院通道又有什么关系？那旁边正好有个空位可以让我们停的。”

“不，不!”

“那你是要怎么做呢？整晚都坐在这儿?”

“不行，把车留在这儿。”

“把它放在哪儿我不关心，”他说，“坐在这儿，我去把它锁上，那样这些百万富翁就不会把它偷跑了。”他带着锁链出去了。然后他把车放在一个地方，回来后把手递给了爱丽丝：“来吧，如果你已经准备好了。”

“等着，”她说道，接着脱掉雨衣，递给沃尔特。“请把这个放在更衣室，就当它是的，沃尔特。”

他点头。她跳出去，快步穿过蒙蒙细雨。当他们到达车道入口的时候，她开始轻快地笑起来，活泼地和站在那儿的一个冷漠的男人攀谈起来。“老天真是会戏弄我们!”她说道，很快就由他引导到了房子的门边。“我们的车在门外熄火了。”

这男人依旧冷漠，虽然他对沃尔特有些微微的反应，他转头回看他一眼，为了小费，而挤出了个挖苦的表情，算是对爱丽丝的遭遇表达了微微的同情。接着大门就迅速为这对兄妹打开了。他们进入用大理石地板铺成的大厅，大厅有许多人，有的到处闲逛着，有的抽着雪茄，有的解开他们的手套，正等着他们的女伴。爱丽丝对他们一个个点头示意，很快便抬起头，微笑着走过。但是，沃尔特却把快速前进的她拉住了。

“听着，”他说道，“我猜你想让我跟你跳第一支舞——”

“如果你愿意的话，沃尔特。”她温顺地说道。

“你打算在更衣室待到什么时候?”

“我会在你准备好之前就出来的。”她向他承诺道。她会遵守她的诺言，她太希望开始她的快乐时光了。他来接她的时候，他们走下大厅去了一个走廊，走廊上三个大房间都开着，房间互通，家具都已经被移走了，地板上还被上了蜡。在走廊的一端，乐手坐在一个小道上，沃尔特带着些许好奇，走向他们。但是，他的妹妹，却按住了他的手臂，把他推向了相反的方向。

“现在要怎么样？”他问道，“那是爵士·路易（Jazz Louie）和他的混血——三个白人和四个穆拉托人①（Mulatto）——我们——？”

“不行，不行，”她低声道，“我们必须去和米尔德瑞德·帕尔默先生还有帕尔默夫人打声招呼。”

“和他们说话？我没话和这些人讲！”

“沃尔特，求你了，可以表现得得体点儿吗？”

他似乎答应了，至少过了一会儿，正逢爱丽丝带着他下了走廊去了一个用花装饰而成的房间，女主人和她的父亲母亲正站在那儿。其他的夫妇和人群正朝着同一个方向走去，顿时一片喧闹的笑声和喋喋不休的嘈杂声响起。爱丽丝一直微笑着，并热切地向两边的人打招呼——他们中的大部分以稍微多点的热情——然而沃尔特仅对其中的一两个含糊地点了个头，一句话都不说，队伍中最后的那个人发现他在这种错误的场合下有点紧张。他又打了个呵欠，可当他还打算再打个哈欠的时候，却发现自己的手开始抖动。他打算再打个哈欠，但他明白他必须放弃这种放松自己的办法。他们关上

---

① 穆拉托人（Mulatto）：一个血统分类上的习惯名称，指黑人及白人的混血，主要分布于非洲、北美洲、南美洲及加勒比海一带。——译者注

了这间花房。米尔德瑞德快速地将手一个个递给她的客人们，又将他们的手递给她的父母，同时三个到四个单身男士都伸出手乞求她把和她跳首支舞蹈的重担交到他们手中，可是她都拒绝了。她是个心怀远大，性情温和的女孩，她眼中充满了善良，神情中透着一丝不苟，人们第一眼见到她就知道她是绝对不会做任何“不正确”的事情，或穿错任何“不正确”的衣服。但是她的正确性出色地一致，没有任何装腔作势的痕迹。她的品行即使按书上所写的规则来看，也挑不出任何毛病，因为这些规矩已经深入她的骨髓，她自己都没有意识到它们。而在这些完美的背后，另一种更大的完美就是亚当斯夫人所说的“背景”。这个很大，富裕，简约的房子就是其中的一部分，还有米尔德瑞德的父亲和母亲也是其中的一部分。他们站在她旁边，大群尊贵的人正优雅地低声议论，她在把父母的手递到客人的手中时，温柔地低下了他们的高贵的头。他们之中，即使是最年轻的最兴高采烈的人，此时也静默着有礼貌地一步步向凉亭走去。

终于轮到爱丽丝和沃尔特，他们从这地方经过，爱丽丝走在前面，向前倾过身子，在米尔德瑞德的耳边低语：“你别穿那件黄色乔其纱的衣服！我还以为你打算这么做的。但是这样你看起来简直漂亮极了！而且这些珍珠——”

其他的一些人正端庄地一群群地向前移去，紧张地为庆典和舞蹈做准备。米尔德瑞德并不想延长和爱丽丝热情的亲密耳语。她和颜悦色地微微一笑，脸上还带点严肃，并做了回应。她马上抓住爱丽丝的手向前递给帕尔默夫人。爱丽丝接到了她隐晦的暗示，脸色些许沉了下来，那种脸色可不是用任何一种颜色就能染得出来的。不一会儿，沃尔特和帕尔默先生有礼貌地简单地打了个招呼后，沃尔特又开始用打呵欠来平静心神。但是爱丽丝没有和沃尔特说什么，她更不想确认，也不想在脑子里怀疑他可能已经这么做了。沃尔特跟着她踏着上了蜡的地板走了出去，并服从地说道："好，现在开始吧。"他把手搭在她身上，他们开始跳舞。

爱丽丝优雅地跳着，跳得也很好，但是沃尔特更棒。每一个舞步和转圈，每一个转弯和旋转，每一个节奏和要求的倾斜角度，都伴着一声声爵士·路易斯和那些混血儿粗野而狂放的吼叫，其中一个瘦瘦小小的，面色蜡黄的年轻人就是指挥。他的脸上满是对这些安乐富裕的生活的鄙夷。他的每一次转换和移动都如此地精准流畅；如果有非常挑剔或者纯粹嫉妒的人要抱怨这么一位在舞蹈上风度翩翩的人"根本不像一位绅士"的话，那么至少沃尔特的风格就可以这么叫。这个房间里没有一个舞者可以与他的媲美。爱丽丝是这么告诉他的。

"简直太棒了！"她说道，"但是奇怪的是，你从没学过！你没去过舞蹈学校，这房间里还没有一个人能跳得有你一半好。我不明白为什么，你跳得这么好，你还对来舞会这事这么抱怨。"他浅浅地笑了笑，嘴角带着一丝嘲弄，将爱丽丝奇迹般地转进了其他几乎毫无空隙的两对舞者之间。"你会知道所有的，不是吗？你可能觉得在这镇上除了这些冷面人参加的舞会之外就没有其他跳舞的地方了。"

"冷面？"她笑着重复道，"为什么，每个人都有美好的时光。看看他们。"

"他们抱怨的够大声的了，"他说道，"他们个个都装作他们都玩得很开心的样子。你不会管帕尔默一家叫冷面人的，我想，不是吗？"

"当然不会了。他们只是高贵，还——"

“哎！”沃尔特说道。“他们是高贵，特别是你跟米尔德瑞德低声说你觉得什么适合她的时候，她把你推到一边的那作态。她可真是一个热情的朋友，不是吗！”

“她那样也不说明什么。她——”

“老帕尔默的朋友，拍你后背的老贵妇，”沃尔特打断道，做作地说道，“所有的我都喜欢，我喜欢他。”

“沃尔特！顺便说下，你千万别忘了在今晚舞会结束前邀请米尔德瑞德跳一次舞。”

“我？”他咧开一半的嘴笑了笑：“你监督我吧！”

“她可能不会答应，但是无论如何，你必须邀请她。”

“为什么我一定要？”

“因为，第一，你应该的：第二，她是我最亲密的朋友。”

“啊？她是吗？我听说你赢得的那个所谓的‘最亲密的朋友’，关于她的那真是够了。她做过什么来说明她是你好朋友的？”

“别管那个。你真的一定要邀请她，沃尔特。我希望你去。我想让你等一会儿去邀请其他一些女孩儿跳舞。我会告诉你要邀请谁的。”

“继续希望吧，那会让你感觉很好的。”

“哦，但是你真的——”

“听着！”他说道。“要是我买了个生锈的水桶还把它吃了，我就可能和这些小仙女跳舞。忘了这种想法吧！我一旦甩了你，我就会回到我的衣帽间去抽烟等死。”

“好，”她带着一丝悲伤说道，正好爵士·路易斯和他的混血儿的狂乱突然减轻而沉默下来，“你不能——你不能这么快摆脱我，沃尔特。”

他们站在就近的一个宽阔走廊上，只有他们还在那儿站着。其他对舞伴，到处都有，组成了活泼的一群又一群，但是没有一个愿意接受这对兄妹，也没有人迅速邀请爱丽丝继续跳下一支舞。她四下张望着适合她的，她依旧保持着喜悦的表情和她觉得必要的礼貌——对一个女孩来说，玩得开心正说明了她的舞伴是迷人的——而且，为了给她扮演的可爱的美女角色增加更多的光彩，她开始大声交谈，做出玩闹嬉戏的姿势。她莽撞地用手中的紫罗兰花束轻轻拨弄着沃尔特的鼻子，拍他的肩膀，用食指轻轻地戳着他的脸，夸张地摆动着她的手臂，抖动她的肩膀，一边笑着一边说话。

“你这淘气的老沃尔特!”她叫道，“你这么好的一个舞伴，就和你自己的妹妹跳了一支舞，你都不觉得遗憾吗！如果你想的话，你都能站在台上跳的了。为什么，你要那么对待自己的人生呢！为什么你不去呢？看着一排又一排的人拍手喝彩，叫道：‘好！好！为了沃尔特·亚当斯！好！好！好！’”

他站在那儿，无动于衷地看着她。

“停停停，”他说道，“你最好好好看看这些草包们愿不愿意邀请你跳舞。”

爱丽丝并不打算这么容易停止，她大声笑起来，又用紫罗兰扫着他的脸。“你会喜欢的，你知道你会的，你不需要假装！只要想想！那么多的观众大喊：‘好！好！好——’”

“如果你再大声点你会获得更多注意的，”他不紧不慢地打断道，“另外，我又不是母牛!”

“牛?”她笑道，“那到底是——”

“我不吃蔫掉的紫罗兰，”他解释道，“别再尝试让我做什么了。”

让她屈服，这就是他渴望的结果。她收起了与她一贯作风并不相称的卖弄风情的姿态，还有那容光焕发的欣喜之色，但是她的微笑比刚开始的时候显得更机械了。

在家里她看上去似乎很漂亮，但是在这儿，有了其他女孩的竞争，事情就完全不一样了，只有她的母亲和佩里小姐完全跟她们相反。这群女孩尽了她们最大的努力，看上去也很漂亮，虽然她们中没有人为了实现这个结果而努力到爱丽丝的那种地步。她们不需要，她们不需要她们的母亲为了一条旧晚礼服整夜整夜地缝制；她们也不需要冒着雨去采摘紫罗兰。

在家她的晚礼服看起来很漂亮，但是在这儿就不一样了，这儿有成百上千的新制的时髦的裙子——它们中的一些还炫目得让人吃惊，这只会使得穿着者吸引不到任何人的注意。而且爱丽丝还记得不久前她听到一个女孩说："哦，薄棉纱布！除了夏天，哪有人会把薄棉纱布穿着当晚礼服的！"爱丽丝对此想了想，但是她四下张望，看见除了她之外确实没人穿着薄棉纱布裙，她发现再难如她所愿的那样调皮自然地保持着她的微笑了。事实上，这让她的脸有点酸痛。

米尔德瑞德从走廊走来，隆重出场了。她带着一大束紫罗兰，紫罗兰用一大束白色铃兰花蕾丝花边装饰。紫罗兰开得都很鲜艳，很大的紫色的一团，它们的茎用金色的布包着，还单独用细绳束起来，并缀以长长的流苏。她和她的护花使者经过两位小亚当斯身边，其中一个护花使者仿佛是在乞求她的女主人允许"加入"。他们都在其他地方同样乞求着，都太迟了，他催促着。但是他被拒绝了，米尔德瑞德只给了他一个捧花的任务来安慰他。他要这样等着，一直到舞会进行到三分之一之后才能轮到他。爱丽丝犹豫地看着她自己的捧花。

突然她觉得紫罗兰背叛了她，所有看到它们的人都会觉得那是多么粗糙，多么愚蠢的一个手工作品啊。沃尔特也说过，“我不想吃已经蔫死了的紫罗兰”。这些小小的野花，在温暖的空气中确实已经死了，一整团都耷拉着头。它们似乎早就猜到她会自己把它们摘下来。她决定扔掉它们。

沃尔特开始变得焦躁不安，“听着！”他说道，“你就不能提醒提醒那些长尾巴鸟，让他们陪你跳下一支舞？你来是为了玩得开心，为什么你不能忙起来？我想出去抽支烟了。”

“你不能离开我，沃尔特，”她急忙低声说道，“不久就会有人来的，但是得到他们——”

“你就不能坐在那个地方？”

“不，不行！这儿根本没有人会和我坐在一起。”

“为什么没有？看看那些坐在角落的老妇人。你尝试着和她们一起聊一会儿又有什么呢？”

“求你了，沃尔特，别！”

事实上，因为沃尔特提到的那些老人家，她那坚定的笑容更难维持。她们都是来跳舞的这些女孩子的母亲们。她们都在那儿照料她们的孩子，为她们出谋划策，在台面上支持她们，帮她们躲掉各种麻烦的事，助她们在事业上一往无前。她们也充当孩子们的背景，利用这些血缘关系来显示她们自己的配偶，也可以增加她们在适婚年龄对婚姻的渴望和兴奋。老男人们，这些女士的丈夫、适婚年龄女孩们的父亲们，也要出来展示给人。他们中的大部分都和帕尔默先生待在走廊的球房里。亚当斯夫妇没有被邀请。“当然可能只认识米尔德瑞德·帕尔默，”爱丽丝想道，“大部分其他女孩的父亲和母亲都是帕尔默夫妇的老朋友了，但是我觉得她可能已经邀请过爸爸和妈妈了，无论如何——她不用害怕，只是问问他们而已，她知道他们不会来。”当她结束这段沉默的独白的时候，她微笑的嘴唇一点点地急速抽搐着。“我以为她认为对于她邀请了沃尔特这件事我应该足够开心的了！”

事实上，沃尔特相当重要。他并不是米尔德瑞德邀请的客人当中唯一一个穿短外套，出场的时候没戴手套的。但是就他的发型来说，他是特别的（至少在他目前的环境中），他的发型看上去像是蒙古风格：只有头顶上有真实的头发，其余的都是裸露的头皮。甚至他在外表上和礼节上所表现出来的别样，就像是一个偷偷摸摸的小鸡，却显得嘲笑自大；还有他那总是令人印象鲜明的笑声，大而短促，落点又不均匀。所以，无论什么时候，只要他发出笑声，爱丽丝就也要笑起来，尽量大声地盖过他的。

“好，”他说，“我们要在这儿待多久？我的脚都要在这儿生根发芽了。”

爱丽丝紧紧地抓住沃尔特的手臂，他们开始在房间里漫无目的地穿梭。虽然她尽量使他们看起来好像有个明确的目的地，并冲着那儿，嘴唇分开，保持着渴望的眼神。人们已经在远处高兴地招呼他们，她打算含蓄回应，他们要加入这群可爱的朋友。此时，热烈的鼓点响起，萨克斯吹起了第二支舞的前奏，她还是像幽灵一样游荡着。

沃尔特再次和她跳起了舞，但是他警告了她。“我是不想让你一个人干站着，”他告诉她，“但是我受不了。我必须去别的地方，我不能看这些草包，太伤我眼睛了。如果我再看的话，我一定会瞎掉的。我要在下次音乐响起的时候尽快出去抽烟，你最好自己搞定自己。”

爱丽丝试着自力更生。当他们正跳着舞的时候，她对每一个与她眼神相触的男士都热情地点了点头，露出了八颗牙齿，展现最灿烂的微笑。可惜的是，直到舞曲间歇，她都没有看到可以帮她解围的人走过来。

房间的另一角正坐着那天早上遇见的身材像球一样的女士，在这位球一样的女士旁边还坐着一个圆脑袋，身体也很圆的女孩，第一眼看过去，应该是她的女儿。站在道林夫人前面的矮个子的年轻男子，他的身材特征就是这个家族外形的显著证据。那男子正和她慢条斯理而平静地讨论着什么。而沃尔特，他正等着和妹妹跳完第三支舞，然后就想着可以去别的地方了。

爱丽丝用眼睛的余光看着，她看到这个球一样的年轻男子的目光越过沃尔特的肩膀，正扫向她。与此同时，道林夫人也跟随着这目光，给了爱丽丝一个愤怒的眼神，然后开始猛烈地争论着，甚至抡起她那圆圆的胖嘟嘟的拳头敲着膝盖来做强调。

“我走了，”沃尔特说道，“音乐又响起了，我跟你说过了——”

她感激地点点头：“好吧——但是尽快回来，沃尔特。”

这个球一样的年轻男子，莫名地脸红了，丢下他的家人，急匆匆地穿过房间向她走来。“小姐，我可以跟你跳支舞吗?”

“哎，你，可爱的弗兰克·道林!”爱丽丝叫道，“多可爱啊!”

第七章

他们跳了支舞。道林先生应该已经发现了其他形式的运动和消遣。

大自然并没有赋予每个人的舞蹈天赋。虽然有时她否认了那些，但最终还是发现了她的吝啬。但是圆嘟嘟的年轻人至少是够有活力的——他的膝盖撞到爱丽丝的时候，就太过了——他太壮了以至于难以甩掉他的脚，或者当绊倒他的舞伴的时候，她摔倒了。他勇敢地把她扶了起来，并继续运用蛮力踩着节拍绕过一群群舞者。

他没有注意到音乐家努力做出的建议，他也没有察觉到，他们正在做的事情和他所做的事情之间有着某种联系。他可能听着他自己的其他音乐，他的神情表明他此时很满意。无论他怎么跳舞，他都觉得毫无问题。在这种情况下，爱丽丝尽可能地远离他。他们停下时，她低头看了看，发现之前没注意到的她的裙子的保护罩，此时竟然可以保护她的其中一只脚背和她两只鞋子的脚趾部分。

她开心的舞伴正用一块质量上乘的手帕擦拭着他玫瑰色的眉头。“太棒了!”他说，“我们出去吧，去走廊上坐坐，他们在那里放了几张舒适的椅子。”

“呃，我们还是不要了吧，”她回答道，“我想我宁愿留在这里看着这里的人。”

“不，不要，”他用一根滑稽的手指指着她，斥责她，“如果你觉得你出去了，就会错过别人邀请你跳下一支舞蹈的机会，那么你就不得不把这机会给我。”

“多么荒谬!”接着，他看了她一眼，显露的神色中毫无令人鼓舞之情。她和颜悦色地说：“如果你还想跳下一支舞的话，你完全可以。”

“太好了!”他呆呆地喊道，“现在让我们离开这里，无论如何，离开这个房间。”

“为什么？这跟那个有什么关系——”

“我的母亲，”道林先生解释说，“但是别看她，她监视着我走过来，还看着艾拉（Ella)，可我根本就没有打算这样做，你看!”

爱丽丝笑了起来。“我不相信这事就这么多，”她说，并同意和他去隔壁那个看不见道林夫人发出的信号的房间，“你母亲讨厌我。”

“哦，不，我不会说的，不，她不会，”他傻傻地抗议道，“她没跟你说过几句话，她不了解你，你知道，所以她怎么可能?”

“嗯，她确实，我可以看得出来。”

他圆润的眉头皱了起来。“不，我告诉你她是怎么感觉的。就像这样：艾拉不是太受欢迎，你知道——很难知道为什么，因为她是个非常好的女孩，在她看来——我母亲认为我应该照顾她，你知道的。她认为我应该和她跳好多好多支舞，还要拉来其他人的舞伴，让他们都来和她跳舞。让妈妈知道你做不到简直是不可能的，你知道的。然后关于我的话，你知道的，如果她坚持这样的话，除了和米尔德瑞德·帕尔默和亨瑞特·兰博，我根本没机会和其他人跳舞。妈妈想从头到尾都帮我做安排，你明白的，但是问题是——关于女孩这样的事，你一定明白的。她想要我做的我做不到，其实我想自己来，你正好代替了那些女孩，而那个时候我才刚放开艾拉的手一分钟，哎，她们的舞蹈每次总是排在最后一个，那么我又该什么时候插进去才好呢？”

爱丽丝点点头，她的可爱之处丝毫无损。“我明白了，所以这就是为什么你要和我跳舞。”

“不，这是因为我喜欢。”他反驳道。“我宁愿和你一起跳舞。”他补充道。说着他还回头看了看，表明在这个问题上，他对道林夫人的一贯作风早就习以为常。“我告诉母亲，我也会这么做的！”

“你鼓起了所有的勇气，弗兰克！”

他机灵地看着她。“现在你想取笑我，”他说，“我不在乎，我宁愿先和你一起跳舞！第一，你是一个非常好的美丽的舞伴，你知道的；第二，与跟别人在一起比起来，一个人跟你在一起感觉更舒服！当然，我知道几乎所有其他的同伴跟这些女孩相处得都挺好的，但我不浪费任何时间在那些我没必要去做的事情上。我喜欢那些总是对每个人都非常友好热情的人，你知道的——你就是这样的。”

“谢谢你。”她说着，若有所思。

“哦，我的意思是，”他坚持说，“音乐又开始了。我们一起好吗?”

“要不我们坐下吧?”她建议,“我相信,我还是想出去到走廊上坐一会,毕竟——这里太暖和了。”

他乐呵呵地同意了,道林先生把她引到了小树林里的一对安乐椅上。当他们撤到这里来的时候,他们发现米尔德瑞德·帕尔默在三十岁左右一个英俊的绅士护送下刚刚离开。由于这两个人是往舞池方向慢慢地走着的,毫无疑问,他们都是对方的绝佳对象。米尔德瑞德显然愿意走得更慢,因为她停停走走。她抬起头,用温柔的目光看着身边这位同伴的脸,很害羞,脸上飞上一抹绯红。爱丽丝从来没见过她朋友这样。

“好奇怪!”她喃喃说道。

“有什么奇怪的?”他们坐了下来,道林先生问道。

“那人是谁?”

“你没见过他?”

“我从来没见过他。他是谁?”

“为什么,这是亚瑟·拉塞尔(Arthur Russell)。”

“亚瑟·拉塞尔?我从来没有听说过他。”道林先生很不解,“为什么,这太有趣了!就在上次见到你的时候,你还告诉我你认识的米尔德瑞德·帕尔默有多好呢。”

“什么,我当然,”爱丽丝告诉他,“她是我最亲密的朋友。”

“所以这才显得可笑,你居然没听过这个拉塞尔,因为大家都说,即使她现在不和他订婚,不久以后也会的。我必须说,这在我看来真是一桩划算的买卖。”

“胡说!”爱丽丝大声说,“她甚至从来没有跟我提到过他。”

道林先生半信半疑地瞥了她一眼，伸出手指抚摸着他的胡须。

“好了，你知道的，米尔德瑞德嘴巴真严，”他说，“这个拉塞尔是帕尔默家族的远房表亲，我想。”

“他是吗？”

“是的，那些女孩说的。你知道的，我的妹妹艾拉在家没什么事情做，也不读书，经常玩纸牌，你看，她就打听这些事情，你知道的。呃，艾拉说了很多那些女孩一直在谈论的关于米尔德瑞德和这个亚瑟·拉塞尔之间的事，你知道的。她们都想看看他到底长什么样子，你知道的。因为他昨天才到的这里，这说明她肯定跟她们说了些什么，要不怎么——”

爱丽丝轻轻地笑了起来，但在这笑声间隙，她突然深吸了一口气。“当然，米尔德瑞德是我最亲密的朋友，”她说，“我不是说她会告诉我所有事——她当然还有其他的朋友。还有你的妹妹还说过什么，关于这个拉塞尔先生，她还跟她们说过些什么？”

“嗯，他好像很有钱，至少亨丽埃塔·兰博（Henrietta Rambo）是这么跟艾拉说的，艾拉说——”

爱丽丝再次打断他，她越加烦怒了。“哦，别提什么艾拉说！我们可以找到比谈论拉塞尔先生更好的话题！”

“哦，别介意艾拉讲了些什么！”道林先生同意了，有些悔恨，“你想要谈些什么？”

但这种宽容并没有得到她很好的回应。她坐靠在椅背上，沉默不语，她的手臂搭在椅背上，她明亮的眼睛盯着大门口，那些舞者在里面来回转动。她忧愁的并不是米尔德瑞德的保守，虽然这保守已经明明白白是对爱丽丝的定义的警告，“我最亲密的朋友”这一定义根本就没有得到过承认。没有什么比间接地提醒可以更好地强调这一点，但是事后，那就像是被蜜蜂蜇过后的阵痛。占据爱丽丝心中的是别的事，她已经被别的古怪的想法所震惊了。第一眼看到亚瑟·拉塞尔先生，在那瞬间，她对自己说，就如同是把他们大声讲出来一样明确，虽然他们更像是对她心中不知姓名的人的轻轻耳语："就是他！我就是想和那种英俊的男人结婚!"

她的眼神既焦躁不安，又充满了渴望，上帝往往太不公平：他随意地处置这世上的人，任意选择剥夺他们其中的一些人，而对另外一些人则万般宠爱，对他们除了祝福，就只有祝福。

在爱丽丝看来，米尔德瑞德福气已经够多的了。她认为有些东西有时候应该分给其他女孩一点，米尔德瑞德的一切都如同圣诞夜一样完美。米尔德瑞德接触的这个先生亚瑟·拉塞尔，相貌英俊，风度翩翩，真是完美的未婚夫，应该说当然是"非常非常好"的了！这些富人们的联姻总是门当户对的。而当米尔德瑞德和她的亚瑟·拉塞尔跳舞的时候，一个局外人最该做的就是和弗兰克·道林坐在一起。

"好了，你想谈什么?"他问。

"没什么，"她说，"我们就只坐着，弗兰克。"但片刻之后，她想起了什么，突然活泼起来，开始闲聊。她指着坐在走廊的乐手们。"哦，看他们！看看指挥者！他们不是很可笑吗？有人告诉我，他们是所谓的'爵士路易和他的混血儿'。是不是太疯狂了？难道你不喜欢吗？不要看他们，弗兰克。"

她继续喋喋不休，并不和他有目光上的接触，她将凄凉破败的紫罗兰花束从晚礼服上扯下来，并把它轻轻地放在她曾拿在手里的那束旁边。

爱丽丝为它们选了个阴暗的树丛，把它们放在了树丛根下。

然后她突然沉默了。

“你真是一个有趣的女孩，”道林说，“你说你根本不想谈任何事情，然而你却突然爆发，说了一堆又一堆。恰恰就在我对你说的感兴趣的时候，你却闭了嘴！女孩们都怎么了，无论如何她们什么时候会那样呢?”

“我不知道，我们只是很奇怪，我猜。”

“那么，我们现在应该做些什么呢?聊天，或者只是坐着?”

“我想我们还是坐着吧。”

“求之不得，”他同意了，“我愿意坐着，只要你喜欢。”

即使他在这些事情上这么友善，还是不得安宁——他的母亲从走廊走来，就像一朵圆乎乎的云一般。让他感到失望的是，她正寻找着他，她看见了他，他却很沮丧。对着他的同伴，她狂躁地上上下下地打量着她。然后，她立即换了一张凶神恶煞的脸，还用又短又胖的手招呼他，并申斥似的摇摇头。不幸的年轻男子试图用冷淡的眼神来拒绝她，但是这一努力对于赶走她，简直希望渺茫。他转过他的椅子，背对着她，不想看她打手势。结果道林夫人气冲冲地走过来。

“她进了矮树丛，她的脸匆匆摆出一个过于扭曲的仁慈的笑容，却忽视了其温和的眼睛中闪现的愤怒。

“我觉得你妈妈跟你有话说，弗兰克。”爱丽丝对着她的到来说道。

道林夫人向她点了点头。“晚上好，亚当斯小姐，”她说，“我只是觉得，你和弗兰克并没有跳舞，你不会介意我打扰你吧?”

“一点儿也不!”爱丽丝低声说道。

道林先生似乎并不认同。“嗯，你想干什么?”他问道。他的母亲打了他。

“坏家伙!”她转过身对着爱丽丝说，“我敢肯定你不会介意，让他为他的老母亲做些事情的，是吧，亚当斯小姐?”

“你想干什么?”儿子重复道。

“一件非常好的事情，”道林夫人兴奋地告诉他，“每个人都急着想和亨丽埃塔·兰博度过一个愉快的夜晚，因为这是她父亲去世后她第一次出门，当然还有她亲爱的祖父也是我们的老朋友了，而且——”

“好，好!”她的儿子打断，“亚当斯小姐对这些不感兴趣，妈妈。”

“但亨丽埃塔来跟艾拉和我说话，我告诉她，你急着要和她跳舞——”

“听着!”他叫起来，“听着，我更愿意做我自己的——!”

“是的，就只有这个而已，”道林夫人解释着，“我只是认为和亨丽埃塔说话，这是个好机会。她的大多数舞都被人邀请了，但在被邀请光之前，如果你邀请她的话，她就给你一个机会，所以我想你最好去见她，越快越好。”

道林的脸红了起来，愤怒地说道:“我不想做那种事情。”

“坏家伙!”他的母亲开心地说，“我认为，这将是给你见亨丽埃塔的最佳时机，因为不久以后她的舞就会被邀请光。而且你已经答应接下来的舞要和艾拉跳，你可能就再也没有机会了，我相信亚当斯小姐才不会介意你——”

“一点儿也不。”爱丽丝说。

“但，我介意!”他说，“我希望你能明白，要是我想和哪个女孩跳舞，我不需要我的母亲来帮我问，我已经不是三岁小孩了!”

他说话时气势十足，让道林夫人一下子明白了她应该怎么自处。和丈夫与妻子，许多父亲与女儿，一些儿子与母亲一样：有些男人会在公共场合发脾气，而且他们也不会很介意女方也有点坏脾气；但如果让她在局外人面前和他争论，他会立即变成一个懦弱的奴隶一般。女人当然明白这自古以来就是弱点，因为这是他们最重要的防御手段之一，但可以被无耻地使用。

道林夫人的声音颤抖得很明显："这样跟自己的儿子交谈真不是非常——非常愉快，还是在陌生人面前!"

"噢，我！听着!"道林被打击了，他抗议道，"我什么也没说，妈妈，我只是在开玩笑的，你怎么永远也无法忘记我是一个小男孩，我只是——"

道林夫人继续说："我只是觉得我是在帮你点小忙。我觉得它不会让你这么生气。"

"妈妈，看在上帝的份上，亚当斯小姐只是想——"

"我想，"道林夫人可怜巴巴地打断了，"我想这跟我想的事无关!"

"哦，天啊!"

爱丽丝觉察到了残忍的道林夫人正在按她计划的行事。于是，她插嘴道："我想你最好去，弗兰克，真的。"

"去!"他的母亲叫起来，"亚当斯小姐是这么说的，她自己说的！你还想说什么?"

"哦，天啊!"他再次感叹。他一脸愁容地看了爱丽丝一眼，无可奈何地让他的母亲推着他，并挽着他的胳膊离开了。道林夫人的精神已经惊人般地恢复过来，甚至比刚刚从走廊走来前的两倍还多：她在她苦难的儿子身边雀跃地前进。她的眼里，她那丰满，总是高深莫测的脸上充满了无忧无虑的神情。

爱丽丝去找沃尔特，但找到他的希望简直渺茫。在这些冷面舞会上，他的所作所为是他最成功的秘密，而他现在离开了，没有给爱丽丝留下任何解决方案的线索。当乐手们再次调低音乐的声音，又是一次中场休整，她独自一个人回来了，她先前的座位是在树丛部分遮蔽下的地方。

她现在不得不从事一门艺术了，但能提供的方法很有限，即使是这方面的专家：当身边什么都没有的时候要表现得好像有个护花使者或舞伴的样子。练习者必须含蓄，仅仅通过表情和态度来表现，就像同伴只是离开她几分钟而已，是她自己给他派了个差事。如果可能的话，观察者必须得出一个结论，那就是，她制定的这个差事还是个好玩的差事。她现在只是选择暂时落单，而不是被冷落。她正等待一个虔诚的男人会随时回来。

其他人虽然希望能坐在爱丽丝的那个角落里，但是却发现她正坐在那儿。她把一把空椅子往自己这里拉了拉，然后张开手臂坐着，以便她的手可以握住她的蕾丝方巾。她靠在第二把椅子的椅背上，宣称着它的归属。这样的抢占，像一个旅行者把包包放在机架上，真是无懈可击的。而且她还跷起二郎腿，瞧，她的一只脚有节奏地点着地，另一只脚则有节奏地在地板上打着节拍。此外，她增加了一个细节：她咬着下嘴唇，似乎在与压迫做斗争。希望缺席的舞伴回来后，能发现她的有趣，令他感到可笑。显然，有一些快活的阴谋在进行排序。她的眼睛闪烁着神秘而有趣的光芒，极力躲避着好事之人，但有时，当几对舞伴走近，想要待在这个角落里，她的关于缺席的想法似乎在威胁着她，还毫不客气地笑出声来。虽然一个或两个女孩会疑惑地看着她，然而她们的护花使者转过头去时，却没有感觉到任何奇怪之处，而只是在想爱丽丝可能是在做什么有趣的事情。她已经学会了能够完美地做到这一点。

她是在过去两年间学会这些的。在她二十岁的时候，她第一次惊讶地发现，没有一个人愿意邀请她跳舞。当她十六岁的时候，他们一家都挤在的亚当斯家的小阳台和楼梯上，或就在夏天的晚上，就在附近，盘着腿坐在草地上，“所有漂亮的男孩子在城里”，她的母亲是这样说的。而到了十八岁的时候，男孩们已经变成了“大一点的男人们”。而此时大部分“其他女孩”，她的同龄人，都已经进了学校或学院。而当他们来家里的时候，她们又“出去”，这种古老的习俗在未婚女子之间渐渐地又开始重演，这是少女们出来给人看看的仪式。爱丽丝既不走开也不“出来”，而且与那些人的行为正好相反。她可能看上去缺少光彩夺目的最富有的珠宝的映衬，穿着白色天鹅绒裙子，显示出所有一切都是新的。爱丽丝可能是过于渴望获得稳定的守护，她竭尽全力保护好旧的。她变美变得太快了。

第八章

假装舞伴不在的方法有个缺陷，就是使用这种方法一次不能超过十到十五分钟，而且整个晚上，这种方法一而再再而三地被使用。确实，单一的重复效果甚微，而且它还可能暴露真相。爱丽丝知道目前只有在两支舞的间隔之间，她的表演才可能奏效。虽然她的眼神里透着谨慎，但是在她不能目之所及时，她还是很迫不及待地挑出缺少舞伴还在走廊里闲逛着的那些年轻男子。她觉得，他们中的每一个人都应该邀请她跳舞，虽然她已经找了个很好的理由说明他们为什么“应该”，但是她的内心对他们还是充满了怨恨。

比起对什么事都一无所知的人，一个已经出落得亭亭玉立的姑娘熬过这样艰难的时期，要更难些。如同是涂上了明亮木漆的画框，画框里裱着一幅画。呆呆地跳完一支又一支舞后，艾拉·道林靠在墙边坐着。如果像艾拉那样，你的母亲跟着你一块来的话，确实很容易变成木头。你会被扔在一边，像个局外人一样坐在你母亲的身边。而不是让任意一个可能是朝你看过来的人，也可能是拒绝过你的男人和你一起跳舞，而且他还不是第一次。“不是第一次”：这是个圈套，为什么你会认为这次一定不同凡响？为什么你几乎要折断了腰才摘来了那些上百朵的紫罗兰？

这些令人讨厌的愚蠢的年轻男子在走廊上来回闲逛，每一瞬间，她都觉得更加痛苦，因为她不得不去应酬着这样的场面。她的心里越发怨恨。爱丽丝笑得更灿烂了。她有种强烈的冲动要抬起脚，冲着他们喊：你们这些白痴！他们的手插在口袋里，闲逛着，懒洋洋地靠在壁柱上，或面对面，笑得毫无内涵。他们中的每个人对于爱丽丝来说，都不过是徒有其表而已。她就想让他们知道，他们也没多好。可是，他们把自己看成不食人间烟火的神一样，告诉他们，对于他们来说，又似乎是一件残忍的事。除了消磨时间，他们没做任何事。显然，这些少爷们没有想过。其中一人终于闲逛着穿过走廊来跟她说话，而他恰恰就是爱丽丝根本不想理会的那种人。

“在等谁吗，艾丽西亚（Alicia）女士?”他随意地问道。他拿她的名字开玩笑，就像是把玩着自己手中的某件东西一样。他跟他们是一伙的，这些人身材高大，面容英俊，看上去充满了力量，积极阳光。虽然他们参加昂贵的训练营，练射击，学钓鱼，但又绝不严苛地要求自己成为像运动员那样。光鲜亮丽的外表是这种类型的男人最突出的标志。时至今日，这些人不再保养胡子，但他们的光鲜亮丽却来自别处，他们让修甲师修指甲，让按摩师保养皮肤，他们还买了汽车。然而，他们的眼睛，虽然很大但是却闪动着浮夸的目光。这一切都与商业无关，但是他们却都是“好商人”，并常常利用这些大发其财。他们只想着两件事：女人和钱，以及和这两者都有关的东西。他们通常都能明智地做出初婚的选择。虽然他们很容易想起一些小姑娘，没有了她们，相对于真的需要，生活似乎显得无聊了许多。他们逃跑了，只留给第一个妻子足够的嫁妆。他们从来不是故意对女人不好，他们对于他们的生命的价值有个错误的认识。年轻的哈维·马龙先生就是一个很好的例子，他正努力要娶亨丽埃塔·兰博，但现在又在闲逛着和爱丽丝说话，想在他和亨丽埃塔跳下一支舞之前消磨消磨时间。

爱丽丝没有回答他的问题，他在空椅上懒洋洋地坐下，爱丽丝立即将放在椅子上的手挪开。“在他回来之前，我借用下他的椅子，你觉得怎么样？你不介意吧，老姑娘？”

“哦，不，”爱丽丝说，“请称呼我其他的什么吧，反正请不要那样叫我。”

“那么你感觉怎么样？”马龙先生放肆地笑了起来，对她的话显得毫无兴趣。“说实话我一直想来看你，我曾经——因为我想和你好好回忆一下过去的欢乐时光，我知道你会觉得那很可笑。我以前常常去你家，一周两次或三次，有时候还常常去呢。——好了，你伤害了我，我不怪你，因为我没有解释或停止做任何事。说真的，就是没有任何理由的。我只是碰巧有许多重要的事情要做，所以我就没有时间去了。但是我某天晚上打算给你打个电话——说实话，我打了。我不知道你是怎么想的——”

“你错了，”爱丽丝说道，“我根本没有想过任何事。”

“好吧，好吧！”他说着，懒洋洋地看着她，“和一个老男人争论有什么意思呢？他总是出于一片好意。”他张开他的手臂，想友好的轻轻拍拍她的后背，但她躲开了。“好，好！”

他说道，“看来，你是讨厌我了！难道你再也不喜欢你的老朋友们了吗?”

“也不是所有的人。”

“谁是你的新朋友?”他嘲弄地问道，“来，告诉我，爱丽丝，这位置是给谁准备的?”

“与你无关。”

“好吧，那我所要做的就是坐在这里等他回来，然后我就会知道到底是谁的。”

“在你走之前，他可能不会回来了。”

“猜猜看，”马龙说着，一边笑着站起身，“他们开始了，我先去跳个舞，哪天晚上我还会来看看你的。”他走了，又回过头来说道：“真的，我说到做到!”

爱丽丝不再看他。

她戴上了她的面具，是时候放弃树丛了。她皱着眉头向前走去，好像为了这样的事情缺席显得有点恼火。于是，两个椅子就立即被两个卖弄风骚的女人给占领了，她们坐在那里，似乎是要对这场舞会冷眼旁观。爱丽丝快步走下宽阔的走廊，转而来到了一个更宽敞的大厅，她匆匆地走进那间放着她的外套的更衣室。她久久地待在那里，假装在镜子前整理她的头发。她用手指玩弄着她其中一只鞋子皮带上的扣子，显得坐立不安。可惜的是，管理这间房间的老妇人却十分聪明，她逗留在这里。“也许我可以帮你扣上，小姐。”她建议道，同时靠近她，“有没有松动?”爱丽丝拼命扭动着扣子，它果真散了。这老妇人，拿出针线，灵巧地修补着扣子。爱丽丝除了对她表示感谢外，其余的也不知该说什么。说完，她就走了。

她去对门的衣帽间，一个黑人正警觉地站在门口。“我不知道你是不是认识某位先生，他是我的哥哥，沃尔特·亚当斯先生。”她说道。

“是的，我认识他。”

“你能告诉我他在哪里吗?”

“不，我不能说。”

“好吧，如果你见到他，请你告诉他，他的妹妹，亚当斯小姐，在找他，我有很急的事情要跟他说。”

“好的，当然，当然!”

她走了，他还在盯着她，强烈的感情几乎就要喷薄而出。事实上，他简直是承受不住了，他突然退到房间里，憋着的笑，终于释放了出来。

在房间的一个不起眼的角落里，放着一个遮蔽超好的衣帽屏风，沃尔特正跪在地板上，与黑人服务员一起沉浸于一个游戏当中。他笑得太过火了，笑声已经干扰了手头的消遣，而且恐怕还要惹来别人的白眼。

“我忍不住，伙计，”他解释道，“我实在忍不住！你可真不适合待在满是白人的城里!”

有那么一瞬间，爱丽丝在门口停住了，她犹豫着要不要进去。此时，舞池里的人们摇摇晃晃，一圈又一圈。房间里，一群贵妇坐着，正漫不经心地聊着天，而她们的眼睛却从未离开过正在跳舞的女儿们。可怜的爱丽丝，此时正在找一个避难所。她躲过疾步而走的舞者，坐到了外围老人们聚集的一把椅子上，然后开始热情地和离她最近的一位贵妇攀谈起来。这位贵妇却似乎不习惯这种活泼，虽然也回她的话，但是语气却只是冷冷的。爱丽丝却不以为然，她比以往任何时候都更加活泼了。因为她现在想呈现这样一个画面：一个活泼的女孩子对这些上了年纪的老妇人太过上心了，以至于每个想请她跳舞的年轻男子都不得其衷。

贵妇人终于忍无可忍，为了弥补女孩付出的活泼，她勉强地微微点了个头。爱丽丝对这个点头非常感激。照着这个样子，她找到了在更衣室和树丛隐蔽处找不到的资源。她又撑着过了两支舞，那时弗兰克·道林先生再次向她邀舞。

快要轮到的时候，她就不那么高兴了，她要到更衣室来修理她的一些东西。这次是真的需要它们了。道林先生等着她，爱丽丝一次又一次地解释意外是如何发生的。“这完全是其他人的错，”他说，“他们让我一个人待在角落里，因为没有人知道至少该做做引导，他们只是不停地往前挤，都希望别人给自己让路。所以夏洛特·汤姆（Charlotte Thom）的钻石月牙形饰针就正好和你的晚礼服扯在一起，就发生了——”

“没关系，”爱丽丝声音疲惫地道，“女仆已经把它修好了，她也说那个确实太不起眼了。”

“嗯，是太不起眼了，”他回答道，“那些东西你很难看得出来的。你想去哪里？母亲一直管着我的事，我得去完成下一个任务了。”

“我就坐在乔治·德莱（George Dudley）夫人的身边。你可以带我回到那里。”

他把她留在了那位贵妇的身边，而爱丽丝回到这人造的美丽画面中，以至于两支舞又过去了。无论谁都愿意再更快乐些，而聪明的女孩正聚精会神地和她的长辈聊着。然后，她发现她的朋友米尔德瑞德就站在她面前，和亚瑟·拉塞尔先生一起，而那先生正在邀请她跳舞。

爱丽丝看着米德尔瑞德犹豫不定，就像不知道她的订婚对象是谁一样。但她的困惑马上被清除了。她点点头，随即离开了，开始伴随着节奏与这位高大的舞伴跳起了舞。其实，她并不感激女主人的这个施舍。做了这么年轻的女主人的未婚夫，爱丽丝认为，就是让他和一个不受欢迎的女孩跳舞。她猜想，亚瑟·拉塞尔先生早已经和艾拉·道林跳过舞了。

在这种情况下，对于承受人来讲这个人情债可能是痛苦的，爱丽丝的微笑一点儿也不亮丽，她发现她和拉塞尔先生没什么可说的，虽然她觉得他可能找到了一些话题可以对她说。“我不知道米尔德瑞德跟你说了什么，”她想，“也许她说，‘亲爱的，有一个女孩，你一定要帮我，你一定会很喜欢她的，但她的舞跳得不好，在这段时间里，她总是很难熬的，从来没有人会去亲近她的了。’”

当音乐停止时，拉塞尔鼓掌之余又拍了拍手，让滑稽的乐器演奏继续下去，他们又重新开始演奏，他由衷地说：“那真是太好了！”

爱丽丝看了他一眼，短短的距离中，她发现他的眼睛满是善良和愉悦。一颗友好的心灵出现了，他可能是“每个人都喜欢的”。毫无疑问，他曾称赞为“再来一个”的时候，他正在和艾拉·道林跳舞，他给了艾拉一个一样温暖的眼神，说：“那真是太好了！”

“安可。”结束了，爱丽丝才第一次和他说话。

“米尔德瑞德可能在找你，”她说，“我想你最好带我回到你找到我的地方。”

他很惊讶：“哦，如果你——”

“我敢肯定，米尔德瑞德会需要你的，”爱丽丝说道。接着，她挽住他的胳膊，走向德莱夫人，她认为这可能只是在还债而已。“哦，我不知道你——”她开始说道。

“什么事？”他迅速地问道。

“你不认识我的哥哥，沃尔特·亚当斯，”她说，“但我觉得他一定在某个地方，可能是吸烟室，还是女孩子不太想的到的其他地方，如果你不会觉得太麻烦的话，可不可以帮我问下——”

“我会找到他的，”拉塞尔立即回答道，“谢谢你的这支舞，稍后我就会把你的哥哥带来。”

这一刻真是漫长，爱丽丝目前的决定。对于这位陪伴者诚意不足的欢乐，德莱夫人已经显得焦躁不安了，她点头含糊地回应着爱丽丝。显然贵妇无意应付这个出现在她的世界，沾她光的女孩子了。她终于下定了决心。她找了个借口，打断了爱丽丝的话，起身走到了坐在旁边的米尔德瑞德的母亲——这个贵妇群体的核心人物身边。独留了爱丽丝靠在墙上，一旁的空椅子只剩下被人坐过的痕迹。她的演出不得已收尾，只能假装她的座椅扶手上有什么有趣的东西吸引了她。

她推测，米尔德瑞德的拉塞尔先生这时候已经忘记了沃尔特的事。“对他来说，我和米尔德瑞德还没有亲密到让他以为他应该告诉我，他找不到沃尔特。”她想。正在此时，她就看到拉塞尔正向她走来，而沃尔特就跟在他的身边。她欢快地跳起来。

“哦，谢谢你！”她叫道，“我知道这个调皮的男孩一定是极其难找的，米尔德瑞德永远也不会原谅我，我给你带来了那么多——！”

“一点儿也不麻烦。”他和蔼地说完就走了，留下这对姐弟。

“沃尔特，我们跳舞吧，就一次，”爱丽丝说，欣慰地抚摸着他的手臂，“我想，好吧，也许我们待会儿就得回家了呢。”

但沃尔特却满脸愤怒，仿佛是一副被施了暴一般。“不，”

他说，“我们已经待这么久了，我要等着，看看他们都吃些什么，听着！”他生起气来，“你别再那样做了！”

“做什么？”

“让人跟着我，这里闻闻，那里看看，走遍每个角落，直到他找到我！”“你是沃尔特·亚当斯先生吗？”“他这样问，我猜他一定问遍了这个地方的所有人，问他们到底是不是沃尔特·亚当斯先生！好吧，我敢打赌如果你知道他是在哪里找着的我，你就不会让任何人来找我的！”

“在哪里？”

沃尔特觉得对她最好的惩罚就是让她知道这件事：“我正在衣帽间和黑人们玩骰子！”

“他看见你了？”

“除非他是个瞎子！”沃尔特说。“来吧，我会跟你跳很多很多支舞的。晚餐之后，我们就回家。”

亚当斯夫人听到爱丽丝和沃尔特回来的动静，急忙下楼来迎接他们。

“你湿着进来的，亲爱的？”她问，“你玩得开心吗？”

“简直太可爱了！”爱丽丝兴高采烈地说，接着她就锁上了门，沃尔特已经到小车里去了。她跟着她的母亲上了楼，一路上还哼着舞曲的曲调。

“哦，我很高兴你能玩得开心，”当他们一起走到她女儿的房间的时候，亚当斯夫人说，“你当之无愧。”

但在这，没有说晚安，爱丽丝就放开了她妈妈的手，进了房间，在房间里大声哭起来。此时，在隔壁的房间里，她的父亲整个晚上都在打瞌睡，在听到这么大的哭声后，开始完全清醒了。

第九章

对于命运的期望已经破灭了。一周以后的一天早上，亚当斯夫人和他的女儿正要结束三天以来的烦恼——因为亚当斯长期生病而延后至今的“春季房子的清理”———而在母亲的房间里，爱丽丝正跪在一个抽屉前，清理着一大堆信。这些信装在一个破旧的棉袋子里，上面布满了灰尘。整理完后，她就停止了沉思。房门大开着，亚当斯夫人就在门外，她正在擦洗走廊的地板。爱丽丝叫了她妈妈。

“你放在抽屉里的这些旧信，有一些是不是结婚前爸爸写给你的?”

亚当斯夫人笑了笑，说道：“是啊。就把它们放在它们该去的地方——或者放在阁楼别的什么地方——你想放哪儿就放哪儿吧。”

“你介意我看个一两封吗，妈妈?”

亚当斯夫人又笑了：“哦，我想你要是愿意就看吧。我想它们一定非常可笑。”

爱丽丝笑着回应了她，然后选了袋子里最厚的那封。“亲爱的，我美丽的女孩”，这是开头，她目不转睛地看着这些奇特的话。她被震惊了，就好像无意中窥见了一些不当的举动一样。而多读了几遍之后，她又发现了其他许多令人惊奇的地方。

亲爱的，我美丽的女孩：

昨天我心情低落，过得很不好，因为我已经有整整两天连你的只言片语都没收到。当我没收到你的消息的时候，这每一天里所有的事情都令我觉得食之无味，了无生趣。现在所有的一切都不一样了，因为我已经收到了你的信，另外，我得到了一个消息，相信你一定会和我一样，觉得那简直太好了。亲爱的，你一定会很惊奇，所以做好准备，听一个我们未来的大事。事情是这样的。我有可能当上一家公司的头头，这家公司很好，我第一次到那儿的时候，就对它有了那么点儿幻想，正如我刚参加工作时那样。所以，当我被带着一起来做这个生意的时候，我感觉我很相信它，现在证明我是对的。话说回来，我想我找到了这世上最好的老板，而且我相信你也会这么认为的。是的，甜心，我已经跟他谈过了，如果J. A. 兰博叫我把手砍给他，我想我很有可能会这么做。因为他所说的，就意味着我们会很快结束等待，可以在一起了。从新年伊始，他就打算让我全权管理杂物部。你觉得我的薪水会达到多少呢？1100美元。这么多！一年就有1100！好吧，我想那就可以向你妈妈表明我是可以照顾得了你的了。而且，亲爱的，我多么想看到你啊，看见得到这个消息时，你的那张美丽而多情的脸！

我想走出去，走到大街上，跳舞，大叫，那就是我目前所能做的。特别是，当我知道下个星期的这个时间点，我们会一起谈所有的计划的时候。哦，我亲爱的，现在你的父母再也没有任何借口来阻止我们在一起了，我们可能在圣诞节前就可以在我们自己的小窝里了。

你高兴吗？

呃，亲爱的，这解决了所有的事情，让我们的未来如所有人祈盼的那样顺利无碍。我几乎可以想象，在经过这样的等待之后，对于你我来说，生活的困难都已经过去了，除了享受生活赐予我们的精彩的，美丽的事物之外，我们还有什么需要担心的呢。我知道我不是什么是诗人，我努力给你写这封信，这活儿可真是够轻松的①，但是在我的脑海里，这种方式就是如诗一般美丽。

回信给我，说说你是怎么想的。我知道但是无论如何给我回信吧。

在我们成家以前，我就会做到了。我会在电车上一直读信的。

你永远的爱

维吉尔

母亲在走廊用力擦洗的声音慢慢传进爱丽丝的耳朵，爱丽丝把信重新放入袋子当中，用棉布外套包好袋子，重新放回抽屉里。读这封信的时候，爱丽丝一直都跪着，现在她蹲下来，手撑着地板，坐了下来。她这种无意识的放松有利于

① 此为反语，意为：维吉尔·亚当斯觉得自己写起这如诗一般的情书来，对自己来说不是什么容易的事。——译者注

她更好地思考。爱丽丝的脸上满是惊奇。

爱丽丝第一次模糊地意识到，生活总是处于永恒的变化之中。年轻人真的相信流动着的水会冻成冰点，真的会把时间看作是一个固定的点：一些人有着黑头发，一些人有着棕色头发，而一些人的头发却是灰色的。直到这一刻，爱丽丝都还不能相信在她出生之前，宇宙就已经存在。而当她身处其中之时，她总会想到：在某个夏季的夜晚，正是月光将她照得更美。

但是在这封旧信里，她看到的是依旧闪烁着古老星光的年轻的爱，这让她震惊。这封信模糊间透露了她父母年轻时的全部生活，毕竟——他们真的拥有过——在这封信所展示的画面就像是一个滑稽表演，现在他们的青春已经完全流逝。而她也一样，她自己，一定也会经历这些变化，所有对她而言曾经重要的东西，对于她来说都已经不算什么了。

那天下午，她完成了任务之后，便走进了她父亲的房间。父亲康复得很快，佩里小姐都能走得开了。而亚当斯已套着亚当斯夫人给他缝制的睡袍。窗户关上了，而他正坐在窗边的一把高背椅子上。天很暖和，虽然把窗户关上，还穿了法兰绒的外套，但是他还是觉得冷。他的肩膀上围着爱丽丝的老旧丝巾，他的腿上套得厚厚的。这些东西包裹着他。他紧闭着眼睛，长着稀疏、发白的头发，脑袋枕在枕头上，枕头轻轻地陷了进去，这些令他看上去显得很老，很小，又很奇怪。

爱丽丝本想轻轻地走出去，但是亚当斯的眼睛并没有睁开，只是开口对她说：“别走，亲爱的。过来跟老人家一起坐一会儿。”

她搬了把椅子靠近他坐着。“我还以为你在打盹。”

“没有。我从来不会那样。我只是有时候会放空一下。”

“你说的‘放空’是什么意思，爸爸？”

他迷迷糊糊地看着她。“哦，我不知道。只是一些画面而已。他们都有点儿混起来了——旧时光和未来的世界，我好像是在计划着要做些什么，你知道的。当这些画面有些混起来的时候——我看起来就近乎是在打盹——我想那也算得上是一种瞌睡吧。”

她抬起他的一只手，捶着他。“你说你看到了类似于要实行的计划的画面，那是什么意思？”她问道。

“我说的是当我出去，能再去工作时的画面。”

“但是那不需要任何计划。”爱丽丝迅速回答道，“当然，你会回到兰博那个老地方去。”

亚当斯又闭上了眼睛，重重地叹了一口气，但是没有做任何回应。

“这个，你当然会了！”她叫道，“你想说什么？”

他的头慢慢靠近她，睁开眼睛，露出憔悴的眼神。“你从舞会回来的那晚，我都听见了，”他说道，“我知道发生了什么事。”

“其实，你不知道。”她向他保证，“你什么都不知道，因为根本什么事都没有。”

“你觉得我没听见你哭吗？如果什么事都没有，那你哭什么？”

“只是紧张，爸爸。这没什么的。”

“没关系，”他说，“你妈妈都告诉我了。”

“她答应过我不会的！”亚当斯悲哀地笑了一声，“即使她没来告诉我，我听到你这么难过，不可能不问的。你不用糊弄我。我跟你说，我知道事情是怎样的。”

“唯一的一件事就是我是个糊涂蛋，”爱丽丝反驳道，“那对我也很好。”

“怎么说?”

“因为我已经决定了一些事情，爸爸。”

“你妈妈并不这么看，”亚当斯悲伤地说道，“她认为我该去干点事业了。好，我不知道——我不知道，这些天，所有的事情看起来都那么多变。你一直是个好女儿，爱丽丝，而你跟其他女孩子一样拥有同样多的东西。你妈妈让我相信在这方面她是对的。麻烦的是——”他有些抱歉地停了一会儿，然后继续说，“我是说问题是——为了你，怎样才能得到它?”

“不!”她叫道，“这样一场乱子，跟许多白痴没有低头请我跳舞没什么关系，我是因为沃尔特才受的伤害——沃尔特是个大麻烦——”

“哦，我的天，我的天!”亚当斯痛哭道，“我想那就是我们必须要去做的事情。对一个二十来岁就必须自谋生路的男孩，你还能指望什么?别怪他。不能老把他锁在屋里。我觉得，只能希望他能学好。”

“当然，他不想去帕尔默家，”爱丽丝宽容地解释道，“而正是妈妈和我要求他要带我去的，他觉得我很自私，他觉得他有权利用任何方式给自己找乐子。当然，那个太糟糕了——拉塞先生应该——”尽管只是在讲，但是这回忆还是让她哽咽了。

“是啊，那太糟糕了，”亚当斯赞同道，“仅仅是糟糕。哦，我的天，我的天哪!”

但是爱丽丝马上让自己缓和了过来，给了他一张高兴的笑脸。“好吧，若干年后，我可能根本不记得这件事了!我相信并不是所有的事都能像当下那样让人思虑重重。”

“呃——有时是不会。”

“我在想，爸爸：似乎我应该做点事情了。”

“比如说?”

她看起来很向往，但是她跟他说话的表情是那样明显的严肃：“好吧，我是说我应该做一些自己的大事了。我应该——”她停了下来。

“什么，亲爱的?”

“呃——有件事，我想去做。我也肯定，我能做成。”

“什么?”

“我想登上舞台，我想演戏。”

对此，她的父亲突然轻轻地咯咯一笑。而爱丽丝，则有些惊讶，还觉得有些反感，因为这个她想推过去，他尽力避开，说道：“没事，亲爱的。我只是想到了一些事情。”但是她坚持这样，直到父亲不得不解释。

“这让我想起了你妈妈的姐姐，你的阿姨弗洛拉（Flora)，她在你很小的时候就去世了，”他说道，“你阿姨总是说她要登上舞台，说她怎样地肯定自己一定会成为一位伟大的女演员什么什么的。终于有一天，你妈妈爆发了，说她才应该到舞台上去，因为她一直知道自己有这样的天赋——而，呃，她们之间就因为谁才是最好的女演员，发生了口角。我必须去走廊上笑一笑!”

“可能你错了，”爱丽丝严肃地答道，“如果她们俩都这么觉得，那为什么不看作这是整个家族的天赋呢？我总是想——”

“不，亲爱的，”他轻轻地笑了下，说道，“你妈妈和弗洛拉跟其他很好的人不一样。我想有九成不一样。我所认识的所有女人都只能肯定她们是非常好的女演员，如果她们有这样的机会的话。好，我想着这是个好事。她们喜欢这么想，这对谁都没什么害处。”

爱丽丝的自尊心受了刺激。几天来，她几乎一直都在想着用她自己的天赋成就一番事业。她没有计划细节，或者关心自己走的第一步；她跳跃着描绘着一切。大多数时候，她都看着她伟大的名字出现在这座冷漠的城市大大小小的广告牌上，而她自己没有变老，只是穿着名牌的巴黎服装，显得无比迷人，走回一辆私人轿车上。无疑，她能看到的是最好的未来，那就是能和米尔德瑞德平起平坐。而这一切显得如此真实，好像就要实现了一样。爱丽丝在两个聚会上都表现得体，言语正经，甚至大声地跟其中一些人谈话。“不，我不曾忘记你，拉塞尔夫人。事实上，我很清楚地记得你。在过去那些可笑的日子里，你是帕尔默小姐，而我是棵杂草。我想起来了。我感谢你在自己的小房子里以你的热心对我做的一些事。正如你所说的，一个招待会，会让我重新认识很多相识多年的老朋友——但是我是个无关紧要的角色，你应该不介意我这么说，我在这粗野乡下真的找不到什么令人振奋人心的东西。我真的一定得叫你不要给我施压。一位艺术家的时间不是她自己的，虽然当然我不怎么指望你能明白——”

接着，爱丽丝说起了那段黑暗的时光；但是她和父亲会面后回去时，对外依旧完全是愉快的模样，而心里却升起沉重的沮丧感，好像刚吃了块馊掉的蛋糕。她的父亲对于戏剧，什么都不知道，而她意识到他的无知，然而为了一些原因他那无知而又质疑的发笑，大大打击了她前途光明的大计划，打击到几乎什么都没有了，似乎这些事总是发生。她一直要做出解释，想在快乐之上再锦上添花。然而，一旦有谁多看了他们两眼——甚至是爱她的父亲——这精心的设计都会被苍白的凄凉所击溃。“这就是生活吗?”爱丽丝想道，并没怀疑到这问题的源头全部来自她自己。“生活就是你花了所有的时间来想象一些没有的，甚至绝对不会发生的事？美好的事情都降临在其他人头上，为什么只有我一个人什么都碰不上呢?”

这心情持续了整个晚上，而且一直到了第二天下午她父亲要她去镇里完成一件差事，还是这样。亚当斯决定再次开始抽烟，而当爱丽丝走进一家她父亲所谓的大商店，要了父亲要放在烟斗里的廉价卷烟时，她觉得相当丢脸，也很尴尬。她又跌入了一种可笑的氛围中，于是她计划好说是为一些忠心的老零售商买的，他们现在走不动了，虽然服务她的店员并没有要求她这样详细精心的描述，但店员还是冷静地听完了。爱丽丝在把袋子放进大衣口袋的时候，店员挤出了一丝笑容，稍作了评论：“我敢说这一定会让他很高兴的，他们告诉我他就喜欢这种。”

她还在演一个邦蒂富尔（Bountiful）女人，在这种乐趣的期待之下，在这个家庭的追随者、淳朴的老黑人或是爱尔兰人的带领下，她离开了这家商店。但是，当她从拥挤的人行道中走出来的时候，她的笑容迅速消失了。

就在隔壁的烟草店，有个通向入口的楼梯，在这个上面是个昏暗，黑乎乎的洞，满是污垢的镀金字母写在标志牌上，弗林克（Flink）商业学院的信息占据了这座楼上面的地板。与此同时，弗林克在此公开提供“个人授课和实用数学，书籍保存，以及所有的商业生活的分科，包括速记、打字，等等。”

爱丽丝停留了一会儿，对着这广告牌皱着眉，好像那是她之前从没见过的东西，令人惊奇，使人厌恶。然而那明显是个繁华的地带。她来镇里的时候，她几乎总是路过，从不去注意它。这次她没有，这是她第一次停下来，抬眼看它，隐约间有种忧虑地看了它几眼。

这栋建筑不是多变的城市定义的那种现代风格，布满灰尘的木楼梯，正好从人行道上可以看到，向上消失在一片烟黑中。爱丽丝想，一个女孩向上的脚步引出了一种令人厌恶的阴暗。这种阴暗，如可怕而永恒的死亡一般。而且正如在五月时，她看到的冬天的景象：干枯的树叶落下，在机器边工作的美丽女孩枯萎了，老女人们从有着双下巴的男人们那儿得到命令。爱丽丝见过许多不同的老女人们接到过“命令”。她脑海里都是她们，正像爱丽丝经过那个楼梯口。虽然她们各不相同，但是她们看上去都有点儿像她自己。

她讨厌这个地方，虽然她从这出去，或者将视线移到这个地方。对她来说，这栋建筑影响着人的心情，令人感到不愉快，仿佛是一种神秘的指责，而这指责她没有理会其中真意。今天她走着，一路沉思。而在下个转角，她转了条街，正向家里走去时，她收到了一个惊喜。亚瑟·拉塞尔从她背后迅速走上前来，她看见了他，他摘下帽子向她打了个招呼。

“你往北边走吗，亚当斯小姐?“他问道，“你介意和我一起走吗?”

她不是很开心，但看上去似乎是这样的。“多迷人啊!”她叫道，向她轻轻挥了挥手。然后，因为她不知道他是不是已经看见她从烟草店走出来，她笑了笑，补充道：“我正在做一件最愚蠢的差事!”

“那是什么?”

“给我父亲买些雪茄。他正病着，可怜的人，而且他口味太特别了——但是对雪茄，我又能知道些什么呢?”

拉塞尔笑了："好吧，对于这些东西，你知道些什么呢？你依照价格选择吗？"

"很幸运，不是的！"她大声说道，假装思考过后又补充道，"当然他把他想要的类型的名字写上，我把它递给店员。我从来都叫不出它的名字。"

第十章

她讲话的时候，插在口袋里的手还捏着一小截香烟，她的手指躁动不安，略带不满地回应着。她专门找时间想了想为什么她要为了亚瑟·拉塞尔先生捏造这些谎言。用沃尔特这个借口打发整晚的无聊时光让人感觉很不好意思，压力很大，虽然她已经遭遇了其他人所不能的。这个男人，在她听说他是米尔德瑞德的亚瑟·拉塞尔先生的时候，爱丽丝感觉对他的兴趣降到了最低点。然而在她生命中，还没有发展出像这样的兴趣。在二十二岁这个阶段里，这并不是唯一的。

至今，爱丽丝都记挂着拉塞尔可能忙着订婚的事。她看着他，就像是吃饭的人走进一个餐馆，看着满桌的菜，都标着“已预订”。那眼神中，带着微微的不满，立马飘忽而过。这探索的眼神充满怨念地漫游着，在山腰上停了下来，寻找着一片从未被开垦过的土地。实际上，除非这个探索者并不诚实，而只要所有者把这个明明白白地通报出来，爱丽丝就不会强占别人的土地。

虽然，她现在对此漠不关心了，但是习惯已经控制住了她。而且，现在，就在此时，她想知道为什么她为她的父亲捏造出了这么个虚假的烟。她很后悔她没有大胆地带着她的马卡拉手杖到镇里去。她不自觉地欢乐了起来。

“可能，员工觉得你想给自己点支烟，”拉塞尔建议道，“他可能带你去见见西班牙伯爵夫人。”

“我肯定他就是的！”爱丽丝开心地赞同道。接着，她哼哼了几声，是一两段的“拉帕罗马”① （LaPaloma），她打着响指，轻轻摇晃着她的身体，建议接受“西班牙舞娘”。“你会带着我去见人吗，拉塞尔先生？”她问道，此时她停止了摇晃。

“我？呵，会啊，”他说道， “我会给你所有你想要我给的。”

“那，这可是一个承诺啊！”她说道，笑着，闪烁着光芒的眼睛迅速地看了他一眼，眼中流露出满满的惊喜。他有些疑惑地看着她，却满心欣赏。她越来越惊讶了，她很开心，他和她玩到了一起。

能跟这样一个同伴一起散步，她更开心了。她将他描述为“外貌出众”。她喜欢他的高，他的瘦，他灰色的衣服，他柔软的帽子，他干净的棕色鞋子；她喜欢他轻松地摇晃着自己携带的手杖。

“我是不是要讲些什么？”他说，“你愿意被当作西班牙伯爵夫人吗？”

“不是那样的，”她解释道，“你说过——”

---

① 拉帕罗马：意为白兰鸽，西班牙民歌。——译者注

“我说过我愿意给你所有你想要我给的。不是这样的吗?”

“看情况吧，是不是?”

“当然，这得看你想要什么了。”

“哦，不!”她笑道，“那得看很多事情。”

“比如?”

“呃——”她犹豫了，突然有股想要恶作剧的冲动，说道，“比如，米尔德瑞德!”但她还是决定跳过这个提议，接着变得严肃起来，想起来在米尔德瑞德家里，拉塞尔是怎么对待她的。“就说说什么才是我想要的，”她说，“我想知道其他晚上你能给我什么! 我怕你可能会让我沦落成专业的赌徒。”

拉塞尔温和地看着，表情真挚，她发现了。他友善地轻轻一笑，让她打消了现在的疑虑。“那你的哥哥告诉过你我是在哪儿找到他的了吗? 当时我板着一张脸，但是后来我笑了——笑我自己。那原本吓到我了，至少说，他是用这些好笑的东西嘲笑着自己。”

“沃尔特就是那个原本，”爱丽丝说道，她放弃了觉得自己哥哥古怪的新观点，她冲动地让这个看起来有道理，“他是个古怪的男孩，我很担心你误解了。他说了这个精彩的黑人的故事，他总是拉着黑人做许多事情，和他们讲话。当你帮我找到他的时候，他也是在米尔德瑞德家做这些事情——他说跟他们一起玩骰子能赢了他们的自信。在家里，我们都认为他很可能有一天给他们写本书了。他文笔相当好的。”

“那你呢?”拉塞尔微笑着问道。

“我? 哦——”她停住了，抬起手来，做了一个无助但是迷人的姿势，“哦，我只是——我!”

那手好似微光笼罩，它晃动着，牵动着他的目光。她的眼神里洋溢着热情与赞赏，那张抬起的脸，光彩照人，淡褐色的双眸，小而精致的鼻子，含笑的嘴角，似乎是将装饰性的转变推向了高潮。他从来没见过有一个人变化得可以让人如此沉醉。相比起来，他的堂妹米尔德瑞德，就不那么惹人遐思了，她总是把控任何可能产生变化的冲击——假如她有了的话。“天哪!”他说，“但是你太不一样了!”

此时，她无法忍住自己恶作剧的冲动，突然淘气了起来。

她转过头，笑着，一双明亮的眼睛看着他整张脸。

“跟谁比?”她叫道。

“跟——每个人!”他说，“你会读心吗?”

“为什么这么说?”

“你怎么知道我在想你跟我堂妹，米尔德瑞德·帕尔默很不一样的?”

“你凭什么觉得我知道?”

“没什么!”他说道，“你知道我在想什么，而我知道你是知道的。”

“是的，”她带着些许冷幽默说道，“看起来我们多亲密呀!”

拉塞尔毫不怀疑，对于她的这些愉快的事情，他很开心。“天啊!”他又一次大叫起，“我第一次见你的时候，我还以为你是那种女孩呢!”

“哪种女孩?米尔德瑞德叫你邀我一起跳舞的时候，她没告诉你我是哪种女孩子?”

“她没叫我邀你跳舞呀——我一直在看着你。你在和一些老妇女说话，我还问米尔德瑞德你是谁呢。”

“哦，那米尔德瑞德没有——”爱丽丝看看自己，“那她跟你说我是谁了吗?”

“她只是说你是某个亚当斯小姐，所以我——”

“‘某个’亚当斯小姐?”爱丽丝打断了他。

“是啊。然后我就说我想认识认识你。”

“我知道。你以为你把我从那些老女人那儿拯救了出来。”

“不。我觉得是我把自己从那堆女孩，就是米尔德瑞德想让我跟她们跳舞的女孩那儿拯救了出来。那个道林小姐——”

“可怜的人!”爱丽丝温柔地说道。她冲动的想法是米尔德瑞德已经有了许多机会，作为一种自我防卫，她的小心谨慎都能找得到痕迹。而这个亚瑟·拉塞尔先生是比想象中还要有共鸣的人。

“那么，拉塞尔先生，除了你第一次见到我的时候你所想的，你根本不知道我其他的事?”

“是的，我知道我所想的就是对的。”

“你还没告诉我你是怎么想的呢。”

“我想的就跟你所想的那样差不多。”

“那可不一定?大约一分钟前，当你说想象中的我和米尔德瑞德有很多不一样的时候，我想你已经透露了更多的情况，那是肯定的，多么不幸啊!”

“我可没说，”拉塞尔解释道，“我想，你看透了我。你就是我想的那种女孩——一个可以读人心的人。你为什么说你不像米尔德瑞德，就是很不幸的事呢?”

爱丽丝优雅的姿势似乎勾勒出了米尔德瑞德的样子。“因为她很完美——呵，她是这么完美的人呢!她从来不犯错，每个人都那么尊重她——哦，是的，我们都非常羡慕她!她就像一尊，很大的，高贵的，冷峻的雕像——跟我们比起来——而且她几乎从来不做任何卑鄙或者奸诈的事。我认识的所有女孩中，我相信她真的最不会玩阴谋诡计了。她是——”

拉塞尔打断了她，他看上去很困惑：“你说她简直太完美了，但是她也做些——”

爱丽丝笑了，好像是在笑他的天真无邪。“男人真是有趣！”她告诉他，“当然女孩们有时会做些卑鄙的事情，我的一生当中也有不少污点！我的意思是说，跟我们其余的人比起来，米尔德瑞德超级完美。”

“我明白。”他说道，好像还需要那么一两分钟的时间来思考。接着他问道：“那你做了什么无耻的事情了？”

“我？哦，是最坏的那种！这个镇上的大多数男人都很烦我——而且我还把它表现出来。”

“但是我不能将它称为无耻，真的。”

“好吧，他们确实是。”爱丽丝笑道，“那让我成为一个很不受待见的人！我做了很多令他们讨厌的事。比如，在舞会上，我找了很多聪明的老女人，跟她们聊天，而不是更多的和一些无足轻重的十几岁的人跳舞。我也经常这么干。”

“但是你好像喜欢跳舞。你比其他的女孩跳得好，我——”

“你的恭维可没有让我冲昏头脑，拉塞尔先生，”爱丽丝打断道，“特别是自从米尔德瑞德在你跟前拿我跟艾拉·道林比较之后！”

“哦，不，”他坚持道，“还有别人——当然还有米尔德瑞德，她自己。”

“哦，当然了，是的。我忘了。呃——”她停住了，接着说道，“我当然应该跳得很好。”

“为什么责任这么重大？”

“我会想起舞蹈老师和爸爸付的学费！各种各样的昂贵的辅导——虽然我想那都是女儿的爸爸们付的，不是吗？直接扔钱给他们的。”

“你不是——”拉塞尔开口，而他的脸上显现出震惊的表情，“你没有上——”

她明白他心中所想，她愉快地回应道，“哦，真是不幸！不！你的意思是说你很担心我会崩溃，我穿着这样的一块破布，绕着一座喷泉跑了三十圈，接着为了一声‘再来一个’，还表演那种我到底可以让我的手像蛇一样，柔软到什么程度的那种节目。”

“我说，你会读心啊！”他大叫道，“这正是为什么我假装担心你可能做的。”

“‘假装？’那更适合你吧。不，这不是我所热衷的。”

“那什么才是你感兴趣的？”

“哦，没什么比我刚才知道的更特别的了。当然我已经有了一个很特别的：这是每个女孩都经历过的。”

“那是什么？”

“上帝啊，拉塞尔先生，我觉得你真是不食人间烟火，假如你不知道在每个女孩的生命中都会有那么一个阶段，她很乐观，她觉得自己拥有天赐的力量！那只是没有希望的女人们通用的一个规则而已。我的意思不是说我们都想继续这个阶段，但是如果我们这样的话，我们都会认为我们都很棒。即使是米尔德瑞德。哦，她没有对你坦白。你肯定比其他任何一个男人都懂她。”

“我知道，”他说，“女孩们总是说我们不理解她们。我不知道你是不是——”

在他说出来之前，她就理解了他的想法，而他又一次被她的快速所震惊，这对她而言似乎就是一种心灵感应术。“哦，但是尽管我们并不理解其他人！”她感叹道。

“这种事我们可不能说——你自己会看得明白的!”

“你们为什么不跟我们说一些呢?”他问道。

“我们不能告诉你们。”

“怕伤自尊?”

“不是。在小偷中，尊严并没有多重要，拉塞尔先生。我们不告诉你关于我们对别人的恶作剧，是因为我们知道那也不会给你留下什么印象的。这恶作剧不是针对你的，更何况你是这样一个脾气温和，亲切友好的人!”

“你们针对我们的恶作剧是什么?”

“哦，这些嘛!”爱丽丝笑道，“我们觉得那些真是相当可爱的!”

“说吧!”他叫着，用手杖敲敲地板。

“这是在欢迎什么?”

“你呀。你所说的就像是在屋顶升起了一面旗帜。”

“哦，不。那只是在一个漂亮的花坛里，一丝羞怯的小小痕迹而已:‘绅士，当心!’”

“我知道我必须。”他热情地说道。

“谢谢! 但是我的意思是，当心整个繁花盛开的花园!”接着，她扒出了已经被盖住的小路:“你不需要想，也不需要问她，你就会知道米尔德瑞德到底是不是一个例外,”她说道，“她不会告诉你的，她不是会做这种事的人。”

但是拉塞尔没有跟着她转换先前的话题。“米尔德瑞德不是一个例外吗?”他茫然地问道，“我不——”

“在这个事情上，如果她关心的话，她能想的只有一件事，那就是当个完美的人。如果你问她，我很肯定她会说，‘多无聊啊’! 这是米尔德瑞德的最爱，无论是什么好事，而你不会通过她问出什么来的。”

无论什么时候他们谈起他的堂妹，拉塞尔的表情都会变得严肃起来。“你不这么认为?”他说道，“你觉得她是——”

“不。但是那确实不是因为她不真诚。那仅仅是因为她有很多事要做。当然，我的意思是，她不能不维持那样一个庄重的形象。”爱丽丝并没有停止爱丽丝式的扭动。“我头脑发热的时候，你真应该看看我！我常常一个人在房间里弹‘茱丽叶’。”她优雅地抬起手邀请道：“哦，不必向月亮起誓，那月亮变化无常，月月绕着她转，唯恐你的证明——”她那一点点的兴奋，突然停止了，她猛然咬着手指，笑着说：“爸爸以前老跟我开这样的玩笑，我的上帝，那时候我才十五岁！”

“难怪你这样狂热，”拉塞尔评论道，“你真是干得漂亮。那你又为什么不走那个路线了?”

“哪条路线?‘你可爱的爱人是多变的’? 茱丽叶正和一个人说着，你知道的。她似乎已经做好准备，担心他矢志不渝的爱消失得太快!”

她的同伴再次陷入沉思。“是的，”他说道，似乎对于爱丽丝的建议相当厌倦，“是的，似乎就是这么回事。”

爱丽丝一眼扫过他严肃的脸，屈服于这无畏的诱惑。“你不要把它看得这么艰难。”她脱口而出。她向他靠过去一点点，好像很友善似的。他们慢慢地走着，那时，她温暖似的亲切让她的肩头似有暖阳洒落，温暖着他。“你不喜欢我的读心?”她问道。他们只是微触肩膀，她突然看向他，冲他微笑着，笑中满是期待和渴望：“你讨厌那个?”

他摇摇头。“不，不是的。”他严肃地说道。“那真是有趣。但是我想这是说，‘先生，当心啊！’”她立即离他远了些，毫无征兆而又坦率地笑着说，开心地一点点陷入这样的伪善当中，她还有一点点高兴。“多可爱!”她叫道。她指着前方："我们的散步快完了。我们快要到我住的这座傻乎乎的小房子了。这是个奇怪的小地方，但是我的父亲还很留恋它，对于让他在远一点的地方再建座真正的房子，我的家人都已经放弃希望了，但是他不让我们在他珍贵的小房子里改造任何一个小东西。好吧!"她停住了，对他伸出了手："再见!"

"我能不能，"他开始犹豫着问道，"我能不能进来跟你待上一会儿?"

"现在不行，"她迅速说道，"你可以来——"她停住了。

"什么时候?"

"几乎什么时候都行。"她转过身，慢慢走上小道，但是他还在等着，"如果你喜欢的话，你可以晚上来。"她回过头来对他说。

"多早都行!"她挥着她的手，然后跑进门。她从一个窗户往外看着他，那时他正走在街上。他走得很快，他那材质上乘，图案简洁的手杖，摇晃着，暗示着他很高兴。爱丽丝掀开一个蕾丝窗帘那不规则的口，在后面盯着他看，心情却不是同样的轻松。她关上了门，所有的活力都离她而去。她马上变回了那个简单，而有时被她的家人困扰的女孩。

"外面发生了什么事?"她母亲从餐厅走来，问道。

"哦，没什么，"爱丽丝走开了，冷冷地说道，"拉塞尔先生在镇上遇见了我，就和我一起走回来了。"

"拉塞尔先生? 哦，就是和米尔德瑞德订婚的那个?"

"呃——我也不太确定，他对我倒不怎么像一个已经订过婚的男人。"她补充道。她全神贯注地思考着：无论怎样——并没有那么可怕!

接着她走上楼去，给了她父亲一支香烟，并帮他把烟斗填满。当父亲点起烟的时候，爱丽丝抚摸着他。

第十一章

在那之后，爱丽丝走进她的房间，然后在她的三叶镜子前坐了下来。只要她脑子里没有什么事要做的话，爱丽丝几乎总是坐在那儿。她向那把椅子走去就像狗走到它的角落去那样自然。

爱丽丝俯身向前，观察她的轮廓，她的心情似乎变得沉重。爱丽丝几乎是一动不动地仔细检查，一段时间后，她开始进入戏剧准备阶段，爱丽丝的脸上呈现出夸张的表情：她首先表现出对一个伴侣的欢乐，讽刺，怀疑，温柔，欣赏，还有暗恋的表情——这些都是事先研究过的，然后再不断重复地用“四分之三的侧脸”来展现这些。随后，她把它们统统都演了一遍，她全心全意地看着镜子中的自己。

以这种方式，她规划了她与亚瑟·拉塞尔下一次会面时开玩笑的场景。但是一想到这是她已经留给他的印象，沉重就会又一次袭来。对于“最亲密的朋友”的逐渐走远，她没有感到心痛——事实上，她觉得她为拉塞尔先生描绘一个新的米尔德瑞德的形象既诚实又精准。但为什么她当时本能地向他展示了一个根本不存在的爱丽丝·亚当斯呢?

她对他说的几乎所有的事情都是出自自发的冲动，如雨后春笋般瞬间从她的嘴唇流出。然而这一切似乎都是建立在一个精心设计上，仿佛是她隐藏的自我曾把这些设计储存起来，准备好了，然后为了自身的目的递给了她。期望的结果似乎是在拉塞尔的脑海里制造一个多彩缤纷的假象，但如果拉塞尔喜欢这种形象，他就不会喜欢爱丽丝·亚当斯。任何他想到的形象，也都将是对她的一种假想。

不过，爱丽丝知道她会继续这样错下去，只要她再看到他，这子虚乌有的绚丽色彩就会继续下去。她刚刚还一直在练习它们。“你怎么看?”她问道，“是什么让我说了这样的谎?为什么我不该只是我自己?”接着她想，“但是，哪一个才是我自己?”

她的眼睛停留在镜子里冷峻的眼神上，而逐渐深入的思考让她烦恼不已，她亲启朱唇，轻轻说道:“你到底是谁?”

她面前的幽灵曾经就像一个思维敏捷的奴仆服从着她，但现在，因为她平息下来，到了完全沉默的地步，这方面以反映出的错误，让事情改变成了另一副模样。这些奇怪的事情中最奇怪的似乎是，镜子中的眼睛空洞无物，一些奇怪的事情似乎被搜集起来，进而塑造，一直到它变成了一个真实而奇怪的存在。如果它能够被识别出来，也许真相就是，这个隐藏的设计者为了不为人知的目的，而传递了虚假和事先准备好的图片，而爱丽丝把它们展现了出来。但不管是什么，她突然发现那就像猴子一样很可怕。她激动地跳了起来，跑到房间的另一边。

片刻之后，她就一边吹着口哨，一边将她的薄外套挂在她的衣柜里的木三脚架上。她现在所想的比它带来的经历更加离奇，因为她想的是这个：“我肯定是个奇怪的女孩！”她为这一独特感到一丝骄傲，相信自己可能是这世界上唯一一个有这样想法的人。因为从她进入这个房间开始，她就有这样的想法了。她第一次被镜子中这样奇怪的存在所扰乱。事实上，一度因为她那全神贯注和自鸣得意的神情被看见了，小插曲的效果变得很明显，任何一个女孩都有理由去怀疑，她是一个独立存在的人。

激情依旧在微微燃烧，坐在桌对面的沃尔特发现了这一切，但是他理解错了。“你看上去为什么这么自我满足呢？”他问道，接着又补充道，“我看见你了，对吧，美人儿！”

“你在哪里看到我的？”

“镇里。”

“你是说今天下午，沃尔特？”

“是的，‘我是说今天下午，沃尔特’。”他回答道，嘲弄地模仿着她的声音，那声音至少高高兴兴地取悦了自己。因为他是喝倒彩的嘲弄。“哦，你从来没有见过我！我就在离你不远的地方拔牙，但你忙得可怕。我从来没有看到有谁跟你一样忙，爱丽丝，那时你还在游览汽车上。我的天哪，但你的手从没停过！那种忙碌的气氛！那就是为什么我知道你今天晚上看上去这么乐呵呵的原因。我看到你钓了条大鱼。”

亚当斯夫人慈爱地笑了，她没有被这反击惹怒。“嗯，什么意思，沃尔特？”她问，“如果你碰巧在街上看到你的妹妹，而一些不错的年轻男子正在向她献殷勤的话——”

沃尔特高声叫了声，然后咯咯地笑了。“哇，天哪！”他说，“你搞错了。是小爱丽丝在‘献殷勤’。我知道她正在钓一条大鱼，好吧，没事了。”

“是的，”他的妹妹平静地反驳道，“我想你可能已经认出他了，沃尔特。”

沃尔特恼火地看着。“还在喋喋不休地说那个!”他抱怨道，“我喜欢的是那种女人，如果她们火了，她们只是打下你的脸，然后这事就过了。顺便说一句，我听说过这个拉塞尔打算和你的亲爱的，甜美的老朋友米尔德瑞德确定关系。你跟他走那么近干什么?”

亚当斯夫人温柔地责备着儿子：“干什么你，沃尔特!”

“哦，没关系，妈妈，”爱丽丝说，“害怕一切才是最可怕的。”

“滚吧!”沃尔特漫不经心地抗议道，“我在镇里的小店听到了所有关于这个拉塞尔的事。年轻的乔·兰博（Joe Lamb）那么能聊，我都怀疑他会不会毁了他祖父的生意。他让我们这些廉价工百分之九十的时间里都围在他身边，听他扯淡。乔告诉我，这个拉塞尔是帕尔默家的亲戚或是其他的什么，他自己有点小钱，他打算投资老帕尔默的信托公司，而帕尔默家打算让他当公司的副总裁。就是某种家族财富管理，乔·兰博说的。”

亚当斯夫人看上去若有所思。“我不明白——”她开口说道。

“所以，这个拉塞尔应该是打算和米尔德瑞德联姻，”她的儿子解释道，“老帕尔默死了以后，这拉塞尔将成为他的女婿，而他所需要做的仅仅就是抬起脚，穿上老帕尔默的鞋而已。对这个拉塞尔来说，这肯定是一个大手笔！爱丽丝，你最好赖在那儿。捡捡别人丢下的，你会活得更好的。”

亚当斯夫人还沉浸在若有所思的氛围中。“但是，你是说这个拉塞尔先生自己就挺富的，沃尔特。”

“哦，乔·兰博说他自己确实有一些钱。不知道有多少。”

“好吧，那么 —— ”

沃尔特笑了一笑。“放手吧，”他吩咐她，“爱丽丝连第四位都排不上。”

爱丽丝一直超然地看着他，就好像在估算某种收藏品的价值而不是自己的价值。“是啊，”她漠然地说道，“你真是庸俗，沃尔特。”

沃尔特已经吃完他的饭。他起身，站在爱丽丝旁边，拍了拍她天生长得很美的肩膀，“好极了爱丽丝！”他说。“说实话，你还排不到第四位呢。如果我是你，我甚至都不会在这个阶层开始。那些冷脸的家伙一旦知道了你的真实情况，一定会很快地把你丢出去。”

“沃尔特！”他的母亲又说了一遍。

“好了，我还是不是她哥哥了？”他回道，似乎是完全严肃又直接的回答，至少在这一刻是这样。“我一直喜欢这个女孩子来着。事实是，有时我有点对不起她。”

“但是，这都是些什么？”爱丽丝叫着，“仅仅是因为你在镇里见过我和一个男人，还是我之前就只见过一次，还了解得不多的男人！为什么要这样胡说？”

“‘为什么’？”他笑嘻嘻地重复道，“嗯，开始之前我已经知道你了，你懂的！”他走到门口，停了一下，“我今晚没约会。带你看电影，你要是愿意去的话。”

她干脆地拒绝了：“不，谢谢！”

“去吧。”他说话的样子跟他所说的一样的愉快。

“给我一个机会向您展示一个比和冷面人在一起更令人愉

快的夜晚。之后我给你买些炒杂碎①。”

“不，谢谢！”

“好吧，”他回答，挥舞着手，油腔滑调地说着再见，“就像理发师说，‘越好的建议，越是浪费’！晚安！”

爱丽丝耸耸肩膀。片刻之后，一声震动，前门被随意地“砰”的一声关上了。她摇着头，重新考虑：“也许我应该跟他一起走。这可能让他远离他那些可怕的朋友——至少一晚。”

“哦，我敢肯定，沃尔特是个好孩子。”亚当斯夫人安慰地说道。当丈夫或爱丽丝表现出这样的疑虑时，她总是这样说：“他老是举止奇怪，但这只是因为我们没有给他像其他年轻人一样的好条件，但我敢肯定，他是个好孩子。”

过一会儿，她洗着餐具，爱丽丝帮忙擦干，她又回到了那个话题。“当然，沃尔特甚至可能代替这个镇里其他的好男孩，”她说，“我的意思是，如果我们有能力在经济上帮助他的话，别的男孩都可以参加乡村俱乐部，有轿车还有——”

“别说了，妈妈，”女儿央求她，“有什么用呢？”

“这可能有用的，”亚当斯夫人坚持道，“可以的，如果你的父亲——”

“但爸爸不能。”

“不，他可以的。”

“但是，他能怎么样呢？他告诉我一个男人在他的年龄是不能放弃事业的，实际上他一辈子都在做这份事业，只是仅仅去探索了一些永远不可能会露面的东西。当然，我也认为他是对的吧！”

---

① 炒杂碎：一道中式菜。——译者注

老伤疤又被揭起，亚当斯夫人的手在一堆碗碟中溅起水花。“哦，是的，”她说，“他老那么说，但他知道可以更好。”

“他怎么知道可以‘更好’，妈妈？”

“他知道怎么做！”

“但他到底知道什么？”

亚当斯夫人猛地转过她的头，略带气愤的声调说：“你难道认为我是个傻瓜，我会劝他什么都没有就放弃一切不劳而获，是不是，爱丽丝？你以为我想要他只是去‘摸索’他跟你说的那些？当然，这真是疯了。他为兰博家工作，从那儿拿那么一点点收入，我也不会傻到，就因为一个偶然的机会，就要求他放弃这些收入。天哪，爱丽丝，你也必须觉得我有点儿聪明吧，哪怕只有一次！”

爱丽丝感到困惑：“除了某个机会还有什么？我不懂——”

“好吧，我懂，”她的母亲果断地打断了，“如果他想的话那个人可能使我们现在都富裕，很久前我们本来可以很富，如果他曾经觉得应该为他的家人做些什么的话。”

“什么！哎，怎么会——”

“你和我都知道是怎样的，”亚当斯夫人生气地说，“我猜你没有忘记周日他没有生病前，他是如何对待我吧。”

亚当斯夫人继续干她的活儿，回忆猛地袭来，她突然陷入了沉默。但是爱丽丝又突然豁然开朗，突然揶揄地笑了出来。“哦，又是胶水厂！”她叫道，“多么愚蠢！”接着她又笑了。

所以，很多时候父母的伟大事业在孩子面前展现出不光彩的一面。亚当斯夫人的“胶水厂”概念如同这个家庭童话里的教母，是一个荒诞古老的故事，爱丽丝从来都不把它当回事。她记得，当她十五岁的时候，她的母亲就开始时不时地对亚当斯讲“胶水厂”的事，很胆怯，相当模糊的建议，但从来没有不刺激父亲的。于是，多年来，这个荒谬的计划从来没有被提及。可能因为在女儿不在的时候，亚当斯爆发过几次。但在去年亚当斯夫人悄悄地又回到了这些老话题上，时不时地提起它们，这又触动了丈夫的神经。爱丽丝对此感到厌烦，她的印象就是，她的母亲希望父亲去找到，或者买，或者做某件事，或者其他，大概是和胶水厂有关。爱丽丝还表示，父亲认为这样的建议并不可行，甚至觉得是一种侮辱。父母谈话的时候，爱丽丝和沃尔特都不在场，但有时爱丽丝能撞见谈话刚刚结束。她发现她的父亲还处在嘶吼的心情中，当父亲离开的时候那吼叫的脏话还在他身后的空气中震动着。亚当斯夫人还留在那儿，虽安静，但很烦恼。爱丽丝还同情这个受了刺激的男人，爱丽丝问她的母亲，为什么这些烦人的吵吵闹闹又被翻出来，但是她得到的总是不安又神秘的答案："他能做到的——如果他想的话。"爱丽丝没能理解胶水厂的愿望，在她的心里，父亲缺乏参与胶水厂工作的野心。对父亲来说，没有什么比被兰博公司雇佣更好的了。她觉得亚当斯比她的母亲更知道一份事业是否有价值。很明显，因为她已经听到父亲在这些痛苦的谈话后他的那种嘶吼："你可以一直说这个该死的话题直到你我都死了，但我不会用那种方法挣一分钱的!"

曾有过一个极端的例子。那是在亚当斯的病开始爆发之前，有一个星期天，他们从教堂回来，爱丽丝发现母亲在楼下，仿佛受到恐吓正抽泣着，而她的父亲在她头顶的房间里来回踱着步，声音很大。他大声地无休止地谩骂："那个女人啊，那个女人，哦，那个该死的女人!"

亚当斯夫人向女儿承认，是那个"老胶水厂"，而她丈夫的发狂已经吓坏了她，他让亚当斯夫人许下一个庄严承诺，

“只要她有一口气在，永不再提这个问题”。爱丽丝笑了起来。“胶水厂”的想法不再是一个无聊而是一个可笑的事，而她的母亲明显对这事儿很严肃，而这就是我们有时在这些我们最了解的人当中发现的无法理解的奇思异想。一个小时之后，亚当斯下楼吃饭，他有着不同寻常的兴奋。爱丽丝很高兴他能发一次狂去解决这个胶水厂的问题，而且还是一劳永逸。而那天中午，亚当斯被他的老雇主，“伟大的 J. A. 兰博”用车送回来的那个时候，那个星期五后，她已经很长时间想不起这段插曲了。

亚当斯生了很长时间的病，“胶水厂”被完全遗忘了，至少爱丽丝忘了。而她的笑，现在完全是个嘲讽，在厨房里，她意识到，她的母亲再次把这个被抛弃的令人讨厌的东西放进了心里。“我觉得你是想把所有的废话都再过一遍，妈妈。”她说。

亚当斯夫人可怜兮兮地笑了：“当然，你认为这是无稽之谈，亲爱的。年轻人觉得他们不知道的一切都是废话。”

“天哪！”爱丽丝叫道，“我想我已经听够了那个可怕的老胶水厂的故事，我够了解了！”

“不，”她的母亲耐心地回答道，“你根本没听过关于它的任何事。”

“我没有？”

“没有。你的父亲和我在你们面前都没提过它，所有你听说过都是在我们谈完这事之后，他暴跳如雷，你进来的时候，他都还没有办法控制住自己。我难道不是总保持安静吗？我有继续谈论它了吗？”

“不，也许不是，但现在你正在说，妈妈，这可是在你承诺你再也不提这事了之后。”

“我答应不跟你的父亲提，”亚当斯夫人轻声说，“我还没有跟他提，不是吗？”

“啊，但如果你一跟我提，我怕你就会向他提的。你脑袋里一旦有这些东西，你就会这样说的，你就可能会让爸爸再次暴跳如雷起来的。”爱丽丝顿了顿，预言一切的目光在她的眼里闪烁着。“哦！”她叫道，“我明白了！”

“你明白了什么？”

“你已经跟他说了吧！”

“没说过一个字！”

“不！”爱丽丝叫道，“不是一个字，这就是你的意思，始终都是！你还没有对他说，可所做的都是在催促他去改变，去寻找更好的东西——说到底，这事根本不值得一提。你所知道的那个愚蠢的老胶水厂，让他觉得紧张不安。你庄重地许下过承诺，别再跟他说了！你没有说出来，但你就是那个意思——他知道你的意思就是那个，哦，妈妈！”

亚当斯夫人，她的手仍然在自动洗着淹没在水里的锅碗瓢盆，她转身面对她的女儿。“爱丽丝，”她颤抖着说着，“我该要求我自己什么？”

“什么？”

“我说，我该怎么要求自己？你以为我想要什么？难道你不知道，如果只考虑到我一个人，我会对你父亲目前的收入非常满意？我关心的只是我自己的快乐吗？我很愿意永远不会再有一个女仆，我不介意自己做这些家事。如果我们一个孩子都没有，我会很高兴后半生，都给你父亲做饭，做家务，洗衣服，还有熨烫衣服，我不会在乎。我是一个可怜的厨师和一个贫穷的管家婆。我不是什么都做得很好，但是如果只是为了他和我的话，这就够了，我不会说一个字——”

“噢，天哪!”爱丽丝感叹，“这是怎么一回事呢?”

“这与一点有关，”亚当斯夫人咽了口口水，“你和沃尔特是新的一代，你们应该和其他新的一代拥有一样的东西。可怜的沃尔特——邀请你去电影院看电影，去一家中国餐馆吃饭，这是他能给你最好的了！难道你觉得我看不到这可怜的孩子在逐渐变坏？难道你觉得我不知道你们不得不去承担些什么，爱丽丝？当我想到那个楼上的男人——?”她激动的声音变得更响亮了：“当我想到他，知道在世界上除了他的固执外没什么让我的孩子得不到他们想要的，得不到他们应该有的，你说我还会不会克制自己，叫我自己一定要遵守一个愚蠢的承诺，而这承诺是他表现得像疯子一样才从我这里得到的！我不能！我不能这样做！没有一个母亲会坐在那儿，看着他把满满的橱柜锁起来，而她的孩子还在挨饿!”

“哦，天哪，是很糟!”爱丽丝反驳道，“我们不是确实还没‘饿死’吗，不是吗?”

亚当斯夫人开始哭诉起来：“这是一样的。难道我看不见今天下午，你跟这个年轻人一起走到这儿之后，你看起来是那么满脸通红又漂亮？你想，如果你有了你该有的，他还会看上像米尔德瑞德·帕尔默那样的女孩？你觉得他还会跟他父亲谈生意，如果你父亲——”

“天哪，妈妈，你比沃尔特更糟！我只是仅仅认识那个人而已！不要这么荒谬!”

“是啊，我总是这么‘荒谬’，”亚当斯夫人呻吟道，“我所能做的就是哭，而你的父亲坐在楼上，还有他那满满的橱柜——”

爱丽丝发出了绝望的笑声，打断了她：“哦，那个‘大橱柜’！妈妈，你怎么能想到那个胶水厂，除了在你心里，那个根本就不存在，‘满满的橱柜’？我们理智点好吗！”

“这可能就是富有的象征，”亚当斯夫人满眼含泪，坚持道，“这完全可能！你不明白这件事。”

“嗯，我愿意，”爱丽丝说着，带着些许疲惫，怀疑着，“那么，让我明白吧，你在哪儿知道的这个想法？”

亚当斯夫人从水中抽出她的手，用毛巾擦干，然后用手帕擦了擦眼睛。“如果想的话，你的父亲能发财，”她平静地说道，“至少，我就不说发多大的财，但好歹要比他挣到的多得多。”

“是的，我以前就听说过的，妈妈，你觉得他可以做出个胶水厂来，这就是我要问的：怎么做？”

“怎么做，生产胶水然后卖掉它。难道你不知道，当你要修补什么的时候，大部分的胶水是有多糟糕？一种好胶水是最稀缺的东西之一。一旦开卖，它只会卖它本身。好啦，你父亲知道怎么做出这世界上最好的胶水。”

爱丽丝不感兴趣地说：“那又怎么样？我想大概任何人都可以做，如果他们想这么做的话。”

“我说过你根本不懂这件事。其他人做不到。你父亲知道一个做它的配方。”

“那是什么？”

“这是一个秘密配方，它甚至都没有写在纸上。这值太多钱了。”

“‘值很多钱’？”爱丽丝说着，依旧怀疑，“为什么爸爸没把它卖了呢？”

“就因为他太固执，根本什么事都不做！”

“爸爸是怎么得到它的呢？”

“在你出生之前他就有了，就在我们刚刚结婚之后，那时候，关于这个，我没有想太多，直到你慢慢长大，我才看到我们多么需要钱，我—— ”

“是啊，但爸爸是怎么弄到的?”爱丽丝开始觉得多了几分好奇，觉得这个可能是个宝藏，“他发明的吗?”

“部分是吧，”亚当斯夫人说着，看着有点心事重重的样子，“他和另外一个人发明的。”

“那么，也许另一个人——”

“他死了。”

“那他的家人——”

“我觉得他没有把它留给他的家人，”亚当斯夫人说道，“不管怎样，它属于你的父亲。至少跟别人有的一样多，要是想的话，他对那个是拥有绝对的全部权力的，他可以随意处置它。如果他做了我想让他做的，那个可以让我们所有人都过得舒舒服服的，他也知道那个可以的!”

爱丽丝同情地摇摇头。“可怜的妈妈!”她说，“当然他知道，他不会做那种事情，要不然他早就做了。”

“他会的，你说呢?”她的母亲哭了，“那只能说明你就只了解他一点点!”

“可怜的妈妈!”爱丽丝又一次安抚地说道，“如果爸爸是像你说的那样，他一定是——，他一定是疯了!”

亚当斯夫人情绪激动，几乎疯狂地赞同道：“这次你说得对，他就是那样的！他固执地坐在那儿，他想要什么的时候，就让我们像奴隶一样在厨房里干活——如果他能稍稍动动他的手指头——!”

“哦，现在，好了!”爱丽丝笑了起来，“用一根手指头可建不起一座胶水厂。”

亚当斯夫人似乎要说，这个指出一根手指错误的说法的跑题了。正在这时，前门胡铃声响了，打断了这一切。“现在，你猜会是谁?”亚当斯夫人大声地问道，接着她的脸顿时亮了。“呃——拉塞尔先生问他可不可以——”

“不，他今天晚上不会来，”爱丽丝说道，“也许是伟大的J. A. 兰博。他周四老是会在这里停一会儿，问问爸爸怎么样了。我去开门。”

爱丽丝脱掉她的围裙，表情凝重，穿过小屋。她在想可能是跟胶水厂有关，她还想有没有可能，总之，“另有内情”。如果对于亚当斯一家可能富起来的秘密，她的母亲说的是真的——但是此时，事情远不是爱丽丝推测的那样。他们确认过了，部分原因是，她的父亲可能没有足够的钱来做起这样一家企业，而部分是由于一个事实，而这事实已经到了门口。

第十二章

这位善良的老先生偷偷告诉爱丽丝，她打开这扇门迎接的可能是在美国的最后一个伟大商人。他留着山羊须，那颜色有如白霜，胡子被修剪得很精致，而他的上嘴唇和脸颊的下方，大片都很干净，胡须刚刚剃过，脸色显得十分红润。白色如霜的胡须，白色背心马甲，白色领带，灰色西装，锃亮的黑色皮鞋和宽边灰色西装毡帽，这就是 18 世纪七十年代的男人的打扮，而此后这一造型还一直保持着。那时期的旧杂志的文件可能会用木雕来展示这个，叫做“波士顿商人风格”。纳斯特（Nast）把他刻画成了一个诚实的政治家。他八十岁，精神矍铄，身体硬朗，不像是那种上了年纪的。他敏捷的蓝眼睛看着所有的一切，他的眼神依然纯净无比，活跃得犹如一个小男孩一般。

“好，好，好!”他真诚地说道，“上周之后你也还没失去任何好看的东西，我明白的，爱丽丝小姐，所以我想你没必要过于担心你爸爸。那个年轻的小伙子怎么样?”

“他好多了。他可以坐起来，兰博先生，你怎么不进来?”

“嗯，我不知道，但我可能会的。”他站在路边打电话，“就出去一分钟，警醒点。”当老绅士走进大厅的时候，可以看到司机的影子在行礼问候，“你是不是猜你爸爸没收到邀请，是不是?”

“上星期你到这儿的时候，他比过去好多了，虽然我还是担心他不是很像样。”

“真的?”老者应着她的开心，“算了吧！我见过很多病人，我知道他们是什么样子，他们是怎么爱窝在一堆旧毯子之中的。难道你不担心吗？爱丽丝小姐，如果你认为他想看到我。”

“他当然会——如果——”爱丽丝犹豫着，然后迅速说道，“当然，他很乐意见你，而且他可以，如果你愿意上来的话。”

她跑上楼梯，走在他面前，及时从她父亲的肩膀抓起一件衣服。像往常一样，他坐在一张桌子旁正读着晚报。但是当他的老板出现在门口时，他半起身，好像是要打招呼。

“坐着就好!”老先生喊道，“你怎么啦？难道你不知道你现在跟猫一样虚弱吗？难道你觉得还有人像你一样病了这么久还不比猫来的虚弱？你跟我讲这些虚礼作什么?”

面对这些问候，亚当斯感激良久，他跟老板握了握手。“你真是太好了，兰博先生。”他说。接着，他又说道：“我猜爱丽丝已经告诉你，我们全家是多么感激您能够光临这里，来看看我这把老骨头到底怎么样了。是不是，爱丽丝?”

“是的，爸爸。”说着她就要转身出门，但兰博叫住了她。

“待在这里，爱丽丝小姐，我还没有打算坐下，我知道对于一个病人来说，外人第一次来，家人就出去，那该是多么紧张的事。”

“你没让我觉得不安，”亚当斯说道，“看你一眼，我就觉得好多了，兰博先生。”

这位客人沙哑地笑了，但笑声中却透着爽朗和令人心安的力量，就像他说话的声音一样。“我的儿子们就是那么奉承我的，爱丽丝小姐，”他说道，“他们觉得如果他们受到我的宠爱，我就不会让他们做那么多工作了。你只要告诉你爸爸，那个对我没用。假装在他生病的时候还想看见我，这可没让我觉得感动。”

“哦，我不会再这么恶心了，”亚当斯说道，“我真的很希望能回到从前。”

“好了，现在，别急，维吉尔，你别急，好好歇着。慢慢来。”

亚当斯的嘴边露出一丝虚弱的微笑，这微笑不再空虚无物。“为什么？”他问道，“我想，你觉得我的部门就运行不下去了，是不是？”

他的老板又一次发出了沙哑的笑声。“好，好，好！”他叫道，他用一只强有力而红润的手拍了拍亚当斯的肩膀，“听着，年轻人，爱丽丝小姐，你也是！他以为，我们没了他根本一分钟都活不下去！是的，先生，你的这个爸爸以为，如果他不在那儿督促的话，所有的一切都运转不下去了。我一直怀疑他是把自己看得太重了，现在我知道他确实是这样的！”

亚当斯看起来烦恼极了。“好了，我不喜欢那种感觉，我在领薪水，但是却没挣着什么钱。”

“听听，爱丽丝小姐！难道你不觉得，现在，他也要让我为他担心吗？那个，我说，如果你爸爸有了他自己的生计，我不会阻拦他的，那样我就不用再担心，我可以好好退休了！他可以的！”

“在我看来，我已经在你手下干了太长时间了，兰博先生，”他渐渐恢复过来，有些抱怨地说道，“我不觉得那样很好，但我会在十天之内回去的。你会看到的。”

离别时，老人拉住亚当斯的手。“好吧，我们会看到，维吉尔。当然，老实说，我们确实需要你。但我们不需要这样糟糕的你，我们会等你完全康复了再来。”他走到门口，“你听，爱丽丝小姐？这就是我想让这老小子明白的，我要你好好监督他。那老地方就等着他，他要是得养上十年，那地方就等上他十年。你看，他还一直记得它，爱丽丝小姐！”

她和他一起下楼，他一路上还在叮嘱她，直到他出了前门，走了。甚至在这之后，他一边走到他的车旁边去，一边那沙哑的声音还从黑暗传来：“千万别忘了，爱丽丝小姐。让他好好歇着。我们总是想着他的，但我们希望他先好起来。晚安，晚安，小姐！”

她关上门，她的母亲从远处的客厅出来，客厅里没一点光亮。爱丽丝转向她。

“我不禁喜欢那个老人家了，妈妈，”她说，“他听起来总是那么——好吧，那么坚定真挚，还有友好！我真喜欢他。”

但亚当斯夫人在这点上无法与她感同身受。“他没有说任何关于给你父亲加工资的事，是不是？”她冷冷地问道。

“没有。”

“没有，我就知道没有。”

亚当斯夫人还想再多说些，但爱丽丝不想听，她吹起了口哨，跑上楼梯，和她的父亲坐在一起。她发现父亲的眼睛亮晶晶的，闪烁着兴奋，这是渐渐进入康复期的首要迹象。他的脸颊呈现出这种些许痕迹；他微笑着，颤抖着给烟斗里装上烟，点燃了烟斗。她把钩编围巾拿过来，又把它披在父亲的肩膀上，然后拿了一把椅子坐在他身边。

“我相信看到兰博先生对你有好处，爸爸，”她说道，“我想那可能会，这就是为什么我要让他上来的原因。你真的看起来有点像你以前的自己了。”

亚当斯吐出一口烟。“哈!”烟雾从他的烟斗中飘出，他挥着火柴，把它熄灭。“真好，”他说，“我以前还没在晚餐前抽过烟呢，我还以为我是不是不喜欢抽烟了，但是这次好像还挺正常的。你猜对了，见到 J. A. 兰博确实对我挺有好处的！兰博是生活在这个镇上的人或将来生活在这里的人里头最伟大的人。你可以将所有政府官员，议员，或者他们在这里建起来的任何地方的人，把他们和他放在一起比较，他们根本就不及他的三分！想想这样一个大人物，与他的一切利益相关的，他对每件事都有自己的想法——想到他从不会让任何东西阻挠他每个星期，来这儿看我过的如何，然后走上右边的楼梯，友好地跟我打招呼，一切都是这么的顺利，这有点儿让我觉得好像我并不是一无是处，这么说吧，虽然你母亲有时会做些出格的事情。”

“多么愚蠢啊，爸爸！当然，你不是‘一个人’。”

亚当斯含着他的烟斗，虚弱地轻轻笑起来，他似乎在他女儿的鼓励中被进一步激励。“我想这个镇上并没有多少人能让 J. A. 兰博对他们感兴趣，”他说道，“当然，我不敢相信这全部都是因为功劳，或者是任何类似的东西。他为其他的人做一样的事情，他们也和我一样为公司工作了很长的时间，但是能够让他欣赏的，依旧只有那些和公司一起战斗了很久的人和事情。”

“是的，的确是这样，爸爸。”

“是的，先生，”亚当斯沉思着说道，“是的，先生，我想是这样的。而且，这一切都显示了他是怎样的一个人，他是纯粹的单纯的人，爱丽丝。纯洁的人！我想，从来没有给他打工的人不比尊重其他人那样更尊重他的。当你为他工作，你也会知道他尊重你。你会感觉到，J. A. 兰博对你有绝对的信心，可能这就是刺激。它让你迫切地想向他展现出他没有信错人。这是这种方法巨大的道德价值，像他这样的一个人让你感觉到你和这些事的关系。所有的这些不仅仅是金钱而已——不通过任何手段！”

亚当斯沉默了一段时间，回到这个主题，热情逐渐高涨，爱丽丝很高兴看到他的生活翻开了新的一页。自从他生病之后，他都不能这么精力充沛地讲话了。他崇拜的伟人来看他对他确实是很好的，这次的来访给他注入了新的力量。身体的活力倒在其次，重要的是精神上的。他整夜好了不少，他睡得很好，醒来得也很晚，他说：“我差不多好了，并准备现在马上就去工作。”而且，下午又睡了一会儿，他穿好衣服，下楼吃饭，他轻轻地斜靠着扶着他的爱丽丝。

“我的房子！但一直都是你和你妈妈在洗洗刷刷，打扫这些灰尘！”他说道，因为他们来到了“客厅”。“我不知道我是不是认真地看过这座房子，你们把它收拾得干干净净！”他的目光落在了几朵插在花瓶里的康乃馨上，他钦佩地呵呵一笑。“花也是！所以这就是你今天早上哄骗了我半天要我出钱买的吧！”

他坐在小饭桌一头的一把旧椅子上，对其他装饰也做了评论。“那个，我宣布，爱丽丝！”他感叹道，“我光忙着欣赏打理过的房子里所有的装饰了，起居室外面的话——‘客厅’我猜你应该想我这么叫它，如果我真想追上你的节奏的话——我一直在研究这一切，我说，直到前一分钟，我都还没留意到！我的天，但是你打扮得这么隆重！发生了什么事？这一切，你盛装打扮，起居室里的花，还有这所有的一切？”

“你没看到吗，爸爸？这当然是为了庆祝你的再次下楼。”

“哦，原来是这样，”他说道，“我想我永远不会想到这‘一点’。”

但沃尔特斜着眼看着他的父亲，诡秘地笑了笑。“我也不会!”他说。

亚当斯挑起他的眉毛开玩笑地说：“你嫉妒了，是不是，小家伙？你不想让老人觉得我们的年轻的女士对他做了这么关怀备至的事，是吗？”

“随你怎么想，”沃尔特好笑地反驳道，“继续这样想吧，这对你有好处的。”

“当然，我会考虑的，”亚当斯说，“这不是哪一个人的生日，这些装饰当然都是因为我下楼了而设置的。你没听到爱丽丝是这么说的吗？”

“当然，我听到她是这么说。”

“好吧，那么——”

沃尔特用一段小小的歌打断了他。沃尔特精明地看着爱丽丝，他唱道：

“我怀着甜蜜走过周一。
她是我美妙的甜心，
我的甜蜜蜜：
周二晚上我还会再见她一次。

哦，我们将怎么说爱谈情——”

“沃尔特！”他的母亲叫道，“你在哪里学到这种低俗的歌曲？”然而，她似乎对他没有多少不高兴，她说话的时候还笑着。

“所以就是它，爱丽丝！”亚当斯说道，“和你的老父亲打小算盘，是吗？有了新男友了，是吗？”

“我倒希望有，”她从容地辩解道，“不，这正是我说的：这一切都为你，亲爱的。”

“别让她诓骗了你，”沃尔特劝他的父亲，“她正在等人。你吃过晚饭后在楼下转几圈等一段时间，你就会看到的。”

但预言没有实现，虽然亚当斯去了自己的房间，没等一会儿就迫不及待地出来验证。但是没人来。

爱丽丝慢慢走上楼梯，那时已经到了九点半，此前爱丽丝都留在“客厅”里。她的母亲在上面遇见了她，几乎要哭出来的感觉，低声道：“你别介意，亲爱的。”

“别介意什么？”爱丽丝问道，然后，她轻蔑地笑了起来，继续走自己的路。“怎么睁着眼说瞎话！”她说。

第二天，她不是给康乃馨浇水，而是剪断了所有的花茎。晚饭时，她的父亲，依然神采飞扬，“看出”她又再次盛装打扮以庆祝他的第二次下楼。而沃尔特又重复一遍他的反驳歌曲片段，但这些打趣被一个又一个风平浪静的晚上变得毫无意义。早上康乃馨开始发蔫了。

爱丽丝深深地看了他们一眼，然后丢下他们走了。那天晚上，沃尔特和她的父亲看到她穿着朴素，都不感到吃惊，但是亚当斯夫人明显很沮丧。

爱丽丝帮助她的母亲洗完碗，便去了户外，她坐在小阳台前面的台阶上。晚上，薄雾渐淡，南风温暖柔和，它们愉悦地围绕着她。现在，房子里的火炉已不再生火，这个城市的生活已经开始变得越来越不像铁路隧道时期那样。在渐增的树阴中，在天空中，在空气中，人们都感觉到夏天的气息。烟雾散去，天空露出了脸，今天晚上可以清楚地看到星星。它们看起来温暖十足，伸手可及。其他女孩坐在阳台上，弯下身看着爱丽丝在的那条街，兴奋得犹如年轻的渔民走过淌水的溪边。

爱丽丝时不时地听到她们尖细的女高音，她们一直在嬉笑，声音传进她的耳朵，令她无比沮丧。她没有给自己设限制，正如沃尔特称呼的那样，她有的所谓“期望”都消失了。对于爱丽丝经历过的，她从他的经验中得出的其中一个结论是，当一个男人说，“我会给你你想要的所有”，他可能意味着确实会，或者他可能不会。但是，如果他确实要给的话，他就不会在第一次就做诸多推辞。恋爱，一旦开始，必须乘胜追击；一旦冷却，爱情就会凋零。

但爱丽丝并没有想到亚瑟·拉塞尔。当她倒去康乃馨的时候，她同时也倒去了对那个小伙子的想法。他就像是在街上的一个男孩，距离他不远处，有个圆圆的，闪闪发光的东西可能是一毛钱。他希望它是一毛钱，接着他走到跟前，靠得够近以确保能够看得清楚，他假装那是一毛钱。在他的心中，他正在冒险。他愉快地买了一些东西。如果他捡起来，发现只是一些恰好是圆形的锡箔纸，他的心就会一下子沉下来。他做了件愚蠢的事。

冒险失败，爱丽丝显得无精打采。当其他女孩的笑声断断续续地传到了她的耳朵里时，她已经没有精力再去嫉妒她们的快乐。此外，这些邻居甚至没有资格让她嫉妒，她们是另外一个等级的。她们可能从来不知道帕尔默家的舞会，除了住在偏远地区的人是通过报纸知道的之外。她们的笑声是为了吸引店铺里的和镇里的办公室里的那些活泼的年轻人，如文员、店员，而不是——他们中的一些人可能是弗林克斯商学院的毕业生。

接着，她的黑暗之门打开了，她登上布满灰尘的楼梯，这楼梯架在两面墙之间，消失在阴影之中，她的心从门口退回，坠入了地狱。尽管如此，这是经常出现在她幻想中的画面。有时它突然出现，不着边际地进入她的其他想法当中，好像是从一个更暗的地方跳到它们之中，达到它想要待的地方。因此，一个旅行者，还在世界的远方漫步，有时没有缘由地在他的家族葬礼上细想许多："我不知道何时我将结束。"

一阵不祥的预感突然闪过，她的呼吸猛地一下急促起来。这时街灯闪烁，一个高大的影子，简单的轮廓，从北方逐渐逼近，随着脚步，手杖的影子时不时地摇晃着。她已经放弃拉塞尔了——而他却来了。

"我多幸运啊！"他感叹道，"能单独遇到你！"

一瞬间，爱丽丝伸过手去，握住不动。"它就这样发生了，我很高兴，"她说道，"我们就待在这儿，好吗？你会不会觉得跟一个女孩子一起坐在台阶上太粗鄙了？"

"'粗鄙'？怎么会，这正好是我们的惯例，"他回答道，并在她身后找了个地方坐下来，"至少，今天晚上我是这么认为的。"

"谢谢！别的晚上的其他地方呢，可以吗？"

"不，"他笑了起来，"难道我来得太早？"

"不，"她一本正经地回答道，"正是时候！"

"我很高兴能这么准时。我想了两个晚上要过来的，亚当斯小姐，而不是在做我现在正在做的事。”

“什么？”

“晚宴。大型长时间的晚宴。你的同乡们对一个新来的人非常热情好客。”

“哦，不，”爱丽丝说，“我们不会对每个人都这样的。你难道没发现自己很迷人？”

“一个是男人们的晚宴，”他解释道，“帕尔默先生似乎认为我应该被引荐给商人们。”

“还有其他的呢？”

“我的堂妹米尔德瑞德举办的。”

“呵呵，就知道是她！”爱丽丝说得一针见血，但瞬间她又恢复过来，笑了起来，“我猜她为你引荐的应该是商人的夫人们。”

“我不知道，在所有的盛会上，你的‘同乡’都这样款待我，我不应该就这样置身事外。毕竟这些都是我的亲戚，帕尔默一家举办的。不过，恐怕也会有其他人跟着做。我在想，我希望，也许你会来，成为他们中的一个，可以吗？”

“我相当怀疑，”爱丽丝慢慢地说道，“米尔德瑞德的舞会几乎是自从我父亲生病之后我唯一出门的一个夜晚了。那天他似乎好了些，所以我就去了。当他想抽烟的时候，他就是好了些。他时好时坏。”她停了下来：“我差点忘了，米尔德瑞德是你的堂妹。”

“不是什么近亲，”他解释说，“帕尔默先生的父亲是我的叔叔。”

“不过，当然你们还是有点关系的。”

“是的，是远亲。”

爱丽丝平静地说：“还是相当有好处的。”

他同意了："是。确实是。"

"不，"她说，语气同样的波澜不惊，"我的意思是米尔德瑞德。"

"我不是说——"

她笑了："不。你不会的。我的意思是超过我们其余的人，我们这些人谁都想去为得到你的时间而争夺。最糟糕的是，我们不能在这个上投诉她不公平。我们不能证明她使用了任何狡猾的手段让你成为她的堂兄。她可能跟你做了什么别的计划，她没有计划那些。所以我们其余的人都只能必须忍受。"

"在'你们其余的人'!"他笑了起来，"这将意味着一个很大的痛苦!"

爱丽丝恢复了她平静的语气。"你住在帕尔默家里，不是吗?"

"不，现在不是了。我已经找到了一间公寓。我打算住在这儿。我要永远住在这儿。我没告诉过你吗?"

"我想我会听说你住在哪儿，"她说，"你觉得你会喜欢住在这里?"

"一个人要怎么说呢?"

"如果我是你，我想我应该能够辨别出来的，拉塞尔先生。"

"怎么样?"

"嗯，好亲切!"她叫道，"在城里你不是已经为你的——你的堂妹得到了这个镇上最完美的东西了吗?她希望你喜欢住在这里，不是吗?在这种情况下，你怎么能不喜欢它，甚至你不尝试着去喜欢?"

"好吧，你看，有这么多情况，"他解释道，"我不知道我会不会喜欢再次把自己放回到商业中。我想这个国家大部分像我这个年龄段的男人都有同样的经历：战争给我们留下了相当不安分的精神。”

“你参加过战争?”她迅速地问道，又迅速地自答道，“你当然是!”

“我是幸存者，他们大约四个月前才让我出去，”他说，“这真是剧变，还试图再次安顿下来。”

“那时你是在法国?”

“哦，是的。但我还没去前线——只是一天大约两次或三次，我是负责运输服务的。”

“你是当官的，当然。”

“是的，”他说，“他们让我当少校。”

“我猜就是一个少校，”她说道，“当然，你永远是相当重要的。”

拉塞尔觉得好笑。“好了，你知道的，”他提醒她，“虽然它这样，但在我们的军队里至少有好几个少校。为什么我总是要成为那什么‘相当重要的’?”

“你是帕尔默的亲戚，不管你注意到他们觉得你相当还是假装相当重要?”

“要是你觉得我是他们这些装腔作势的人中的一个，我接受。”

“是的，你似乎是最成功的一个，他们已经得到了!”爱丽丝轻松地说道，“你当然属于他们。”她笑了，好像有什么隐藏的东西在他身上。“你不是吗?”

“可是你刚刚原谅我，”他抗议道，“你说，没有人可以因为我是他们的第三个表哥而指责我，你是多么矛盾的女孩!”

爱丽丝摇摇头：“那就远离我这种女孩吧。”

“不，”他说道，“这正是我要来这里谈的。”

她又摇了摇头：“你还是当你原来的自己吧，我很高兴你正处在战争中。”

“为什么？”

“哦，我不知道。”她安静了一会儿，因为她正在想的那个真相。他的帮助释放了他的一点点魅力，这魅力进一步取悦了她。跟他一起走走，她很开心。因为他的原因，爱丽丝总是想令他高兴。而现在快乐正逐渐变成痛苦。爱丽丝看着他，虽然她在他身上看到的光芒比不上星星的光亮，而她看见他正在郑重地微笑地看着她的眼神是那么善良而认真。那时对她来说，似乎连呼吸的夜晚的空气都是甜的，仿佛远处新开的花，那浓郁的芬芳正向她飘来。她笑着回他，说：“嗯，那你是什么样的人呢？”

“我不知道，我也经常在想，”他回答说，“你是什么样的女孩？”

“你不记得了吗？那天我告诉你了，我只是我！”

“但是，那是谁？”

“你忘了一切，”爱丽丝说，“你告诉我，我是什么样的一个女孩。你似乎认为从第一次开始就喜欢上了我。”

“确实是这样的。”他完全同意。

“但是你忘得多快啊！”

“哦，不，我只是想让你说，你是什么样的一个女孩。”

她嘲笑他。“我不知道，我经常在想：‘米尔德瑞德跟你说我是什么样的女孩？自从她告诉你我是亚当斯小姐，她都跟你说了什么？’”

“我不知道，我还没问过她。”

“那就不要问她。”爱丽丝迅速地说。

“为什么?”

“因为她是如此完美，而我如此不完美。完美的人都用最完美的方式来破坏不完美的人。”

“不过，他们并不是那么完美的。要不是他们——”

“哦，是的，他们仍然是完全完美的，”她向他保证，“那是因为他们从来没有详细说过。他们不会那么粗俗，直截了当地告诉你，他们因为偷了鸡而进了监狱，他们只是看起来心不在焉，低声说着话，呵呵，正好。但是我才不认为你要像她一样，那么现在可以开始谈别的事情了。”

他的笑容消失了。“是的，”他有些沮丧地说道，“这听起来就像米尔德瑞德。你似乎很确定是了解她的！你也这样了解每个人吗?”

“我自己，”爱丽丝说道，“我对自己就不了解。我倒是挺想知道的——关于我是谁——那天你和我一起走回家之后。”

他感叹了，又补充解释道，“你这是要让我当一回傻瓜！就好像跟我一起走回家，就让你想了解自己!”

“确实，”爱丽丝冷冷地回了他，“我想知道是什么使我想让你想起我来，万一我不能再次与你偶遇的话呢。”

这个大胆的表白似乎堵住了他的呼吸。“天啊!”他叫道。

“你可千万别惊讶，”她说，“那时我决定的是，我可能会永远不敢让我和你在一起——如果不是我很愿意让你想再次见到我——而我恰好在这儿，但毕竟只是我自己的想法!”

“你真是一串最振奋人心的震撼。”拉塞尔惊呼道，而爱丽丝也被加入到这串惊异当中。

“告诉我：跟着你对我来说，真是个好办法?”她问道，他发现她的声音里透着愉悦和嘲弄。“你从假期回来会带给我那样一个震撼吗?”

“温柔”是米尔德瑞德的又一个标志；很好认，或者正经地说，爱丽丝的手，如此灵巧，她那长得如雕塑般的朋友则沦落成了仁慈的讽刺作家留下的一座可笑的蜡像。

但可爱的年轻女雕塑家说的比唱的好听：她必须要时刻以开心的姿态出现；所以她笑了，好像很不情愿似的，她说道：“我不能嘲笑米尔德瑞德；第一，她是你的——你的堂妹。第二，她还没这么滑稽；嘲笑那些真的很优秀的人，笑他们太拿自己当回事，这是不对的。第三，如果我这么做了，你就不会再来了。”

“那可不一定，”拉塞尔说，“无论你做了什么。”

“无论我做什么？“她重复了一遍，“这听起来好像你以为我很可怕的样子！认真地说，倒是有件事，我要是做了，你就不会再来了。”

“那是什么？”

“我可以告诉你不要来，”她说，“我不知道我应该不应该这么做。”

“为什么你会想是不是应该这么做？”

“你不猜猜？”

“不知道。”

“那让我们都给对方留点神秘感吧，”她建议道，“我让你感到疑惑，是因为我也不知道，而你让我感到疑惑是因为你猜不到我为什么不知道。那就让它去吧，好吗？”

“好极了；只要你不跟我说不要再来了。”

“我不会跟你说那个的——但是，”她说，“其实——”她停顿了一下，沉思着，把头偏向一侧。“其实，我不会告诉你不要来，或许，直到我看到你想让我说出这话来。我会让你轻轻松松放手的——而且我肯定我会明白。可能还会是在你这么做之前。”

“这种安排很适合我，”拉塞尔回道，他的声音中没有一丝嘲弄的痕迹：他变得严肃起来，“如果你真挚地说我可以来，这对我会更好——哦，不是我什么时候想来就能来；我不敢期待这么多！——但是如果你说，我可以更经常看到你的话。”

“我当然是认真的，”她说，“但在我说你可以“经常”来此之前，我想知道你到底需有多少时间是需要我的，如果你确实想无论什么时候想来就来的话；当然你除了这个问题之外，你也不敢回答其他的问题了，你周四能出来吗?”

“不，不，”他反对道，“我想知道，你愿意让我很经常来吗?”

“靠近我一点儿，”爱丽丝说，“我希望你能懂。”他顺从地低下头靠近她，她弯了腰，仿佛是在耳语；然后，半喊叫似的，说道，“是的!”

他拍了拍手。“天啊!”他说，“你到底是个怎样的女孩!”

“为什么?”

“呃，第一个原因，因为你总是令人这么快乐。我觉得你的父亲应该会喜欢生病，只想要待在家里，一直和你在一起。”

“你的意思是，”爱丽丝问，“我可以用我这些逗人的小办法让我的家人高兴起来?”

“是啊，难道不行吗?”

“你的家里只有男孩子，是吗，拉塞尔先生?”

“我是独子，很遗憾。”

“是啊，”她说，“我看你就是没有什么姐妹的人。”

有那么一瞬间，他对她的意思感到很困惑，然后看着她，而且是用比以往任何时候都更喜欢她的感觉看着她。“我可以回答你的一个问题了，那个问题我之前回答不了。”

“是的，我知道。”她静静地回应道。

“但你怎么会知道?”

“我的问题是问你，你是否会喜欢住在这里，”她说，“你要告诉我的是，现在你知道你会喜欢这儿。”

“你简直会读心术!”他感叹道，“是的，就是这样，有一件事，我跟你说过很多次了——”

“不，还没有，”爱丽丝说道，这一刻，她有点困惑，“根本没有，我的意思是—— ”她停顿了一下，然后温柔地问道，“你真的想知道吗?”

“是的。”

“好吧，那么，我只是担心你不是指那个。”

“听着，”他说，“我就是说的那个，我告诉你，对我来说，要再次解决一些事是很困难的。呃，比起你所知道的更困难。但是我觉得如果我可以‘很经常’见到像你这样一个女孩的话，我可以以非常平和的心态渡过这一难关。”

“好吧，”爱丽丝说道，透着一副公事公办的口气，“我告诉你，如果你想的话是可以的。”

“我确实想，”拉塞尔向她保证，“我想的，真的!”

“‘很经常’是多经常，拉塞尔先生?”

“有时候你可以跟我去散散步吗？明天?”

“有时候，不是明天。后天。”

“那太棒了的!”他说道，“你后天会跟我一起散步，我将会在兰博小姐舞会的那天晚上后看到你，是吗?”

但爱丽丝突然冷了下来。“兰博小姐的舞会？哪个兰博小姐?”她问。

“我不知道——就是刚结束守丧的那个。”

“哦，亨丽埃塔——是的。是她的舞会来得这么快？我都忘了。”

“你会去的，不是吗？”他问，“请说你会去。”

爱丽丝这次没有回应，他又催促她：“请你答应我你会的。”

“不，我不能承诺什么，”她慢慢地说，“你知道的，有一件事，爸爸还没很好呢。”

“但如果他好了？”拉塞尔说，“如果他好了你一定会来的，是不是？或者，也许——”他犹豫了一下，随后又迅速问道，“我还不知道在这个地方的规矩呢，不同的地方有不同的规矩，但你必须有一个舞伴，还是不要让女孩和一个只是偶尔跳跳舞的男人一起去。如果他们这样做，你会不会，你会不会让我带你去？”

爱丽丝吃了一惊。“天哪！”

“怎么了？”

“你不觉得你的亲戚——你不希望和米尔德瑞德一起去吗？和帕尔默夫人？”

“不一定的。这和我希望做的无关，”他说道，“你和我一起去？”

“我 —— 不，我不能。”

“为什么不能？”

“我不能，我不打算去。”

“但为什么？”

“爸爸真的还没有好起来，”爱丽丝有些哽咽，“我太担心他了，不能去跳舞。”她的声音中饱含深情，十分真挚；就像是在抽泣。“我们还是谈谈其他的事情，求你了。”

他温柔地默许了。在他们头顶上，一扇窗户正开着，窗边站着亚当斯夫人，她一直在听着他们的谈话。亚当斯夫人没有听到拉塞尔的声音，只是听到了爱丽丝的抽泣声，她突然愤怒地浑身颤抖了起来，她站起来，气势汹汹地向丈夫的房间走去。

第十三章

亚当斯没有穿好衣服，他坐在桌旁，抽着烟，看着报纸。他的额头上有几条深深凹陷的线，那是他烦恼过的痕迹。这些痕迹最近已经开始变得有些模糊了。一个男人沾沾自喜地放松，不仅仅只是从他的健康上看得出，还能看得出这些天之前，他承诺过一个更熟悉的，他总是喜欢遵守的惯例。

他的妻子进来并关上了身后的门，他看上去很兴奋。“好吧，孩子他妈，”他说道，“楼下又出了什么新闻了?”

“那正是我要来告诉你的。”亚当斯夫人冷冷地提醒他。

亚当斯移开报纸，然后把它放在膝上，眼睛透过眼镜片凝视着她。她依旧在门边站着，小小的台灯玻璃罩在他的桌上投下一片微绿色的阴影，亚当斯夫人隐约可见。“不是都好好的吗?”他问道，“怎么了?”

“别担心，我是来告诉你的，”她依旧严肃，毫无放松之感，“够了，维吉尔·亚当斯。这些事让我活得很恶心!”

随即，他手肘的标志性动作又开始出现了，老样子又来了。“哦，我的天，我的天！”他痛哭着。“我想也许我们都应该安静下来，平静一会儿。那现在要怎么办？”“是跟爱丽丝有关。难道你觉得是跟我有关或者是为了我自己？”

就像一些等待着的老机器一样，他总是在待命，他马上急切而自动地对她的情绪做出反应。“身处在暴风雨中的我应该觉得那是什么，或者是为了谁？说说看，把不开心都说出来吧！”

“哦，我会说的，”她承诺道，语气有些厌恶，“我想来问你的是，你希望我还能忍受那个老头子和他所做的事情多久？”

“谁做的事情？什么老头子？”

她靠近他，强烈控诉了起来：“你肯定知道是谁，维吉尔·亚当斯！就是那晚到咱们这儿的老头子。”

“兰博先生？”

“是的，兰博先生！”她的声音带着些许嘲笑的意味，“除了J. A. 兰博，我说的老头子还能有谁？”

“他现在又干吗了？”她的丈夫讽刺地问道，“他上次来了之后，你又从哪里得到了什么可以反对他的新消息了？”

“就是这个！”她叫道，“那晚，那个人在这儿，如果我知道他会让我的孩子遭遇些什么，我就不会让他踏进我们家一步。”

亚当斯斜靠在椅背上，仿佛她的荒谬言行他的心里轻松了不少。“哦，我知道，”他说，“你只是想发发疯而已。这是这次聊天唯一的解释了，这倒很符合你的性格。”

“难道那个老头子让我们家的生活还不够糟吗？”她质问道，“我想知道凭什么我和我的孩子们的生活都必须为他牺牲?”

“什么叫‘为他牺牲’?”

“因为你一直为他工作！因为你一直让他施舍，他选择他的一些东西施舍给你。这就是原因！好像他就是这古老而可怕的世界主宰，我不得不看着我的孩子们的父亲将我的孩子们丢到车轮之下，为他牺牲!”

“我不想再听见这样的话了!”亚当斯的情绪被影响了，他无法继续阅读下去，索性放弃他的报纸。

“你最好还是听我的吧，”她劝道，“你可能会很遗憾你不能，但是万一他再想踏进我的房子里，我可能会当着他的面告诉他我是怎么看他的。”

这时，亚当斯猛地拿起他的报纸，狠狠地摔在膝盖上。“哦，恶魔！你怎么看他那又怎样?”

“那跟你有关!”她叫道，“你有没有想过我本打算一辈子都甘愿服从他和他一家，而他们现在又对我的孩子做了些什么?”

“他和他的家人对你的孩子做了什么?”

亚当斯夫人道出了真心话。“那个急躁的小亨丽埃塔·兰博，只要一有机会就怠慢爱丽丝。她跟着其他女孩子一起起哄。她们所有人都在嫉妒爱丽丝，因为她敢于尝试，还总是很快乐，而且因为爱丽丝比她们长得好看，比她们出众，即使你每年只给她三十五美分用来打扮！她们做了一切她们能做的，让那些年轻的男孩子远离她，轻视她；这个卑鄙的小亨丽埃塔·兰博正是这群人当中对爱丽丝最糟糕的一个，每次她都能瞄准个机会干坏事。”

“为什么?”亚当斯不敢相信，他问道，“为什么她还有别人都要排挤爱丽丝?”

"'为什么'？为了什么？"他的妻子怒气冒得更大了，"你居然还问我这个？你真的想知道吗？"

"是的；我确实想知道——我想如果我相信的话。"

"那么就让我来告诉你，"她怒气冲冲但又很冷淡，"这都是因为你，维吉尔，这世上也没别的原因了。"

他呵斥她。"哦，是啊！这些女孩子都不喜欢我，所以她们就排挤爱丽丝。"

"停止你的废话，别再逃避了，"她说道，"很多女孩子都喜欢那样，当她们中间有了一个像爱丽丝那样漂亮的女孩子的时候，她们就会表现得像野兽一样。她们要把她撕成碎片，或者她们追着她，赶她出去，因为她们知道如果她在的话，有一半机会，爱丽丝会赢过她们。她们不会对像米尔德瑞德·帕尔默那样的女孩做这样的事，因为她有钱，又有背景。现在你听我说，维吉尔·亚当斯！现在这个世道，钱才是亲人。爱丽丝本该跟她们中的任何一个人一样有很多这样的亲人——如果你没有在背后拖她后腿的话。"

"我怎么——"

"是啊，你就是！"她叫道，"二十五年前，我们刚开始的时候，这个小镇还很小，如果我们足够努力的话，你和我本可以跟着他们其中的任何一个。看看这些我们认识的人，都在这镇上得到了什么！为什么他们能？因为这些家庭的男人都很能挣钱，用钱给他们的孩子买所有的东西，让生活过得那么的多姿多彩！为什么我们不能振作起来？因为这些人早就跑赢了你。他们都在踩着梯子往上爬，而你——你依然还是在那个旧洞穴里当一个小职员！"

"你出去吧，求你了，"他说道，"我原以为你会告诉我亨丽埃塔·兰博对我们的爱丽丝做了什么事。"

“你猜对了，我正要告诉你呢，”她愤怒地回复他，“但是首先我要先告诉你她为什么要这样。那是因为你从来没给爱丽丝当过靠山，也没给她任何背景，而她们所有人都知道她们可以对爱丽丝做任何事，却不受到任何惩罚。如果爱丽丝有她们百分之一的条件，她们就得退到一边，事情从很久以前开始可能就会是另外一回事了！”

“她会怎么样？”

“哦，我的天啊，但是你太慢了！”亚当斯夫人抱怨道，“听着！你记不记得几年前来这个镇上的漂亮男孩们是多么的现实。他们都为爱丽丝疯狂。而其他女孩不得不把自己打扮得漂漂亮亮的。现在看看这些区别！一个月都快过去了，都没有一个年轻人来看她，送她糖果或是花的，或者想要带她去什么地方，而爱丽丝比他们先前来的时候还要青春靓丽，光彩照人。这不是那孩子的错，她控制不了，不是吗？可怜的小家伙，她已经够努力的了！虽然我想你一定会说这是她的错。”

“不，我不会的。”

“那么这到底是谁的错？”

“哦，我的，我的，”他厌烦地说道，“当然了，是我赶走了这些年轻人。”

“你可能也想赶走我，维吉尔。这是同样的事。”

“什么意思？”

“因为老了以后，很多人就开始想着要更多的钱，就是这一点。钱是所有的基础，等等。看看这些乡村俱乐部，还有所有这类事情。其他女孩有的，我们没有，爱丽丝也没有，而且她没法去，除非有人带她去，没有人是这样的。看看其他女孩家的房子，再看看我们的房子，这么简陋，老旧，现在她都不好意思叫谁进来坐一坐了！看看她的衣服——啊，好吧。你觉得上个月三月份的时候，你花了很多钱给她做大衣，帽子还有裙子，但是这都没什么。现如今这些女孩子在购置衣服上花的钱比你全部的薪水还要多。而且她买了什么珠宝首饰了吗？就一块镀金手表，两三个胸针，还有现在那些女士们都不会再戴的戒指。我的上帝啊，维吉尔·亚当斯，醒醒吧！别再坐在这儿，还告诉我你不知道这孩子遭遇的这些不幸！”

他开始可怜兮兮地来回地在骨瘦如柴的膝盖上摩擦他的手，好像这样，他就可以让他极为痛苦的声音显得不那么枯燥乏味。“哦，我的天哪，我的天哪！”他咕咕哝哝，“哦，我的天哪，我的天哪！”

“是啊，我应该认为你会说‘哦，我的天哪，我的天哪’！”她继续大声嘲讽他，“那根本帮不上什么忙！如果你真的想做些什么的话，可怜的孩子就可能会在她的生活当中看见一丝丝希望的曙光。你不关心她，那可真是麻烦！你不关心她的任何一件事情。”

“我不关心吗？”

“不关心，你不关心。那个，甚至是你那令人痛苦的薪水，你原本是可以给她更多的。你是我认识的人当中最亲近的了，就算是你为她时不时地从牙缝中挤出一两块钱来都不为过，然而你还藏了一些起来，差不多每个月都这样，就为了那一点点可怜的投资还是什么的。你——”

“听着，现在，”他生气地打断了她，“你听着！如果我不能随时把它放进去，把这么一点点钱随心所欲地投资证券或者其他的什么，如果我发生了什么事，那时你们要怎么办呢？保险医生们绝对不会置我于不顾的，你知道的。我们还有什么其他的是可以依靠的吗？”

“不是的，我们有的！”她叫道，“我们需要的时候，我们现在也应该有依靠的。你能想象如果爱丽丝要是能付得起那些娱乐费用，这些小东西会怎么让爱丽丝获益呢？这些小钱可以让爱丽丝出席他们的晚宴和舞会，仅仅是因为他们知道她不能被任何晚宴和舞会忽视！他们知道她不能得到公平对待，那就是全部的事实！这就是为什么亨丽埃塔·兰博现在这么对她的原因。”

亚当斯夫人告诉亚当斯。“你亲爱的，伟大的兰博老先生的亨丽埃塔已经发出了最大宴会的邀请函——一个超大的宴会。这个镇上的每一个人都被邀请了，你肯定也在邀请之列。那儿有个非常好的年轻人，拉塞尔先生，他刚来这个镇上。他对爱丽丝很感兴趣，而且他邀请爱丽丝跟他一起去那个舞会。但是，爱丽丝没有接受。她不能跟他一块去，她也没什么事情耽搁，尽管她已经尽了全力去做了，你明白吗？她不能去的原因就是亨丽埃塔没有邀请她。你想知道亨丽埃塔为什么没有邀请她吗？那是因为她知道爱丽丝也得不到平等的待遇，而且她认为爱丽丝应该被怠慢，因为爱丽丝只是他祖父的一个员工的女儿而已。我想你可以明白！”

“哦，我的天哪，我的天哪！”他说道，“哦，我的天哪，我的天哪！”

“那就是你善良的老雇主，”他的妻子嘲讽着，“那就是你亲爱的，善良的，伟大的兰博老先生！很多很好甚至更小的事上，爱丽丝都被忽视了，像大宴会和小舞会，但是同样的，她被所有事排挤了！而这些都是你那个亲爱的，伟大的老——”

“听着！”亚当斯大叫起来，“我不想再听到那些话了！我想，你不能让他为他孙子、孙女的每件事负责任！他也许什么事都不知道呢。你不该让他烦恼——”

但是她突然激动地向他吼了起来：“你想想你那烦恼的心吧！你自己最好，维吉尔·亚当斯！你最好了，除非你想让你的孩子苦等成痛苦不堪的老姑娘！她还这么年轻，如果她不是有一个老给她肩上施加重担的老父亲，而是有一个可以给她所有的父亲，她还是有追求快乐的机会的！你只是在等死，上帝问你到底还有没有良心！”

“哦，我的天哪，我的天哪！”他呻吟着，“我的心怎么会这么痛呢？”

“没有！你根本没心，你没有能力给她所需要的。我问你，你有什么不能做的吗？你自己更知道，你明白我不懂的！”

他突然浑身僵硬地坐了下来，他颤抖的手停了下来，来回摩擦着他的膝盖。他的眼睛目不转睛地盯着亚当斯夫人。“现在，告诉我，”他慢慢地说，“你只想问什么？”

“你知道的！”她抽泣道。

“你是想说你又要对我不守承诺了吗？”

“我该怎么考虑我的话呢？”她叫道，一下子坐到了地板上，身子前后摇晃着，“你觉得我会为了我的孩子的一点小快乐而食言？不会的，我告诉你，不会的！我会一直战斗到死！我会的，直到我死！直到我死！”

这下，亚当斯抓着他的膝盖，而他的头一直摇着，他起身，然后开始颤颤巍巍在地板上走着。

“见鬼，见鬼，见鬼！”他说道，“我又要那样来一次了！”

“是的，你已经是了！”她抽泣着，“直到我死为止。”

“是啊，一直以来，只要我一好转，你就会那么做的。”

“是啊，我就是那么做的，而且我会一直这么做，直到我死了！”

“真是个贤妻啊，”他说道，“求着自己的男人去做下流的事！”

“不！是去做一个真正的男人——而且我会一直这样下去，直到我死了！”

亚当斯再次求助于他最后的安慰。他蹒跚地在房间里走来走去，重复地咒骂着。

他的妻子也来来去去地骂着那几句话，她的声调越来越高，就像是旧井泵的声响：“一直到死！一直到死！一直到死！”

她凄厉地尖叫一声结束了咒骂，而爱丽丝，正走上楼来，感谢上帝，拉塞尔已经走了。她跑向她父亲的房间，然后走了进去。

亚当斯看着她，用颤抖的手指指着亚当斯夫人：“你能让她出去吗？”

“让她出去！”亚当斯严厉地说道，接着他又叫道，“等等！”

爱丽丝正向门口挪去，她停了下来，目光越过母亲的肩膀，茫然地看着他：“怎么了，爸爸？”

他伸出手臂指着她。“她说——她说你生活得很痛苦，爱丽丝。”

“不，爸爸。”

亚当斯夫人抓住她女儿的手臂。“你没听出来她在撒谎吗？你就不能像她一样勇敢吗，维吉尔？”

“你在撒谎吗，爱丽丝？”他问道，“你过得很痛苦吗？”

“不，爸爸。”

他向她走去。“看着我!”他说，“像这次舞会的事——就这么难以忍受吗?”

爱丽丝还想说些什么。“不，爸爸。”她说完突然开始哭了起来。但是这次她说不出话来了。

“你听到她说的了吗?”他的妻子抽泣着，“现在你——”

他冲她们残酷地摆摆手。“出去!”他说，“你们俩！都给我出去!”

他那憔悴的脸避开她们，爱丽丝只好关上了门，她们走了。在门被关上的一刹那，亚当斯一下子瘫在了椅子里，腰都直不起来。他开始再次敲着他的膝盖，抱怨着:“哦，我的天，我的天！哦，我的天，我的天哪!”

第十四章

终于到了所谓的“后天”，这天头顶的阳光都闪耀着快乐的光芒；天还没冷下来，温度对行人来说刚刚好；阳光在空气中散成斑斑点点，空气中的微尘飘浮在阳光中隐约可见，犹如闪烁着的火花。对于亚瑟·拉塞尔来说，这天气就像是一个令人愉快的伙伴，令他高兴不已。但是从另一方面说，愉悦的伙伴甚至能让他更高兴。爱丽丝看上去很漂亮，幽默地谈着话，打从心底发出微笑，倾尽所有让他高兴着。

“你看上去很开心，可想而知，你父亲一定有所好转了。”他告诉爱丽丝。

“是的，至少，今天下午他挺好的，”她说道，“虽然，我也有其他高兴的原因。”

“真的。”她说道，给了他一个甜美的笑容，笑声中透着一丝调皮。

“比如说！”

“好吧，接着说，”他乞求道。

“你期待吗？”她问道。

“你说呢？”

“不，”她回道，“我的意思是，对你来说！”

想要在一个词内包含很多意思，只需快速地扫一眼，摆出各种各样的姿势，对于这种风格，她轻车熟路。爱丽丝欢乐地继续着她的动作，让他自己理解她到底是什么意思（这就是这种风格其中的一个巨大价值）。拉塞尔对这种表达很满意，虽然对于自己来说，这样有点卖弄风情的嫌疑，但是他也开始发现在爱丽丝对他展现妩媚一面的时候，这也是他生命中唯一有趣的时刻。令人高兴的是，这样的快乐时光占据了他们在一起的每分每秒。然而，无论谈到什么，爱丽丝看上去都似乎很认真，所有的一切都是事关你和我。

因为这个，拉塞尔做了更多的准备，准备看着一个了无生趣的夜晚就这么过去。不一会儿，一个禁忌的话题就这么出现了。“关于兰博小姐家的那场舞会——既然你父亲已经好多了——”

她的脸有点儿红了。“现在，现在！”她嗔怪着说道，“我们都说好了以后都不说那个了。”

“是啊，但是既然他已经好多了——”

爱丽丝摇着她的头：“他明天就不会这样的了。他总是一天好，一天坏的，特别在过完这么好的一天后。”

“如果这次不一样了呢，”拉塞尔坚持道，“如果他一直好到明天晚上，那你愿意来吗？为什么不再等等看，到了最后一分钟再做决定呢？”

她快活地晃着她的手。“真是个烦恼啊！”她叫道，“一个穷的小爱丽丝·亚当斯去不去一个舞会又有什么关系？”

“好吧，我以为我已经说得够清楚的了，如果你不去的话，我会觉得很不开心的。”

“哦，是啊!”她嘲笑道。

“事情很简单，”他坚持道，“这些天我都不怎么关心舞会的事。如果你不去的话——”“你可以离我远点的，”她建议道，“你却没有!”

“不幸的是，我不能。我担心我在找借口。在我亲戚的朋友中，兰博小姐，以她的势力——”

“哦，她专门为你办了这个舞会！我懂的！你的意思是说是因为米尔德瑞德吗?”

他的脸红了起来：“我想只是因为我是米尔德瑞德的表兄，是她的——”

“当然了！你也就要有美妙的时光了。亨丽埃塔会看见你除了道林小姐，都在跟某个人跳舞，可怜的人!”

“但是我要让某人看见的是我在跟你跳舞！而且可能你父亲——”

“等等!”她说，她皱起眉头好像在挣扎着是不是要告诉他一些重要的事。接着，她又好像断然做了决定，她问道：“你真的想知道真相吗?”

“如果那是真心话的话。”

“那根本与你无关，”她说道，“当然我想跟你一起去跳舞——虽然你好像并没有意识到你可能并不会有多少时间陪着我。”

“哦，是的，我——”

“没关系!”她笑道，“你当然没有了。即使爸爸明天好了一点儿，我也不确定我能不能去。事实上，我知道我不会去的。除了爸爸，还有别的原因。”

“还有什么原因?”

“是的。真相就是我跟亨丽埃塔·兰博处不好。事实上，我不喜欢她，当然她也不喜欢我。我从不想向她要回我给的什么东西，而且我真的也不知道她想要回她给我的什么。”这是个新的灵感，而爱丽丝则开始跳出困惑，重新审视原先的方式，开始希望觉得她要是能早一点看到这些就好了。在最开始的时候，她就应该告诉他，她和亨丽埃塔有嫌隙，到最后连相互间的邀请都没了。

而且，还有其他的事情困扰着爱丽丝，让她有那么点紧张。可能在开始的时候，没有直接告诉他更好，因为她可能确实暗示了拉塞尔，父亲对她总是很纵容，可能宠坏了她，她是个被惯坏了的女孩。现在爱丽丝必须小心翼翼地保护好这部分。坦诚，通常都很简单；而撒谎，若是做得成功，也很简单。可信大部分撒谎者都像爱丽丝那样冲动，而且就像她一样，落入了一个精心编造的骗局当中。

“对我来说去她家，不是一件很美好的事，”爱丽丝继续说着，“我从不羡慕她。我总是觉得她缺少一些大多数人都应该具备的——例如，一个从来都很正派的父亲的去世对于一个女儿来说的，特定的感觉。你堂妹的舞会举行前的十一个月零二十七天，亨丽埃塔的父亲刚去世，但是她没有坚持守丧满一年，她就出现在那儿了。”

爱丽丝停下来了，悲伤一笑，大叫道：“但是这对于我来说，太可怕了!”

“是吗?”

“在她要给你举行个大舞会的时候说她坏话！就像亨丽埃塔会在你面前说我坏话一样——如果她跟你谈到我的话，天知道她会不会说！很公平，当然，但是——好吧，我宁愿她没有!”说完，爱丽丝给她那美丽的手戴上白色手套，把手搭在拉塞尔的手臂上一会儿。拉塞尔向下望着，并不是无动于衷。“我想光是这个就不公平的了，”她说道，迷人的声音在颤抖着，颤抖着发出一阵阵笑声，“我不想通过任何人利用她，而且，如果你不介意的话——你可以答应我别给亨丽埃塔这个机会吗?”

这是个迷人的动作，带着些许真实的惆怅。这令拉塞尔发现自己突然想冲她大喊：“哦，你，亲爱的!”似乎其他的什么都不能满足他。为了更克制些，他控制着这种冲动。

“想想看，任何一个人跟你讲话，对你不友好——不赞扬你!”

“谁跟你表扬我了?”她迅速地问道。

“我还没跟谁提到过你呢。但是我会的，我知道他们——”

“不，不要!”她叫道，然后边微微颤抖着，边笑着说话。

“你还没了解这个小镇。等到你了解了，你就会很吃惊的。我们不一样。我们胆怯地谈论着别人！我还没证实过，我会不会那样对待亨丽埃塔？当然我没说什么关于她的真的很可怕事情，但是那仅仅是因为我不想跟其他大多数人一样那么做。他们不撞南墙不回头。他们捏造很多事情——是，他们真的这么做！而且，哦，我相当肯定在你面前，他们对我没有造谣!”

“如果他们这么做，那事情该会怎么个不一样啊?”他兴奋地问道，“我知道那不是真的。”

“即使你的确知道，那也会不一样的，”她说道，“哦，是的，他们会的！那太糟了，但是我们如此讨厌这些事，要是真发生了的话，即使我们把那瑕疵去了，我们也会戴上有色眼睛的——所谓千里之堤，毁于蚁穴，美好的印象也还是会坏掉不少的，就比如说，一个男人会怎样看一个女孩。那你想不想知道我破坏了什么事呢，拉塞尔先生？”

“哦，但是那真的不太可能实现的了。”他轻声说道。

“但是那不可能！”她反对道。

“为什么不呢？”

“因为那从来不是可能的。男人不会经常改变对于一个人的看法。他们这样做的时候都把这个看作一件大事，谈到它的时候，好像有什么重要的事已经发生了一样。但是女孩穿着的鞋，鞋带都没系，就去了镇里，每个看着她的男人都会改变自己对她的想法。你不觉得那是很正常的吗？”

“这当中不包括我，我觉得。”拉塞尔肯定地说。

“看看！”她叫道，“这世上的每个男人肯定都会那么说的！”

“那你是不相信我的了？”

“好吧——我会很担心，如果你给我一个机会让我告诉你，我太懒了，懒到连鞋带都懒得系。”

他欣喜地笑起来。“这样他们会说什么？”他问道。

“就是那样！无论怎样他们都希望获得一个结果。”她精明地摇摇头，“哦，是的。我们这儿就是这么一个说法！”

“但是我不介意鞋带松了。”他说道，“不管它们是不是你的。”

“他们会发现你所关心某些东西。”

“但是假如，”他说着，古怪地看着她，“假如只要是有关你的，任何事我都不介意——？”

她礼貌地回道：“哦，真是够了！但是说起来，这个女孩有着一个致命的缺点。”

“什么缺点？”

“那就是，当她正在说话的时候，她根本不在这儿。他们就是那么除掉她的。”

“恐怕我难以理解。”

“你不明白吗？如果是亨丽埃塔，或是米尔德瑞德，或是她们中的任意一个人，又或是她们的妈妈——哦，我们所有人都这样做的！好吧，如果她们中的任意一个人告诉你，我没系鞋带，而且如果我就在那儿，你可以看到我，你就会知道那不是真的。即使我正坐在那儿，你也看不到我的脚，而我也不会告诉你，我的鞋带到底系没系上。你能看到我，但知道我不是那种会忘了系鞋带的女孩。但是事情并不是都如人愿，我不在的时候，他们就会在你面前说我，而你也想不起来到底真正的我是什么样的。”

“但是你不会那么做的，”他抱怨道，“你没让我想起来，甚至你都没告诉我——你到底是什么样的女孩！我很想知道。”

“认真点吧，”爱丽丝说道，她自己看起来确实够严肃的了，“你真的想知道吗？”

“是啊。”

“好吧，接下来，你必须很认真。”

“‘认真？’”这个词逗笑了拉塞尔。

“我是说要认真到不会搅乱我，”她说道，“要仔细到别人在你面前说我的时候，你不会觉得混乱。我真的在很努力的让你明白了。如果你确实把这两者混起来的话——好吧，所有的展示都会被破坏！”

“是什么让你这么觉得的？”

“因为那是——”她看了看自己，几乎要脱口而出了。但是爱丽丝突然中断了说话，她意识到她所面对的对手是多么狡猾。话几乎都滑到了爱丽丝的嘴边。“因为这事之前发生过!”她却改口了，“因为破坏什么事都太容易了——这其中最容易破坏的就是快乐了。”

“那个也是依情况而定。”

“好，你不觉得如果你不给别人任何说我的机会，这样的话，不就会好很多了吗——就是我以前说亨丽埃塔·兰博的那样?”

说完，他们一起笑了起来，他说:“你知道的，你可以让我从铺天盖地的信息中隔离出来的。”

“是的，”爱丽丝承认，“某人也可能开始在你面前表扬我。如果我曾经碰巧提到的话，那么叫你改变可能很危险。但是毕竟——”她停住了。

“‘毕竟’不是一个想法的终结，不是吗?”

“有时那是一个女孩子的想法。我想男人可能对他们的想法更清楚，而且总是按他们自己的想法行事。虽然，那不是我所想的。”

“那这样做的结局是什么呢?”

爱丽丝不由自主地看向拉塞尔。“哦，真是愚蠢啊，”爱丽丝说道，接着她笑了，好像是在笑一个正在做着白日梦的人。“但是，如果两个人能够有自己的空间，远离人群的关注，那不是会很美好吗? 我的意思是，如果他们只能在没人讲他们的情况下才能成为朋友，或者跟他们说那些东西?”

“我想那可能相当困难，”他说道。对于爱丽丝的想法，他觉得不是令人印象深刻，更多的是可笑。

“我不知道，那可能是那样吧，”她满怀希望地回答道，“特别是在这种小镇中，它扩大了不少。所以这些年，这儿真的变成了一个很大的地方。你知道的，人们可以在一个大地方拥有自己的空间。例如，没有人会知道你和我今天一起散步聊天。”

“多可笑啊，我们在这儿给人看！”

“不，不是的。”

“我们不是吗？”

“‘一点儿也不’！”她笑道，“就在那天，就是你和我一起走回家的时候，没人可以分辨的出来，那到底是偶然发生的，还是因为你追上了我。人们总是能够看见那样的事。但是现在我们可不是在做给人看的。看看我把你带到了哪儿！”

他四周打量着这条街，既觉得好笑又觉得有些不解，这条街上的老房子破烂不堪，房顶煤烟覆盖，寄宿民居、小商店、药房、洗衣店、单间的水管商店，到处都是惹人注目的标志。

“你看呢？”她说道，“在你不知不觉的情况下，我把你领到了这儿。当然，那是因为你是新来的，而且你完全放心让一个老居民领着你走。”

“我不那么肯定的，亚当斯小姐。那可能意味着只要跟着你，我不在乎我是去哪里的。”

“非常好，”她说道，“我想让你继续跟着我，至少能跟到让我带着你走出这条肮脏的街道，直到给你展示更多更美好的东西为止。”

“可能吧！”她欢快地回应道。这条路的尽头有个小公园，但是公园很破，而且比起这条街，那儿没有什么你我认识的人会看到我们。”

“你真是天真极了！”他大声说道，“你让我们小小的散步变成了冒险。”

爱丽丝看着他，一瞬间，似乎面临着重大的困惑：“可能你会感觉这个冒险并不会让你高兴起来——是因为你的亲戚?”

“哎，不会的。”他回答道，“看起来你比我更经常想着他们。”

这似乎逗乐了爱丽丝，或者至少让她开心了起来，因为她笑了。“那么我觉得就此能打住，不想着他们。只是因为曾几何时我还以为我是米尔德瑞德的朋友之一——但是看看吧!我从来不是亨丽埃塔的朋友，虽然我总是希望她没有给你带来这些烦恼。”

“哦，但是她不会的。那都是因为——”

“因为米尔德瑞德，”爱丽丝冷冷地结束了这个话题，“是的，当然。”

“那是因为这两家人，”他很烦恼，解释地有点笨拙，“那是因为我是米尔德瑞德的亲戚，而帕尔默家和兰博家是世交。”

“有些事，亚当斯家肯定不是的了，”爱丽丝说着，“我们跟他们一点儿关系都没有，特别是跟兰博家一点儿关系都没有!”而对于这，简直不知道是什么驱使着爱丽丝这样。

她的脸色恢复了原来的平静和精致，她继续说道：“你知道的，亨丽埃塔和我之间的区别并不全是性格方面的。即使我喜欢她，我都不能去她家。兰博家和亚当斯家不能站在同一个层次上，而我们只是碰巧有了一个交集而已。”

“我希望没有让你烦忧。”

“什么？多的是事情让我烦恼。”

“对于他们所做的，我很抱歉。”他说道，似乎只是想说那些而已。

她感激地点了点头。“你真好，拉塞尔先生。那样对我很有用。亚当斯家和兰博家关系破裂是件麻烦的事。那已经很久了。”她深深地叹了口气，叹息中有一半是真的，另一半则是为了她的父亲，但是其他的一半是处于满是冲突的家庭的女儿，朱丽叶·开普莱特（Juliet Capulet）的本能表现。“我很讨厌这样！”她又说道。

“当然你一定会的。”

“我想两个家庭之间最可能的战争可能是因为生意，”她说道，“因为他们都很卑鄙。兰博家肯定比我家卑鄙多了，当然，虽然我有偏见。”接着她开始简要说了说兰博家和亚当斯家关于商业对立的历史。

这叙述显得如此自然又充满了戏剧性，其中既没有精确的算计痕迹，也没有亚当斯先生在兰博公司体制里的具体定位。事实上，有些是说不通的，虽然这很容易被归因于面对商业的神秘，年轻女士一般都会迷糊。亚当斯是这个公司的小成员，那似乎，他可能应该做这样的事。在任何情况下，他都是公司的老顶梁柱。他像所有兰博家的人一样，帮助建立了兰博公司。结果是他付出了这么多智慧和精力，其他人却得到的比他多得多。他厌倦了，便想要离开这家公司，为他自己找个全新的事业。当兰博家发现这些事在偷偷进行的时候，兰博家被激怒了。

爱丽丝语速很快，诉说着，也说不清楚。但是这背后令人悲伤的事实是：亚当斯屈服了。

在成功后，他的妻子，并非欢欣鼓舞，而是沉重且不安地告诉他们的女儿：“伟大的J. A. 兰博可能会气急败坏，怀有报仇之心。亚当斯很怕他。”她说道。

“但是为什么呢，妈妈？”爱丽丝问道，因为这样令人听上去就是个无理取闹的事。

“爸爸离开公司，兰博先生到底对爸爸做了些什么，来保住自家的公司呢？他有什么资格为此觉得生气？如果他确实不是他自己所标榜的那样一个人的话，我想他应该挺好的——就是说，如果胶水厂后来一切顺利。那他为什么生气呢？”

亚当斯夫人忧虑地看了爱丽丝一眼，犹豫了一下，解释说是有个注册名，兰博家看得很重，特别是那个“老家伙”。“受到这种对待，你都很想去死。”她痛苦地说道。而爱丽丝带着一些不解，接受了她的解释。亚当斯没跟她说过他的屈服，他也根本不打算跟她或是任何人说。

爱丽丝很久都没这么严肃了，她开始笑起来，就像她刚来这儿时掩饰性的笑容。“毕竟，所有的事情都太荒谬了。”她说道，“事实上，那太可笑了！那是因为爸爸打算把兰博的生意扔了，然后来拯救你的生活，你都不能想象他会怎么做！”

“要是我，我不会这么做。”拉塞尔赞同道。

“那简直榨干了我所有的浪漫情怀。”她笑道，“我告诉你，我将会是个财产继承者后，你不会再跟我这样一起浪漫地散步。”他们来到了小公园的入口处。正如爱丽丝所说，那真是个漂亮的地方，特别是在一个这样明媚的一天。古老森林的树矗立着，草坪被修剪得整整齐齐，一切都显得安静祥和。

这时工人们还没有从工厂里出来。只有几个母亲带着她们的孩子，在这树阴下四处走动。“我还以为我不会马上就告诉你，我们又快到家了。”爱丽丝说完，他们便开始走上一条鹅卵石小道，“离这儿不远处有一条长椅，我们可以到那儿坐坐，谈很多很多的事情——有些事可不像我的嫁妆那么死板，非要不可。”

“死板?”他重复着这话。

“到底是什么——”她绝望地笑了笑。

“胶水厂!”

他也笑了，不过这是朋友间的无伤大雅的玩笑罢了；而她想起她告诉拉塞尔的胶水厂的事还是“亚当斯家的秘密”。“然而，那很快就会被知道了,”她补充道,“而且兰博全家族的人可能开始讲各种各样的事情，天知道会怎样!”

因此爱丽丝立起来一道薄薄的墙，她总是很快乐，或者至少是有着快乐的气氛，即使在她喋喋不休的时候，她内心深处，仍始终抱着一点幻想。

爱丽丝所说的每件事对于支持她曾说过的，似乎都是必要的。那是怎么发生的呢?她发现她自己告诉拉塞尔，既然她爸爸在事业上做出了这么大的一个决定，她和她妈妈都希望最后能说服他放弃这个，他坚持了这么久的“愚蠢的小房子”。她突然发现自己站在一个斜坡上，就要向下滑去，滑到“乡村角落”里去，这名字是她自己给这个地方起的。拉塞尔及时扶住了她，而她谨慎地停住了，住了口，不再说话，脸上闪过一丝绯红。

接着他们在树丛后的椅子上坐了下来。拉塞尔的手肘放在椅背上，他的下巴放在他的手上，为了是能把她看得更清楚，他并没有对爱丽丝这一丝窘迫的脸红有所察觉，但是现在他发现了，因此他觉得很开心。当他第一眼看见爱丽丝的时候，她看上去似乎就有着别样的美丽，而这种美丽是他最喜欢的。而且这种美丽，和她在一起的每个瞬间，都在不断增加。拉塞尔觉得自己看她总是看不够。此时，她说着话，优雅的手伴着说话做出一系列动作，他的眼睛急忙追随着从手到脸。她太让自己着迷了。突然，她停了下来，叹了声气，滑稽地抬起眉毛看着他。

“你还没说你不会给亨丽埃塔机会呢。”她说道，温柔的声音中依然含有丝丝笑意。

他很困惑：“给亨丽埃塔机会?”

“你知道的！你会让我觉得很不公平，不是吗？别给其他女孩那样的机会?”

他真诚地答应了。

第十五章

爱丽丝说，没有认识拉塞尔或她的人可能会在那个肮脏的街道上的公园看见他们。但是他们回来的时候，一样的是这条毫无优雅可言的大道，不一样的是他们被他们俩都认识的人看到了。而且，拉塞尔一方觉得有些吃惊，而相对于这种吃惊，爱丽丝更多的是心酸，他们看见了这个人。

这个肮脏的街道，所有的一切都显得很丑陋，但是它当中最大的一部分实实在在地展现出来了。两个行人穿过街区，然而，他们看起来并不是什么正经人，就像是粗鄙的工人，他们的口袋露出书的一角。三四个昏暗的商店，就一层，上面陈列着肮脏的广告牌，然而这也足够让他们把意思表达清楚了。一个宣称自己是烟草商的人，一个宣称自己是舢板经销商的人，还有一个宣称自己是药剂师的人，都在享用“软饮料和雪茄”。就连最轻易受骗的人也都怀疑这些广告牌。现代商人的狡诈之处，是竭力引诱门外经过此处的行人的视线，因为如果行人一眼看着觉得满意了，他们的脚步就会跟着眼睛走。但是这位所谓的烟草商和他的邻居们一直喜欢沾满灰尘的窗户，显然，阴影已经破坏了大门的玻璃了。因此在公众的眼里，这敞开的街道上那小孔的光，是无意中被漏过而射到昏暗室内的。很明显，不同于有些企业缺乏的东西，布告板或许已经遗漏一些信息了。它们令人讨厌，被人扔掉了，因为对于这个世界，比起前面的昏暗房间，这些商店后面的房间更加明亮些。而且，在那些商店里，还有危险的新烈酒，和正在玩色子的粗鲁的女孩。

在这个房子外，一部分是令人兴奋的地区，当小镇还处在中世纪的时候，它还不是很古老，它还在壮大。这些房子，都带着标签。“房间”是有空缺的，但是对于每个人都显得很满，并没有成为哪个人的家，这些房间看上去令人忧心。这里的气氛也是神神秘秘的，好像，就只有这些错落的小店，他们通过遮住它，来给一些东西做广告。

它们中的一个，就是理发店附近的一家——坐落在理发店对面一个宽敞的走廊上。无疑是很久很久以前，一个家庭的父亲，用棕榈叶扇子扇着，看着游览马车来来往往。星光满布的夜晚，他的女儿听着曼陀铃，开着玩笑。但是，虽然年轻人现在还站在走廊上，但是年轻人和走廊都在慢慢老去。这个下午，四五个年轻的男子在那儿闲逛，一副对贫民窟了如指掌的样子。他们都戴着破旧的软帽，戴着的帽子并没有让他们更美，而他们紧身的衣服，显然都是从同一个地方拿的，倾斜的口袋，系错了的皮带，像复活节彩蛋一般的颜色，仿佛显出他们活泼的一面。另一件对这个群体来说普遍可见的是眼镜，还有嘴巴和表情。而爱丽丝，她的想法中的一个就是，她对这些表现都是很讨厌的。

在离走廊不远的人行道上，爱丽丝和她的护送者走的很近。突然，爱丽丝注意到了一个年轻的男子，她的脸色立即变得有点儿铁青，她甚至怀疑他跟她认识的谁有些许相似。爱丽丝发觉，这些闲逛的人，每一个的衣着都不是随便穿的，但是作为一个习惯，他们都露出了轻蔑的表情，爱丽丝被偷偷逗乐了。他们好像没有移动雪茄，嘴巴都对着同一个方向笑着，然而眼神却是阴沉沉的。爱丽丝马上想起了沃尔特。这个想法让她眉头微皱。恰在此时，当沃尔特走出房门，出现在走廊上，爱丽丝的脸色渐渐沉了下来。此时的沃尔特头戴一顶草帽，手握一根像象牙头似的马拉卡手杖。这手杖原是爱丽丝的，因她最后决定不要它，所以把它给了沃尔特。他大声吹着口哨，这说明他很开心。他的手指正转动着这根手杖，把它玩的好像是击鼓用的手杖。

沃尔特身边竟然有一位同伴。而且是一个瘦瘦的女孩：黑色的裙子，黑色的薄围巾，黑色的长筒袜，白色的鞋子，超黑的帽子下还有一双黑色的眼睛。浑身黑白相间，十分抢眼。帽檐下，有着雕塑一般的脸颊和下巴，使得这白色好像是白色的石灰，她两手摆出枪的姿势。

走廊上闲逛着的人似乎相互间都很熟悉。他们笑着相互打招呼。其中一个竟然捏着蹩脚的声音，开始唱起歌来：

“我的女孩，我正向你走来，大声地说：

哦，你这羞答答的女子！”

女孩笑得轻浮。“神啊，但是你们这些家伙是多聪明啊！”她说道。

“来吧，沃尔特。”

沃尔特看着他的妹妹，裂开嘴，微微一笑。拉塞尔摘下帽子，冲他表示敬意，他朝拉塞尔点了点头。爱丽丝清晰地叫了一声，她开始走得更快了。她重重地咬着她的嘴唇，这次不是为了看上去充满渴望，而是为了要忍住生气的泪水，不让它流下来。

拉塞尔兴奋地笑了起来。“你哥哥似乎为这‘多彩’的一天找到了个好地方，”他说，“那个女孩肯定是张口闭口都是它。”

但是爱丽丝因为沃尔特的怪癖，已经沉浸在脸红之中，而她并不理解。“什么？”她声音沙哑地说道。

“你难道不记得你跟我说过有关他的事了吗？他可能是准备去写作，才会去那种地方，跟他们聊天的？”

她的眼睛一直向上看着，突然说道：“我觉得他的文学品位几乎盖不住这件事情！”

“别说得这么肯定。他看起来一点都不惊慌失措。他似乎不介意你看见了他。”

“那就更糟糕了，不是吗？”

“什么，不”她的朋友和蔼地说道，“那意味着他不觉得那是种出格的行为。你不能期望都能理解所有这个年龄段的男孩们做的事情。现在他们做各种各样奇怪的事情，再长几岁就不会了。你哥哥明显喜欢和奇怪的人在一起，而且很可能他已经至少，当他让你相信，他在这些事情背后有个文学动机，至少是半真诚的啊。我们都经历过——”

“谢谢了，拉塞尔先生，“她打断了他的话。”我们不要再说那些了。”

他看着她发红的脸颊，睁大了眼睛。因为她的愤怒，他更喜欢她了。这是一个好妹妹应该有的感觉，他想。然而他没有想到的是，她感觉最多的并不是和沃尔特有关。他冒险多说了一句话："试着不要这么介意。那真的算不上什么事情的。"

爱丽丝摇摇她的手，他们继续保持沉默。直到他们在她家的门口停下来的时候，她都没有再看着他。爱丽丝只是微微扫了一眼他的眼睛，之后便向下看去。"坏了，是不是？"她低沉地说道。

"什么'坏了'？"

"我们的散步——好吧，所有事。某种程度上，它总是——是的。"

"'总是'什么？"他问道。

"搞砸了。"她说道。

拉塞尔笑了。爱丽丝没有看着他，突然向他伸出手，而他及时地接住了。他感到有股猛烈的压力迅速地传向他的手指，好像她想尽最大的热情来感谢他。在他还没来得及跟她道别之前，她就迅速地走进了房间。

爱丽丝走进房间后，门立刻被锁上了。她没有走向她的镜子，而是走到床边，猛地扑到床上，也不管枕头到底离得有多远。她随手把帽子一扔，帽子就这样歪歪扭扭的放着。爱丽丝全部的悲伤随着怒气如潮水般涌来，为了这本该愉快的下午却以那灾难般的结尾收场而伤心，为了"所有一切的结束"而伤心，如同她那时想的那样。她渐渐地平静了下来，突然她母亲敲响了房门，爱丽丝只好让她进来了。亚当斯夫人看着她，很快就明白了一切。

"哦，可怜的孩子！是不是他——"

爱丽丝告诉了她。"你知道会怎样的——那让我怎么办，妈妈，"她颤抖着，没再说什么，"沃尔特在舞会上做了那些事，我编了他喜欢‘文学’这样的故事，想把那页掩盖过去，但是没有什么故事能够盖得住这个的。噢，天哪！这肯定会让拉塞尔觉得我在其他事情上也在编故事！”

“不，不，不！”亚当斯夫人连连否认，“你不明白吗？最坏的就是，他所能认为的就是沃尔特在跟你编故事，说为什么他会和这种糟糕的人在一起，而你相信了他。这就是他会认为的，你不觉得吗？”

爱丽丝湿润的眼睛开始闪现出希望的光芒：“你真的认为可能是那样吗，妈妈？”

“那个，你告诉我的是什么。我知道是那样的。他没说他想再来吗？”

“没——没有，”爱丽丝不确定地说，“但是我想他会的。至少我现在开始这么觉得的。他——”她停了下来。

“从你告诉他的所有的事来看，他似乎是个非常令人满意的年轻人。”亚当斯夫人一本正经地说道。

她的女儿沉默了一会儿，接着泪水又打湿了眼眶。“他只是——天哪！”她支支吾吾。

亚当斯夫人点了点头：“他告诉你他没订婚，是不是？”

“没有。但是我知道他没有。可能他刚来这儿的时候，他是打算订婚的，但是我知道他现在没有。”

“我猜米尔德瑞德·帕默尔可能想跟他订婚，好吧！”亚当斯夫人不是得意洋洋地说，而是很坦白地说了出来。而爱丽丝把头埋得更低了，她嗫嚅道：“没谁——会。”这话没谁听得见。

“你别担心了，”她母亲拍拍她的肩膀，说道，“一切都会好起来的。你别害怕，爱丽丝。你难道没看到这个镇上，那些女孩之中，你是最完美的女王吗？你不觉得任何一个不带偏见或其他的年轻人，更需要好好看看吗——”

但是爱丽丝拨开了那双爱抚着的手。“别介意，妈妈。我不知道他是不是根本没有看着我。而且如果他看到我哥哥和这些可怕的人在一起之后，还这样的话——”

“喂，喂！”亚当斯夫人打断了她，悲戚地劝慰她，“我肯定沃尔特是个好孩子——”

“你确定?”爱丽丝突然变得精神起来，她叫道，“你确定?”

“我肯定他是个好孩子，是的——而且如果他不是的话，那也不是他的错。那是我的错。”

“真是胡说!”

“不是，是真的，”亚当斯夫人哀伤不已，“天作证，我已尽了全力把他拉扯大。在我看来，在他还小的时候，他确实是一个好孩子。每次他从主日学校里出来的时候，他总是向我跑着过来，我们还一起复习功课。晚上，他让我进他的房间，听他祷告，一直到十六岁，他都这样。大多数男孩都不想跟他们的妈妈一起做这些——不久之后就会这样。我这么努力地把他拉扯大——但是如果出了什么事，那都是我的错。”

“怎么会这样？你刚刚说——”

“那是因为我没让你父亲提早注意他的新道路。要不然沃尔特可以有其他孩子都有的优势了——”

“哦，妈妈，求你了!”爱丽丝乞求她，“我们别老提那个了。想想可以为他做些什么不是更重要吗？他还打算继续给我们丢脸吗?”

亚当斯夫人深深地叹息着。“我不知道该做些什么，”她痛苦地承认道，“你的父亲对他要走的每一步都那么紧张——

我觉得我们好像不应该——”

“不，不!”爱丽丝叫道，“爸爸不应该再为这事承受压力了，所有事都不应该。但是必须对沃尔特做些什么。”

“要怎么做呢?”母亲绝望地问道，“要怎么做呢?”

爱丽丝承认她也不知道。

一个小时之后，到了吃晚饭的时间了。在餐桌上，沃尔特习惯性地抬起眼睛鬼鬼祟祟看了一眼，接着，他偷偷地碰了碰爱丽丝——正如他讲过的，他在等着她“跳起来”。为此，他准备了简短而真诚的防御，之后，他就可以自己养活自己，想要打听他的私事，他对这事的态度就是个例子。但是她没说什么，而他的父母和她一样沉默着。对沃尔特，他们一家决定不用抨击的方法，而是要改变他的想法。他的父亲才吃了一点点，因为他正焦虑地考虑着怎么办。他突然站起来，离开饭桌，准备去跟沃尔特说。

“沃尔特，”他说道，“你吃完后，来我房间一下。我有些事要跟你说。”

沃尔特艰难地看了他面无表情的妹妹一眼，接着转向他的父亲。“明天吧，”他说道，“今天可是周六晚上，我得去约会。”

“不，”亚当斯皱起眉头，“在你出门前，顺便来一下。这很重要。”

“好吧，我先吃完这些，”沃尔特回应道，“我得花上几分钟。很快就好。”

亚当斯坐在餐桌旁，等待着。沃尔特迅速地结束了他的晚餐，然后跟着他父亲走上了楼。他们一起走进房间之后，亚当斯把门关上了，坐了下来，开始摩擦着他的膝盖。

“风湿病?”男孩有些狡黠地问道，“你想跟我聊的就是那个?”

“不是。”而亚当斯并没有接下去。他说话似乎有些困难,而沃尔特决定帮帮他。

“朝前来回踢踢腿,”他说道,“别想这些了,我会跟这个世界说,我应该担心的!你不想再烦我了,那什么又要烦到你自己呢?爱丽丝回家肯定告诉你,她看见我正在和一些看上去不入流的人一起玩,而你——”

“爱丽丝?”他父亲说道,显然有些吃惊,“不关爱丽丝的事。”

“她没有告诉你——”

“我一整天都没和她说话。”

“哦,我懂了,”沃尔特说道,“她跟妈妈说了,妈妈又跟你说了。”

“不,她们俩都没跟我说过什么。她们要说什么?”

沃尔特笑了。“噢,没事,”他说道,“我只是要给我一个女朋友买个人造钻石戒指,我打赌输给了她,而爱丽丝那时候正和拉塞尔那条大鱼在一起。我觉得她看起来挺伤心的。她希望我可以像她喜欢的那种人,但是我不喜欢他们。我还想她可能会跟你打小报告呢。”

“不,没有。”他的父亲急躁地说道,“我根本不知道那些事,而我也不在乎那些事。我想跟你说的是其他重要的事。”

接着,他再次沉默了,沃尔特说道:“好吧,说吧。我听着。”

“那就是,”亚当斯开始沉重地说道,“我想开始做胶水生意。你妈妈跟你说的,是不是?”

“她说你应该离开镇里那个老地方,开始搞一个胶水工厂。我就知道这些。我还有自己的事要去做呢。”

“好吧，那是你自己的事，”他的父亲皱起眉头，“你不能再待在兰博公司了。”

沃尔特看起来有点吃惊：“你什么意思，我不能？为什么不能?”

“你得来帮我，”亚当斯慢慢地解释道，而他的眉头皱的更紧了，好像这次的谈话对他来说很辛苦，“得有个很大的助力才能让它进入运行的轨道。”

“是的！”沃尔特大声说道，他深深地怀疑着，“我应该说原本就是的！”他怀疑地盯着他的父亲。“听着，你是不是觉得有点突然，你要去做这些事？你让妈妈催得有点太快了，不是吗？你知道这种时代，做一个新行业意味着什么吗?”

“是的，我全都知道，”亚当斯说道， “这种生意，我会做。”

“你怎么做?”

“因为我已经研究那个很长时间了。我不担心那会走错路。但是那真是困难，你必须全力以赴。”

沃尔特的呼吸开始变得急促，他的嘴唇颤抖着，接着他固执地把它表现出来。“噢，我会的。”他说道。

“是的，你会的。”亚当斯回应道，他没有注意到他的儿子是在讽刺他。亚当斯接着话题继续说道：“那会消耗你身上的每一点能量，而我所有的能量都留给了我自己，每一分我都省着，除了我必须要养这一家子的那些东西外。我准备好了，现在我就要去做了。而你下个星期的周末就必须去兰博辞职。”

“噢，我去?”沃尔特的声音提的更高起来，听起来还有点尖锐刺耳。“我下周末必须辞了我在兰博的工作，是不是?”他生气地朝前走了几步。“听着！”他说道，“我不会走出兰博的，明白吗？我不会辞职的，我就要和他们待在一起，明白吗？”

亚当斯惊讶地看着他。“你下周六必须要离开那儿，”他说道，“我一定要你来帮我。”

“你别指望那种事了，”沃尔特明确地告诉他，“你觉得你可以付我多少工资？”

“我会付你工资，跟你在那儿拿的一样多。”

“我根本不懂胶水。你让其他人去吧，然后再付工资给他们。”

“不。你必须去——”

沃尔特几乎狂暴地打断了他：“别跟我说我必须做！我想，我比你更知道我要做什么！我就待在兰博，明白吗？”

亚当斯生气地站了起来：“你会做我跟你说的事的。你不能再在那儿待下去了。”

“我为什么不能？”

“因为我不让。”

“听着！继续不让我待着吧，我还是一样会在那儿的。”

这时，他的父亲突然发出一阵尖酸的笑声，然后说道：“是他们不让你待下去的，沃尔特！等他们发现我要做的事情之后，他们就不会再让你待下去了。”

“他们为什么不会？你不觉得他们都在等着把你撕成碎片？”

“我告诉你，他们不会让你待着的。”他的父亲大声地坚持道。

“为什么，他们不关心你是不是走了？”

“他们会在乎是不是开除了你，我的孩子！”

“听着，这样的话，让我看看凭什么。”

“他们会的!”

“是的,”沃尔特嘲笑道,“你一直说他们会的,但是每次我叫你让我知道为什么,你就一直说他们会的!那对我一点儿意义都没有,我可以这么告诉你!”

亚当斯呻吟着,抚摸着自己的脑袋,开始在地板上踱步。沃尔特的拒绝有些出乎他的意料。他的这种尝试竟然遭遇了这样的回应,他感到无能无力。似乎除了发火骂人,他对一切都显得那么无能无力,就像沃尔特所说的,没什么作用。“噢,我的天!我的天!”他咕哝道,“噢,我的天!我的天!”

沃尔特往常那蜡黄的脸色此时变得苍白起来。他精明地看着他的父亲,然后下定了决心。“听着,”他说道,“每次你说因为你打算辞职,兰博公司就可能开除我的时候,你说的就好像每个人都必须和你绑在一起一样。我不知道你的脑子是怎么想到这些事情的。兰博公司不知道你是怎么打算的。听着,我想待在那儿多久,我就能待多久。但是我会告诉你我要做的。总之,我会让它付出代价,我会套出你那个老胶水厂的秘密。”

亚当斯突然停止了脚步,盯着他,不解地问道:“‘让它付出代价?’你那是什么意思?”

“现在这三百块钱有个好用途,”沃尔特说道,“把它给我,我就会把兰博的工作辞了,给你干活。不给我,我发誓我不会辞职的!”

“你疯了?”

“每一个要三百块钱的人都疯了吗?”

“是的,”亚当斯说道,“如果有人叫我给的话,他就是疯了,我还得把一分钱掰成两半花呢。”

“你是不给的了?”

亚当斯突然朝他吼了出来。“你这个小蠢货！如果我有三百美元可以随便扔，那也得我愿意给你。你难道不觉得对我来说，我花三百美元请一个人比给你更值？跟我要三百块钱，可真是个好时候，不是吗！为了什么？给你的‘女朋友’弄个假钻石戴戴？真为你感到羞耻！要求我去贿赂你，来帮你自己和你的家庭！”

“我给你最后一次机会，”沃尔特说道，“不管我要的你给不给，还是你想要的我做不做。这次之后都别再叫我做了，因为——”

亚当斯残暴地打断了他的话：“再问你一遍！别担心那个，我的孩子！我叫你做的只是滚出我的房间而已。”

“听着，”沃尔特的嘴咧向一边笑着，铁青的脸早已变得扭曲，“听着，我想你是不会给我这三百美元救我的命了，是不是？”

“你让我很难受，”亚当斯痛苦地说道，“出去。”

沃尔特吹着口哨走了出去，“砰”的一声，门关上了，亚当斯又一次一屁股坐进了旧凳子里。“噢，我的天！我的天！”他呻吟着，“哦，上帝啊！上帝啊！背叛者的路——”

第十六章

亚当斯说的是自己的过失和自己的方式。因为沃尔特在亚当斯面前表现出的固执，在此时，是根本无法解释的现象，但又是无法回避的，所以亚当斯必须在接下来的一天里都以那种方式反对。“哦，我的天，我的天哪!”亚当斯满腹牢骚地抱怨着。接着，他的怨气越来越大：“那个该死的家伙！该死的白痴!”然而他知道自己是个更傻的傻瓜，因为他还不能够告诉沃尔特真相。亚当斯不能让自己做那样的事，甚至是在最好的时机里他也没有说出事情的真相。因为他感觉到即使是处于最好的时机，这也是件坏事。

亚当斯最后悔的一件事就是二十五年前，那虚荣而又心软的一刻，他告诉了他年轻的妻子一个商业秘密。他想让妻子看看她的丈夫变得有多么重要，在这个世界上，他的想法是多么的伟大，J. A. 兰博相信他的正直和能力。J. A. 兰博这个伟大的男人有了一个想法，他悄悄告诉亚当斯，要想着

“打开思维”，卖胶水可以挣到很多钱。

兰博想把液体胶水注入小瓶子里，然后便宜卖掉。“这种卖它本身之类的事，”他说，“一点一点地卖，直到挣到的钱把广告费赚回来。每个人都必须用胶水，而且如果我让我的胶水既便宜又方便使用的话，人人都会买我的产品。但是那胶水就必须会凝固，它必须是最好的。如果我们想让这个成功的话，我们就必须保守秘密，当然，除非有谁从我们这儿把它偷走。上个月就有这么一个人。他知道一个配方，他一眼都没看过，想把它卖给我。但是他太着急了，我就起了疑心，我发现他企图要偷走它。他用一个大瓶子装了胶水，打算从胶水机上偷走。无论如何，我们必须找到一种更好的胶水。我打算安排你和坎贝尔（Campbell）来负责这个。你这个小伙子，既实在又很警觉，而坎贝尔是个非常好的药剂师。我猜你们两个男孩，应该可以干出点成绩。”

亚当斯确实猜得很对。他们就在离小镇一点点远的地方工作，他们那爽快的雇主还时不时的来考察他们散发着恶臭的工作场所，这两个年轻人发现兰博可以找到他们。但是坎贝尔对这个发现想的要深得多。“想想看，”他说道，“为什么这个不是你和我的？毕竟，我们以前是兰博先生的员工，他的钱是付给我们以前的，但是现在我们可不止这个价。”

“但是他付我们钱了，”亚当斯先生对于同伴的这个想法有些害怕，他劝道，“我们所做的，他是付了钱了的。这个绝对完全属于他。”

“哦，我知道他确实是这么想的，”坎贝尔伤心地承认，“我认为我们应该让他知道，那并不是专利。一旦工厂开工，我们会把它经营得很好的，因为他必须要靠着我们，才能让材料运转起来。这样工人们就没办法参与到整个过程当中去了。你最好向他要跟我一样多的工资，而我的工资应该更高才对。”

但是高薪水，仅仅是个美丽的幻想而已，它从没实现过。那个夏天坎贝尔得了伤寒死了，留下了亚当斯和他的老板持有这个配方，一个没有书面记录的配方。而亚当斯则觉得因为对这个伟大的人来说，自己将变得比以前更重要而开心不已。他还告诉了他的妻子，毫无疑问，将来，他将掌管整个胶水作坊。不幸的是，企业计划一直遥遥无期。

正如兰博告诉亚当斯的那样，他的发起者已经变成了“被骗入行”。他的一个儿子说服他拿下“止咳糖”，一种也叫做“软膏”的东西。由于止咳糖卖得很好，这让兰博先生开怀大笑。这东西占据了他大部分的时间，这个和他要求的胶水计划有关。他说，当亚当斯催促他的时候，他已经拥有了“所有人都应该想要的钱”。这些足够的钱令他可以随时“开始进入这个小小的胶水行业”，因为配方还安安全全地待在他们俩的脑袋里。

一有机会，亚当斯总会寻着机会来跟他的老板谈谈“这个小小的胶水事业”，还提醒他已经过去很多年了。可惜的是，兰博仍在痴迷于另一个爱好，对这个早已经失去了兴趣。“哦，可能有那么一天我会动工的。如果我没有，我也会将它传给我的继承人。它总归是一笔财富，当然，它总归是很有价值的或者是其他的什么。我们总有一天可能会付诸实践的，虽然，只剩下你和我。”

太阳依旧西落，而时间已经逝去，亚当斯看见自己怯生生的殷切要求已经让他的老板索然无味，他就不再提这件事了。兰博显然忘记了跟胶水有关的所有的一切，但是亚当斯发现，不幸的是还有别的人依旧记着。

“那真的该是你的，”亚当斯夫人争辩道，那痛苦的时光就开始于第一次，那时她建议他用自己的知识来为自己和家人谋利益。“坎贝尔先生可能有一部分权力，但是他死了，而且没留下任何相关证据，所以它自然就属于你了。”

“试想 J. A. 兰博雇了我来看管木材，”亚当斯说道，“那就能说那些木头是属于我的吗?”“他没有任何权利占有你的发明，还把它藏起来，”她极力反对道，“如果他一点儿也没动它的话，他这样对它有什么好处？对所有人都有什么好处？对这世界上谁都没有好处！而且，如果他只是一个老家伙，只能对你所做的生气的话，他对你有什么意义？他不能做任何有意义的事，而且你自己已经确认他不能了。所以以你所知的，你有什么理由可以剥夺这些幸福，这些能带给你的孩子，你的妻子，给他们的幸福?”

“除了正直，什么都没有。”他回答道，而且他早就做好了得到这种答案的准备。似乎对于亚当斯来说，他可以活得下来，但是他不能触及妻子的思想，甚至不能理解她简单的话。然而妻子对他说的每件事，都这么激烈，听上去就像是顽固的胡言乱语。在所有权这一点上，虽然亚当斯不同意那样，但是他一次又一次地用同样的话搪塞她。

“假如他雇我给他建一栋房子，那房子就该是我的?”

“想想，假如你给了一个厨师熬汤用的骨头和蔬菜，还付了她钱，要她给你做一碗汤，她就有权利把它带走还卖掉吗?你肯定比我清楚!”

“我只知道一件事，如果那个老家伙想从你这儿拿走发明，那他就和抢劫的没什么两样!”

在这个道德问题上，他俩从没找到过交集点。他们之间的这个问题一直都没解决，比起从前，现在的亚当斯被压垮了。虽然这个争吵停了，但是他们在一起的时候都变得很严肃，几乎都保持沉默，对他，她更多的是不自在。

亚当斯出了门，走在小小的花园里。而就在星期一的下午，他坐了一辆出租车，去了镇里，但是距离“批发部”还有很长一段距离，距离兰博公司那巨大的，颇有历史的建筑，还很远。亚当斯卖了他的股份，给房子付了按揭。五点后，他回家了，路上他顺道去看了一个老朋友，这个人几乎是与兰博公司共生共长的。

这位老前辈才刚下班，正坐在他住的这栋房子前。当出租车停在路边的时候，他站了起来，奔向前去，幽默地打了个招呼：“看看，看看，是维吉尔·亚当斯！我总是想你会有一个精彩无比的人生。你现在在乘坐自己雇佣的私人自动车进行旅行吗？我还以为你还一直生病在家里躺着呢。”

“哦，我又好起来了，查理·洛尔（Charley Lohr）。”亚当斯说道，他从出租车下来，摇摇他的手。接着告诉司机等着，他拉着他朋友的手臂，和他走到一条椅子前坐下。“有些时候，我已经够实际的了，”他说道，“我又陷入困境了。”

“一场病让我对你的看法已经改变了，”他的朋友笑了，“你是我希望还活着能喘气的朋友当中的最后一个了——或者任何一个能坐进出租车的！不过，我从没听说过你有这么一辆马车，除非你给某人送终。你怎么了？”

“好吧，我要重获新生了，而且这是真的，”亚当斯说道，“我有很多事情要做，而解决这个的唯一办法就是完成它。它很快就会实施了，或者当我在做这件事的时候，我不会让任何事来干扰的。”

“你在说什么？你希望康复后回到老地方做什么？”

“呃——”亚当斯停住了，咳了起来，接着慢慢说道，

"事实就是，查理·洛尔，我在想我可能不会回来了。"

"什么？你在说什么？"

"不，"亚当斯说道，"我在想我很有可能因为我自己的原因被踢出局了。"

"呃，我真该死！"老查理·洛尔很震惊。他用食指和大拇指捋着灰色的小胡子，下边的嘴巴张大了，就像一个冬天草丛掩盖住的山洞口。"天哪，那简直是我听过的最糟糕的事情了！"他说道，"我已经是那儿最老的一辈了，但是如果你走了，老一辈根本就没人了。你到底想怎么做？"

"好吧，"亚当斯说道，"我宁愿直到我开口，你都别提那个，当然之后所有人都会知道——但是我打算将液体胶水推向市场。"

他的朋友，还在摸着向上翘的灰白胡子，皱着眉，困惑地盯着他。"胶水？"他说道，"胶水！"

"是的。我有点要霸占那个想法的意思。"

"你是说，运转它，把它做成几家公司？"

"不。就做它了。可能就是一种胶水作坊。"

洛尔继续皱着眉头。"让我想想，"他说，"之前那个老伙计他自己也有过这类想法？"

亚当斯向前靠了靠，摸着他的膝盖。在他讲话之前，他又咳了起来："很好，是的。事实就是，他确实有过。我的意思是说，很久很久以前他有过。"

"我记得，"洛尔说道，"据我所知，他从没讲过任何有关的事。但是，我似乎想起了之前这里有过跟你和那个人有关的传闻——我想想看，他的名字是不是叫坎贝尔，得伤寒死了？是的，就是他，坎贝尔。那个老伙计是不是叫了你和坎贝尔私下里说了这个胶水的提议或者是其他的什么？"

“是啊，他提过。”亚当斯点头道，“我之后也研制出了大量的胶水。”

“我想是自从做了它以后？”

“是啊。它一直都存在我的脑子里，我研究出了新的东西。”

洛尔看起来很严肃。“好吧，但是想想看，”他说，“我希望它不是什么重要的东西，不会让老伙计觉得可能侵犯了什么他吩咐你做的。你知道他是怎样的了。他是行走在地球上的思维开阔、自由的人。如果他认为他欠了你一分钱，他就会为了一个不劳而获的人卖了他的一只右手来偿还，如果这是唯一的方式的话；如果他知道有谁正想要获得更好的，如果有必要的话，他会把两只手都卖了来支持他的。是啊，他都八十岁了，他也会的！我的意思不是说你可能想要从他那里获得更好的，维吉尔。你是个让人备感亲近而又古怪的老家伙，但是做这种事不是你的风格。我的意思是说，我希望不要给那个老伙计任何机会觉得你可能会——”

“哦，不，”亚当斯打断他，“事实上，我相信他根本不会想起这事儿，而且如果他真的这样了，他也没有任何权利反对我。我所用的方法，是被我改变并改进了许多的，跟坎贝尔和我的老板提出的是很不一样的。”

“好，那样就太好了，”洛尔说道，“当然你知道你的情况。你年纪太大了，天知道！”他惨淡地笑了笑。“我的天，但是这对我来说看起来很滑稽——就那样了！我希望你和我两个都能在某个墓地，躺在一片好棺木里，年轻的后辈们看着它，唯一会失去我们中的一个的会是别人！你告诉那个老伙计了吗？”

“呃——”亚当斯艰难地挤出话来，“没有。没，我还没有。我想——呃，这就是为什么我想见你的原因。”

“我可以做些什么呢？”

“我已经给他写了一封信，想要托你帮我转交给他。”

“我的天哪！”他的朋友惊呼，“到底是为什么，你不亲自去告诉他？”

亚当斯尴尬得有些可怜。他结结巴巴地说着，咳了几声，又结结巴巴地说了几个字。他的整张脸都皱成一团，似乎就要哭了，但他还是努力地挤出一个满是歉意的笑容。“当然，我本该这样做的。但是从某些方面或其他的原因上来说，我似乎只是不能去——去做好这件事。”

“到底为什么不能？”满是狐疑的洛尔打破砂锅问到底。

“我不能告诉你——那对我来说当你和你跟了一辈子的老板说这个，真是太——太尴尬了——去跟他辞职，我只是不能下定决心去跟他讲这个。不是，我把自己的想法写进信里是唯一让人满意的方式了，而且我觉得我可以叫你帮我转交给他。”

“好吧，当然我并不介意为你做这个，”洛尔和善地说道，“但是到底为什么你不寄给他呢？”

“好吧，我会告诉你的，”亚当斯回道，“你知道的，比如说，它要经手员工和他的一个秘书，那些人我根本就不认识。我写了些重点在里头。例如，我想向他解释，在我和坎贝尔为他做事的时候研制出的旧配方上，我改变了多少，等等。这样他就可以明白这是一个全新的配方，根本没有侵权。然后还有另外一件事，你知道所有的事。我生病的时候，他还是付我工资，总数相当可观，我已经游手好闲这么久了。在这种情况下，因为我辞职了，我觉得我好像不应该接受它，所以我会在信里跟他确认一下，其中包括这件事，而且我想确定他知道这件事，是他自己亲自拿到它了。如果这信必须经过很多其他人的手，如果我必须寄出它的话，那个你就没法分辨出来了。所以我想的就是，如果你帮我转交的话，如果他在那时碰巧看了的话，或者其他的什么，可能你就能注意到他碰巧讲了些什么——而你之后就可以告诉我了。”

“好吧，”洛尔说道，“假如你一定要那么做的话，我会转交给他，然后告诉你他讲了些什么。也就是说，如果他真的讲了些什么而我又听到了的话，要把它写下来吗？”

“不。大概一个星期，我就会把它寄给你的。”亚当斯向他的出租车走去，“别跟任何人讲这件事，查理，特别是那个之后。”

“好的。”

“而且，查理，我真的必须感谢你，”亚当斯说道，又返回来握手告别，“有件事你可以做——如果你刚好想的话。”他眼神迷糊，讲话的时候，聚焦在他朋友的头顶上一个点，声音都控制得不好。“我在那儿已经待了很多年了，我现在不能像当初那样活着了，但是为了这家老公司，我总是竭尽所能。如果结果是他们确实做了某些事伤害了我，那么，仅仅是为我说了一些好话——如果你刚好这么想的时候，可能吧。”

老查理·洛尔向他保证如果有机会的话，一定会为他讲好话的。亚当斯乘着出租车离开了，查理·洛尔则走进他在三楼的小公寓，沉思着自言自语。直到他的妻子问他，他在自言自语些什么。

“老维吉尔·亚当斯，”查理·洛尔告诉她，“他生了很长时间的病后，又出门来了，而且在我看来，他还是在床上看起来更好些。”

“你是说他出门，看起来还是很糟糕？”

“哦，我倒希望他已经恢复健康了。”洛尔皱着眉头说道。

“那他到底怎么样了？你的意思是他神志不清了？”

“我的上帝啊，但是女人真是会乱下结论！”他惊呼道。

“好吧，”洛尔夫人说道，“那你给我下了什么结论？”

她的丈夫冷冷地解释道：“人们生了病，脑子会受点影响的，不是吗？他们的脑子还没有完全失去理智，但会受点影响的，不是吗？”

“所以你的意思是，这可怜的人脑子似乎受了点影响？”

“哎，不是的。我可没有这么说。”洛尔没有把握地说道。

亚当斯把大半个晚上的时间都花在了构思他的信上——十一点了，这个任务还没有完成，他听见女儿走上楼梯。她正轻轻地哼着歌，歌声甜美动人。亚当斯停下来仔细地听着，他握着笔的手，停在半空中，嘴巴张得老大，一副难以置信的表情，好像这是他听见的世界上最奇怪的声音。他把笔放到吸墨纸上，走到门边，打开门，向外看去，爱丽丝正走过来。

“呃，亲爱的，你看上去感觉很好嘛，”他说道，“你怎么了？”

“只是坐在外面的楼梯上，爸爸。”

“我想，你是一个人。”

“不。拉塞尔邀请的。”

“哦，他叫的？”亚当斯假装很惊讶，“你们都谈了些什么，能聊整个晚上，还到了这个点。”

她欢快地笑道。“你不懂我，爸爸！”

“怎么回事？”

“你都没发现，我可是个话唠。”

“一整个晚上，你都没让他讲一个字?”

“哦，是啊。每次都是。”

亚当斯拍拍手道：“好吧，那他说了什么吗?”

爱丽丝眼神中闪烁着光芒，看着他，吻了一下。“这可不是你该知道的!”她笑道。然后她开心地拍拍他的脸颊，弯了弯膝盖行个礼，便踮起脚尖，转着圈子，转过狭窄的走廊，进了自己的房间，关上了房门。

亚当斯心里微微明亮了些，继续写自己的信。爱丽丝一出生就是他的掌上明珠，他是这么看待她的，而现在他所做的事都是为了她。

他微微一笑，拿起笔，开始为一封充满痛苦的信，打另一张新的草稿。只是现在，他看上去很迷惑。毕竟，似乎有些事还能让她开心。然而为什么他要走他妻子所谓的“新的一步”呢，这一步他都抵制了这么久了?他只能叹息，只能怀疑。“生活真是古怪。”他想着。他现在不能走回头路了，虽然不能的原因不那么明显，但是他必须往前走。

第十七章

第二天，亚当斯再次乘着出租车出去了，而到了中午他就拿到了自己想要的东西。

很奇怪他这么快就做完了。这些年来，他的妻子逼着他朝他现在的方向转变，他曾经对自己发誓，对她发誓，他不会屈服。然而，他做出了他本不打算做出的让步。他发现他们对在他脑子里的详细资料已经准备和计算好了，仿佛他早就想到了他自己不会采取的这“一步”。

有时他想过如果他可以找到“一笔好买卖”，就用他持有的不多的股份换一小笔“可出租财产”以此来提高他的收入。他花费了许多时间漫步于这个影响力巨大的城市及它的周边，以寻找他理想的“买卖”。在他看来，它不可能实现了，但是他找到了其他的东西。

在离他的房子两英里的地方，有个阴沉沉如同贫民窟一样的地方，这是早年荒废了的“工业区”。大多数工业区都很小，它们中的一些倒闭了，因为破产或者火灾；一些搬迁了，离开了这些地方。剩下的遗迹，就只有一座砖砌成的大楼，以前在这个地方是最大最重要的工厂。它已经荒废很久了，几乎就像遭过大火一样。亚当斯经常想，如果修理它要花多少钱。

当他经过的时候，他总是饶有兴趣地看着它，他认为应该勘察勘察。“那肯定是个事，”他想，“如果一个人有足够的钱的话，就可以做个大规模的新事业，这肯定是件特别好的事情——比如做胶水，当然如果没问题的话。虽然那会花去很多钱，但是对我来说，除了要运转它之外，要想的太多了——即使我梦想着做这样一件事情。”

在这个废弃的工厂的对面，是一块泥泞的对外开放的两亩田地。这亩地的中间，有许多红砖被孤零零地丢在这儿。地的旁边是个老旧的红砖棚，阴惨惨地点缀着这片地方。这个红砖棚有两个木质通道，虽然小棚和通道都是单一的，但是对一个中等的企业来说，这样的空间够了——“在创业初期，空间基本都是够大的，”一天亚当斯正在勘察这个部分，他走在这座低低的建筑底下，心里这样想道。“是的，我想我可以把它运转起来，”他想，“说起来，如果这个过程不是没问题，而是属于我，因为那所有权不是我的——或者如果我是做这种事情的那种人，我可能会占这个便宜。他们想要很多钱在路的另一边租个更大的房子——但是，哎哟，我应该认为那是根本不实际的。”

偶然间，亚当斯遇见了一个他认识的代理，他问了些事情——仅仅就是为了满足一下偶然产生的好奇心。他发现事情比他想象的要多得多，除了这座大建筑的业主不让以外，除了卖掉它，这个价钱又太高了，亚当斯笑了。但是处在泥泞之中、田地之中的红砖正在出售或是出租，或者“距离这地方相当近”，他懂得了，如果任何人都能接受它的话。

他脑海中的黑暗世界里存在着可怕的巫师，亚当斯现在接受了，虽然没有看到他命中注定要接受它，但是已经预见了所有他要承受的，计划准备好了。他坐着出租车，又把这个地方看了一遍，接着到镇里去安排租约的事。然后他回到家和他妻子、女儿吃了午饭。事情都在“进行”中，他这样告诉她们。

亚当斯带着一丝吹嘘的口吻说他表现得很果断，并且表示这件讨厌的事亟须解决。他兴高采烈地说：“那样解决这件事是对的！”语气中饱含着抑制不住的狂热。午饭后不久，当出租车司机再一次来到亚当斯的面前时，他解释说，当时不仅打算把事情做对，而且要“把事情做快”！爱丽丝随他来到门前，焦急地看着他，关切地问是否可以帮到他。他对她冷冷一笑。

“那就让我跟你坐一辆出租车，”爱丽丝请求道，“爸爸，看上去，你还不能一开始就这么努力，你才刚有点力气。让我一起去吧，看看我能不能帮上忙，或者至少你不舒服的时候让我照顾你。”

亚当斯拒绝了，但是爱丽丝还是在口袋里放了一小瓶氨气，让他答应如果“感觉到头晕或者什么的话”，就用上这个小瓶。接着他就上了车。第二天早上，他就让人到小棚屋里工作了，虽然他必须付的薪水吓到了他。

他给那些工人指导每一个细节，给他们做示范，督促他们快点，还有收款。结果，一些命令下达之后，他收到了一封辞职信，辞职信马上就生效了。“你们这些资本家似乎觉得一个人除了突破自我挥霍积蓄，其他的也没有什么意义的了，”辞职的人抱怨得更大声了，“你看看，这个勤劳者的时代已经来临了，而且它也不远了！”但是资本家已经听不见了，他走出去找了个人来听他的演说。

周末结束时，亚当斯满意地运送着他那些需要的设备，那是他准备好的，但是他讨厌星期天停下来。爱丽丝说稍微偷偷懒可能对他挺有好处的，他不耐烦地告诉爱丽丝，他不想休息。

那天下午的晚些时候，他到了老查理·洛尔住的公寓房子，并把信交给他的朋友，希望兰博公司的“那个人”能亲自收到。“你要是把这信亲手交给他，我会把它当成巨大的恩德的，查理，”他离开的时候说，“你不会忘记，为了防止他说这件事——记住如果你能有机会为我说好话的话，你知道的——”

老查理答应记住，而当洛尔夫人关上门，走出厨房的时候，他若有所思地说道：“瘦的就像皮包骨一样。”

“你是说亚当斯先生？”洛尔夫人问道。

“要不然你以为我指的是谁？”他回应道，“就像把鹌鹑包进了墙纸里头？”

“他看起来有这么糟糕吗？”

“我看着觉得很难受，”她的丈夫回答道，“虽然，这个瘦弱的家伙有时都可以堆成一堆了。他周一还会再过来。”

“他说了他会来？”

“不，”洛尔说道，“但是他会的。你会看到的，要是他知道我给他大老板这封信的时候，他老板都说了些什么，亚当斯就不会再找他了。如果我是他，我想我自己，我，会有点儿紧张。”

洛尔的表情变得很拘谨，是那种当一个男人发现他说出他的内心想法，而他的妻子却贸然下了定论时的表情。“噢，没什么。”他说，“当然，任何一个男人刚开始一门生意时，有一段时间都会相当紧张。他明天晚上就会到这里的，好吧。你会看到的。”

他的预测很准。洛尔夫人刚刚收拾好桌子上的盘子到她的厨房，亚当斯就到了。但是洛尔几乎没什么消息可以给他。

“他没讲一个字，维吉尔，连一个字也没有。我把它带到办公室里，交给了他。而他只是坐在那里读了一下，就完了。我只是站在那儿，我尽可能站在那儿，但是他都没有坐在我旁边，也没有转过身来，完全朝向我，他就那样，我几乎什么事都说不了。我所知道的是，他只是在看信。”

“好吧，但听着，”亚当斯开始有点紧张，“好吧——”

“好什么，维吉尔？”

“好吧，但是在他讲话的时候他讲了些什么？”

“他没讲。我在那儿没待多久。他只是坐在那儿，看信而已。他看得很慢。接着，当他看到结尾的时候，他转过身，又把信从头到尾读了一遍。那时候，有三个还是四个其他的人在办公室里站着，等着跟他讲话，而我不得不走。”

亚当斯叹了口气，犹豫不决地盯着地板：“好吧，我猜之后我会一直待在家里，查理。所以你确定之后你会告诉我他的想法吗？”

“这根本不是一回事。我已经告诉你我所知道的一切，维吉尔。”

“我猜是这样的，我猜就是这样，”亚当斯嘟嘟囔囔地说，“我非常感激你，查理·洛尔，非常感激。祝你晚安。”接着他离开了，困惑地叹息了一下。

在亚当斯回家的路上，他沉浸在自己满腔的思绪当中，他走得太慢了，他不止一次地停下来，好一会儿站着不动，他根本没有意识到自己的行为。当亚当斯走到了人行道和通往他家的很短的砖砌小道的交接处时，他又一次停下来。“我希望我知道，”他悲伤地低语道，“我是真的希望知道他对那件事是怎么看的。”

他被附近小走廊上传来的笑声吸引住了。“爸爸！”爱丽丝高兴地叫道，“你一个人站在那儿对自己嘀咕些什么？”

“哦，你在那边吗，亲爱的？”他一边说，一边从小路上走过来。一个高大的人从走廊的椅子上起身。

“爸爸，这是拉塞尔先生。”

两个男人握了手。亚当斯笑着说道：“请帮我介绍介绍。”他们互相看着，通过这门上部分不透明的玻璃，虽然有点模糊。亚当斯对他的印象是，他是一个又壮又高的年轻人，时尚又不失绅士的风度。拉塞尔对亚当斯的印象则是，他是一个留着胡子，干瘪的年迈的小老头，有着明亮却透着忧愁的双眼，衣服是深色系的且早已没了形状，其貌不扬。

“多美好的夜晚，”亚当斯打破沉默，他们的手分开了。“这可是一年里最美好的时候啊，但是我们不会总是有这么好的天气的。真是个麻烦。好了——”他走到门边，“好了——你一定要好好休息啊。”他说着就进了房子。

爱丽丝笑道：“他可是我们镇里最落伍的人了，我敢说他肯定对你印象深刻。”

“简直胡扯！”拉塞尔说道，“怎么可能所有人都对我有深刻的印象？”

“为什么不呢？因为你很安静？天哪！你难道不知道你是最令人印象深刻的那种人吗？我们喜欢聊天的人都会花时间跟你们这些安静的人在一起。”

“是啊，我们只是听众。”

“‘只是’!”她重复道，跟回声一样，“哎，我们都为你们而活着，而我们没了你们不能活。”

“我希望你不是，”拉塞尔说道，“对我们俩来说，那一定将是一种新经历，不是吗?”

“那对我来说可能是很黯淡的，”她轻轻地回答道，“我担心这些夏夜结束之后，我可能就不会再有和你在一起的夜晚了。我一定会错过它们的，谢谢了!”

“终有一日，它们必须结束?”他问道。

“噢，凡事都会有尽头的，不是吗?”

拉塞尔笑她。“别把未来看成那样，”他说道，“我们不需要去想死亡的那一天，是不是?”

“我不会的，”爱丽丝摇摇头，说道，“我们的夏夜在那之前就会结束了，拉塞尔先生。”

“为什么?”他问道。

“天哪!”她说道，“说起来很简单，几乎就一个字！没关系，我不会让你那样的。但是我告诉你，我总是向前看的，某种程度上说，我通常能看到事情是怎样发展的。”

“是的，”他说，“我想我们大部分都这样。至少，我们好像是这样的，因为当他们那样的时候，我们很少感到吃惊。但是可能那只是因为生活本来就像是一场戏，大多数的事情我们都能渐渐习惯。”

“不，我肯定我能看见前面很长的一条路，”她严肃地坚持着，“好像我们的夏夜会持续很长一段时间。虽然有些事情会打扰——有些人会，我是说——他们会说些什么——”

“如果他们这样了呢?”

她有点理解地耸了耸肩。“那会改变你的，”她说，“我只是确定有些不好的事情恰好发生在我身上。你对这些事情感觉会不一样的。”

“喂，我不是那么想的！”他叫道。

“事情就是那样的，”爱丽丝坚持道，“我知道有些不好的事情就会碰巧发生在我的身上！”

“你固执于一个想法，一点都不想让我高兴高兴。”拉塞尔假装生气道。

“哦，但不是吗？那它就是那样的！为什么不是呢？”

“因为那暗示着我不像我看起来的那样坚强，我太柔弱了，以至于一点小事都会让我混乱不堪。如果我们真的会害怕别人会对我们做一些，事实上看起来是我们自己更会做的事情，这样看来我才该是要害怕的那个人，我应该会害怕别人对你说一些话，让你觉得我是个大骗子。”

“不会的，我们俩都知道他们不会的，”她说，“我们俩都知道，你是那种世上人都说好的人。”对于她的话，他只好苦笑着，她抬手示意他安静。“哦，你当然是我说的那种人，我想你也许有点轻浮，大多数内向的男人都有点，哦，是的，他们都有。但是你正好又是那种人人都夸的男人。如果你不是，那我就听任何有关你不好的事。我跟你说过我不招人喜欢，我也不想见任何人。除你之外，在一个月内来看过我的就只有那个胆小还有点胖的弗兰克·道林，我已经捎话说我不在家了。没人会告诉我你的堕落，不是吗？”

“那么让我打破对你的陌生吧，”拉塞尔说道，“没人会告诉我关于你的事，甚至没有人跟我提起过你。”

她滑稽地模仿了一副痛苦万分地哭泣的表情。“那个太模糊了！我想我太健忘了，他们可说过的，现如今的人口可有五十来万呀。这是其他人说的，你感觉呢？”

“我没什么想说的，”他说道，“我本来觉得那样大小的地方，可能会让你的心稍稍放松些，坚持承担下去。除此之外，我宁愿你觉得我比起你想的那种人还要好。”

“我该觉得你是个什么样的人呢?”

“是用跟别人说的，而不是用自己做的来影响别人的人。”

“你不是吗?”

“不，我不是的，”他说道，“如果你想让我们的夏夜结束，你就必须自己把我推开。”

“其他人不可以吗?”

“不。”

爱丽丝沉默了，她身子向前倾，手肘支着膝盖，紧紧扣住的手顶着她的嘴唇。接着，她一动不动，温柔地说道：“好吧——我不会的!”

爱丽丝再次沉默了，他也没说话，只是看着她，很满足地看着。她展现出只有优雅的女人才有的身姿，真的很优雅。苍白的灯光，更给她的美丽笼罩了一层薄雾，她看上去很美。也许是他们之间的对白，以及此刻恋人相爱的场景所营造出来的美，但是事实上，她真的很美。即使此刻她的美不在了，经历过这画面的人，仍会永远记得她的容貌和身姿，记得与她在一起的美好而短暂的时光。

“你在想什么?”他问道。

她靠向她的椅子，没有马上回答他。接着她说道：

“我不知道，我怀疑我是否还能思考什么事。似乎对我来说不是的。我想我只是有点悲伤着快乐而已。”

“你吗? 也是‘悲伤的’?”

“你难道不知道吗?”她说道，“对我来说，似乎只有小孩子可以这么开心。我觉得当我们渐渐老去，我们就像刚才那样，处在最开心的时刻，就好像我们听到了小调音乐收紧了一下，音乐流过——哦，太甜美了，但是，哦，太伤感了！”

“但是什么让你那么伤心？”

“我不知道，”她说着，声音更轻了，“可能除了我似乎经常有的那种预感。那可能是——或者是可怜的爸爸。”

“可是你真是个有趣又讨人喜欢的姑娘，”拉塞尔笑道，“你父亲的病又一次好起来的时候，他晚上还能走出去！”

“他确实走得太久了，”爱丽丝说道，“在他的新厂房里走的太久了。但是没什么能阻止他。”她笑了起来，摇摇头，继续说道：“当他有个变成百万富翁的野心，他的家庭就不会有什么重担。尽管是为了他们，他还会在他想要的道路上走下去。”

“我想是的，”拉塞尔心不在焉地说着，接着他向前倾着身子，“我想可以更好的理解你为什么这样‘悲伤地’快乐着。”

与此同时，爱丽丝还沉浸在思考她更深一步的闪光点是什么的时候，一个男人正雄心勃勃的想成为“百万富翁”，他的确是太想做出产品了。他已经上床睡觉了，正期望自己可以睡个好觉，并且第二天能早早起来准备一天的工作。但是，他一点都睡不着，他穿着睡衣和拖鞋，在房间的地板上踱来踱去。

“我想我确实知道，”他一次又一次地想着，“我确实希望自己能知道他是怎么想的。”

第十八章

尽管处于创业初期，亚当斯心里有个想法已经很久了，他每天都这样过，但是他觉得不自由，他常常怀疑自己是个大笨蛋。有一个晚上，他跟他妻子坐在一起，他跟妻子说：“我有很多烦恼，我整天觉得自己头脑不清楚。我情不自禁地想东西，我觉得这样太迟了，但我为什么经常要自寻烦恼。”

“那些会慢慢消失，维吉尔。”亚当斯夫人安慰道。她很温柔，对他充满同情，这么多年来，这是他第一次完成了工作后，坐在她身边，跟她说话。维吉尔逃避亚当斯夫人的眼神，告诉她说：“噢，我不是在责备你，你有权跟我想得不一样，我只是不能自已。”

“对，但它消失不了。”他抱怨道，“今天下午我向人们展示我想让桶怎么转动起来，我发现自己很笨，就站在那儿，然后对着愚蠢的自己自言自语，‘滑稽的是他对这件事是怎么想的，我从旁人那儿没听到任何关于他的想法’，我说得很大声，几乎——而滑稽的是，我什么都没听到。”

“好了，你能明白这是什么意思的，是不是，维吉尔？那只是意味着他并没有跟其他人说任何事情，你不觉得你对这件事情太过神经质了吗？”

“可能是吧。”他结结巴巴地说道。

“哎，是的，”亚当斯夫人很轻松地说道，“你不懂，这件事相对于他所有的来说，是一件多小的事。上次你跟他提过胶水的事情后，那已经过去很久很久了，他可能已经忘记了所有跟它有关的事。”

“出乎你的意料，他看起来并不像忘记了。”亚当斯很急躁地回应道，“他看起来忘记了，其实并没有。”

“但他并没有在想这些事，或者你之前听他说过。”

她的丈夫摇了摇头。“是啊，就是这样！”他说，“为什么我没有听他说过呢？”

“这些全是因为你的神经质，维吉尔。看看沃尔特，如果兰博先生因此反对你，他还会让沃尔特待在那儿吗？如果他生你的气，他肯定开除沃尔特的。”

“臭小子！”亚当斯说道，“如果他现在想来跟我一起，我还不想让他来呢。你都怎么教的，让他这么任性？”

“难道他没有替自己选择的权利吗？”她问，“我想他应该坚持自己认为是值得的想法。一旦他发现你快事业有成了，他会很快跟你一起的。”

嗯，他最好心里有这个想法。”亚当斯生气地回应，“他想让我提前付给他三百美元的红利，你们都知道我需要自己支配每一分钱的自由！”

“没关系，”她说，“他以后会很高兴有这样的机会。”

“他以后会不得不求我！我不会再问他了。”

“哦，沃尔特等下就出来，你不必担心。而且你没有看见兰博先生并没有开除他，这就意味着，他没有不喜欢你的，是不是维吉尔?”

“我根本不能不想它，”他皱着眉头，“我唯一能想的事就是J. A. 兰博是如此公正，当然他是最公正的人了，我想这就是他还没有解雇沃尔特的原因。他可能知道。”亚当斯愁眉苦脸地总结道：“他可能知道只是另一件让我觉得有点意义的事，我为他工作受伤后，让我的孩子在那儿工作。”

“喂，喂!”她试着要去好好安慰他，“你不能伤害每个人来拯救自己，而这个大家都知道。”

“嗯，任何人都应该知道我不想伤害别人，但是这个世界不是我们想要它怎么样它就怎么样的。”他停顿了一下，回应道，“当然为什么沃尔特还在，可能还有一种解释，那就是J. A. 兰博也许没有注意到他在那儿，我更希望J. A. 兰博不要把沃尔特放在眼里。”

“嗯，别想它了。”她催促他，“想这些只会让你徒增烦恼，对你没什么好处。你明白了吗?”

“不是吗，是的!”他无力地笑了，“我比任何人都了解这些烦恼！那是多么有趣的事。当你知道，思考一件事只会纠缠你，对你什么帮助都没有，而你却仍然继续跟它纠缠!”

“但是为什么呢?”她说，“你知道你没有做错什么，这有什么用，维吉尔? 你自己说你想要不同于以前，你想要更多进步，你有权这么做。”

亚当斯认输屈服的时候，他这样说服自己。他发现，有必要说服自己，因为这是他的一部分，当然，自己仍然没有被说服，这令人备感挫败的部分就造成了他现在的麻烦。“是的，我知道。”他说，“对啊，但我几乎无法甩开这事实，这过程的本质是多么相似。它只是跟他雇用了坎贝尔和我为他研制出的是一样的。事实是，没有人能分辨出来，除了我做的这些改进，我想不出来有任何差异。当然，这个进步让我几乎拥有了完整的权利，这是一种可能，这也是我把信给他的原因之一。可是，我怕他会认为我是在找借口，所以我离开了。对于写这封信，我一直有点担心，如果他认为我只是在找借口，那也许这就是为什么他很反对我的原因了。”

自从亚当斯夫人发现了自己的方式，她的内心深处就被不安不停地困扰。尽管她知道这困扰是存在的，有时眼睛还会避开她的丈夫和孩子来掩饰，但是她无法做到总是掩饰这心不在焉的状态。亚当斯夫人不安的神情变得清晰起来，她用微微颤抖的声音说：“虽然我不相信他会这么做，但是如果他要攻击你，当然——你告诉过我他不能对你做什么，维吉尔。”

“不，”他慢慢地说，“我觉得他也做不了什么事。这是一个秘密，不是专利，这事业不是专利。我努力地想他能做什么，假设他想做什么，但是我找不出他会做什么伤害我的事。这不能构成任何一个法律问题。他唯一能做的就是告诉人们他的立场，让大家反对我。我一直在等待这样的事情发生。”

亚当斯夫人看起来有点轻松。“所以我希望这件事发生，”她说，“我很担心爱丽丝这边。这可能——好吧，年轻人很容易受到所有事情的影响。但到目前为止，作为企业而言，如果兰博先生说了什么那不等于什么。那不会影响到多少。它不会影响生意，没有伤害。而且，除此之外，他甚至还没有这样做。”

“不能，然而无论如何不能。”亚当斯惆怅地叹了口气，“但我有个好办法知道他在想什么！”

在他投降之前，他总是想，如果他做了这么一件不可思议的事情，就像自己掌握了胶水的生产方法，他会觉得这是一个很大的羞耻。但耻辱是世上最珍贵的东西，就是关于他老东家的想法的这种坚持不懈的好奇心，这是一个困扰。但他不想从兰博先生那里听到兰博先生的想法，于是亚当斯又有了第二个困惑，就是他怕跟老东家面对面。这样的冲突可能只会偶然发生。因为亚当斯会避免任何刻意的见面，只要他还能走路就会避免，即使兰博先生到他家来看他。

但人们确实会不期而遇。亚当斯不得不远离“批发区”到镇里去。有一天他看到兰博先生自己开车回家吃午饭。当时亚当斯正在人群中的一个角落里，他知道老东家没有看到他。然后，他乘着汽车返回自己的棚屋，一个小时后，他仍然担惊受怕，心有余悸。

亚当斯不断工作，似乎在睡梦中也一直这样。他总是在梦中进行规划和评估，在清醒之前，他一定要在自己的脑海里继续研究。此外，工作进行得很快，因为他督促着，他不得不付给进行短时工作的员工高工资。“太烧钱了。”他抱怨道，事实上，他的大桶和锅炉才是几乎消耗了所有他所能供应的。但现在他除了拥有设备外，他还拥有一大堆“原材料”，实际上是未加工的。亚当斯觉得运作应该更进一步，他相信他的庄家很愿意“带着”他。

六周后，亚当斯拿到了他的租赁物，开始了他的胶水制造。可怕的味道从棚屋中飘了出来，像蛇一样在镇里的部分地区扭动着。一个微笑着的人曾经心满意足地散步和呼吸着空气，然而现在他不会再微笑着转向某个角落，而是迅速地逃离这个地方。可是，黑人几乎都住在这个老旧的住宅区，尽管他们陷入困境，但是他们也不会获得赔偿。这对于他们来说，这似乎就是大自然的命令，他们既不逃避也不纠正，并很快学会了忍受这样的风。他们甚至用这些修辞格来修饰他们的交流，他们偏爱隐喻，明喻，谩骂，据说还很享受这风。但这儿开始生产的第一天，亚当斯晚上一到家，就去洗了个热水澡。当他穿上干净的衣服，吃过晚饭后，他就开始疑神疑鬼，然后问他的妻子，问她是不是“注意到什么东西”。

她笑着问他是什么意思。

“好像胶水作坊的味道从没停止纠缠着我。”他解释道，“你没注意到吗?”

“不！这是什么想法!”

他不安地笑了，并告诉亚当斯夫人，他在某种程度上坚信是“该死的胶水气味”。黄昏时，他走到门外，来到小院子里并走来走去。他时而静静地站着，时而抬起头，怀疑似的呼吸着空气。

“你能闻到吗?”亚当斯坐在阳台，他对穿着得体，正在等待着一个白日梦的爱丽丝这样问道。

“闻什么，爸爸?”

“那个该死的胶水作坊。”

爱丽丝和她的妈妈是一个反应，笑着说道：“不！多愚蠢吧！哎，爸爸，就离这儿两米远!”

“你根本不明白?”他坚持道。

“是那样的！今晚这儿的空气都是可爱的，爸爸。”

这空气于亚当斯来说似乎并不可爱，因为他很肯定，他觉察到了污点。他想知道它是从多远被带到这儿来的，如果J. A. 兰博在他北部一米开外的草坪上闻到了它；如果他闻到了，他会猜那是什么？接着亚当斯对他自己因为这种没有意义的事笑了起来，但是却没办法堵住厌恶它们的鼻子。对他来说，似乎整个镇子都能闻见他的胶水作坊散发出来的气味。

尽管如此，胶水还是在做，他的仓库很忙。“看看我们要用比这些味道还要多的东西让老邻居们激动起来了。”他的工头某天早上这样评论道。

那个人说：“那个大工厂就横在我们住所附近的马路上。没有任何事物比建筑物还能影响我们生活的了。那个地方里面全是木匠在翻新建筑物。猜你应该是个不错的人，因为你是这十年来第一个在这个地方看见前景的人。”

亚当斯很满意，他决定出去看一看，他听到了楼内的吵闹的锤击和锯声。同时，木匠小心翼翼地出现在危险的屋顶。亚当斯走过了满是干泥，很深的田地，穿过街道，跟一位正在一楼拆除碎玻璃的工人和蔼地说话。

“喂！这一切都顺利吗？”

“我想，一切都好，”那个工人说道，“但也是个大工程啊。”

“应该可以如期完工的。”

“是的，先生。真是个大工程——工程量太大了。所有的人都在四楼，上了房顶。他们都干得挺好的。”

“谁在干活？”

“洛尔！我认识他。我想是这里某个很大的承包商。”

“打算建成什么？”

“他们告诉我，”工人回答道，“他们告诉我那儿打算再建个人造奶油厂。无论如何，我真不希望我在那附近工作的时候，还会闻到像你那个胶水作坊发出的味道！”

“那个闻起来还行，”亚当斯说道，“你很快会适应的。”

“你确定？”那个人不相信，“听着！我是从法国过来的，荷兰人可从没想过这样的好事，我必须要辞职了！”

亚当斯笑了，然后回到了自己的棚屋。“我想工头是对的。”那晚他带着些许满足跟他的妻子说，“只要一个人表现出足够的进取心去创建一个行当，哪怕是在一个破败的地方，就一定会有人也跟随的。我有点喜欢这样的场景。只要能从银行获取贷款，我们这个地方就会繁荣起来。我也会立刻强大起来。我的确思考了一下这个提议，如果事情发展下去而且大家都认为应该这样做的话，我或许应该行动起来，去争取那个老厂的所有权。但是我一点也不希望现在就去经营那种规模的资产，我还需要两到三年的时间。而如果我们未来需要更多的空间，那现在我们所有的场地已足以应付了。事情现在正如我所想的那样顺利。我今天雇佣了一些姑娘来做装瓶的工作，这些黑人女孩年龄大概在十六到二十岁之间。之后，当我们有了收益，我希望能有一台机器来完成装瓶的工作。现在有几个姑娘已经做得很不错了。我们将会有一个非常不错的小厂的。是的，先生，一个非常不错的正规小厂！”

他呵呵一笑，这欢快的声音能代表他能够成就一些事的声音，是一种他的妻子几乎遗忘的声音。在这样的笑声下，她大胆把她的手放在他的臂上。晚饭后，他们走到户外，搬来两张椅子，在晚暮中，远离“前廊”，到那个还没被占用的地方，坐在一起。此时，爱丽丝正在她的房间里换着衣服。

“亲爱的，”亚当斯夫人说，她再次鼓起勇气把自己的手搭在他的手臂上，同时燃起了久违的爱意，“拥有你真的很棒。可能有时候你毕竟要承认我是对的。一切都很不错，你好像很遗憾很久以前没有迈出这一步。你觉得呢，维吉尔？”

“好吧——如果我要去的话，我不知道但是我也是会去的。我必须承认这个提议开始的时候看起来非常好。我知道员工会卖，而我不知道这世上还有什么会阻止它。它看起来很好，如果——如果——”他停了下来。

“如果什么？”她突然紧张起来，说道。

他悲哀地笑了笑，好像承认这是一种迷信：“这太滑稽了——呃，它闻起来就很滑稽。我已经习惯了在那个厂里，我在那儿从没注意过它。只有在我远离它的时候，我才注意到。说实在的，你没注意到——”

“维吉尔！”她抬起她的手责备地打他的胳膊，“别再喋喋不休地说废话了！”

“噢，当然那不等于任何东西，”他说道，“人可以忍受任何那样的味道。那不会使我有什么担忧。”

“好吧，”他说，“我觉得所有的事都很公平——但是很多都比我知道的更好些。我不懂我是不是该告诉你这些。”

得到这种承认，她心底深深地高兴着，连回答的时候，声音都变得柔和起来：“喂，亲爱的！如果你那样做的话，我是不是该说你太棒了？”

尴尬的是，亚当斯大声咳了起来，接着他在烟斗里面填满烟丝，点着了它。“好吧，”他慢慢地说道，“真是谜题。是啊，先生，真是个谜题。”

他说话的时候，一支歌从他们的头顶上的一面发光的窗户里飘出来。然后，窗户就突然变暗了，可歌声还在继续着。爱丽丝穿过房子，来到小阳台那里等着。“我的名字叫咪咪。”她唱着，那歌声中跃动着无尽的甜美，简直令人惊叹。她的爸爸和妈妈安静地听着，直到爱丽丝从前门出来，钢丝纱窗发出咔嗒一声，歌声才停止。

“我的天哪！”她的父亲说道，“她的歌喉多美妙啊！我都不知道我听到的，她的声音是不是比它原本听起来更甜美。”

“那声音听起来那样，是有原因的。”他的妻子告诉他。

“我想也是，”他说着，叹了口气，“我想也是。你觉得——”

“爱丽丝现在正和他沉浸在恋爱当中！”

“我想那也是应该那样的，”他说道，接着把他的烟斗倒过来，然后放低声音，忧郁地笑了起来，“虽然那不会减少困惑，是不是？”

“什么那样，维吉尔？”

“为什么到了这一步了，”他说，“我们已经帮她做了所有的累活脏活，使她的家更加舒适，但这些都带来了什么？她看起来已经决定不管怎样，她都要去她想去的地方。我现在觉得，她已经把一切都准备好了，马上要离开我们！你不觉得很奇怪吗？我是觉得很奇怪的。”

“噢，但是事情至今都没完成。”

“为什么，你还说——”

她有点想哭，反驳道：“噢，他们还没有订婚。当然，他们会的。他就像她对他那样，对爱丽丝感兴趣，但是——”

“好，那有什么不对的吗？”

“你真是个单纯的老家伙！”他的妻子大声说道，接着她从椅子上站了起来，“这倒提醒我了。”她说道。

“提醒什么？”亚当斯问道，“我的单纯让你想起什么了？”

“什么都没有！”她笑道，“提醒我的人不是你。只是有些事情一直在我的脑海里。我不相信他曾经真的来过我们的房子！”

“他没来过吗？”

“我确实不敢相信他以前这样过，”亚当斯夫人说道，“当然我们必须——”她停下来，争辩道。

“我们必须什么?”

“我想现在最好跟爱丽丝好好谈谈，”她说道，“但是他通常都来半小时，我想我到时间了。”说着，她走了，只留下了疑惑不解的亚当斯。

第十九章

爱丽丝的妈妈从房子的角落转来，从尘埃中靠近她的时候，她正自己柔柔地低声哼唱着。

“这根本就是最美好的夜晚了！”女儿说道，“为什么不是一整年都是夏天呢？你见过哪天傍晚有比今天的更美好了吗，妈妈？”

亚当斯夫人笑了，回答道：“我想，过了你这个年龄以后，就没有了。”

爱丽丝马上好奇起来：“我这个年龄之后，他们就不漂亮了吗？”

“嗯，不一样了。”

“不一样了？不再是原来的样子了吗？”

“你可能和我不一样，”妈妈说道，言语中带着那么点伤感，“我想你会的，爱丽丝。这是你应得的——”

“不，我不会。我不是所有的东西都是应得的，我知道。

但是这些日子我得到了很多——比我曾经梦想的还要多。我——我很快乐，妈妈!”

“亲爱的!”她的母亲本想亲亲她，但是爱丽丝推开了。

“哦，我不是说——”她笑得有点紧张。“我不是想跟你说我要订婚了，妈妈。我们没有。我的意思是——哦！尽管我做了些事，拆散了他们，但是看上去太好了!”

“你?”亚当斯夫人怀疑地问道，“你做了什么来破坏他们?”

“一点儿小事，”爱丽丝说道，“多多少少有点愚蠢——哦，那有什么用？他很坦诚——单纯，善良而又聪明——我感觉在他背后有那么点诡异！我不明白他为什么喜欢我；而且有时我担心如果他了解了我他就不会喜欢我了。”

“他只是爱慕你而已，”这位溺爱女儿的母亲说道，“他了解的你越多，他就会越喜欢你。”

爱丽丝摇摇她的头。“他不是迷恋的那种类型。根本不像。他更多的是——”

但是亚当斯夫人对这分析不感兴趣，她轻轻地打断了爱丽丝，“当然该是你父亲和我对他提起点兴趣的时候了。我只是说我确实觉得他不曾到过这屋里。”

“不，”爱丽丝想了想，说道；“那是真的：我想他没有。除了在晚上，我们去散步，我们总是坐在这儿，甚至有两次还下着毛毛细雨。真是太美了。”

“当然，我们得做点事情，或者别的什么。”她母亲说道。

“比如说?”

“我在想——”亚当斯夫人停了下来，“呃，当然我们贸然邀请他来吃饭，或者什么，更长的时间。”

爱丽丝不是很热衷；至今为止，实际上，她的声音听起来有点闷闷不乐。“哦，妈妈，我们一定要这么做吗？你是这么觉得的？”

“是的，我是这么觉得，我真这么觉得。”

“我们不能——呃，我们不能等等吗？”

“这看起来很奇怪，”亚当斯夫人说道，“对一个年轻人来说，来一趟，根本算不上什么大事，仅仅是见见你的父母，这从来不是什么大事。不是。我们应该去做些什么了。”

“但是一顿晚餐！”爱丽丝反对道，“第一，我不想邀请任何人。任何人我都不会叫的。”

“我不是说想弄一顿大餐，”她的母亲解释道，“我只是说请他吃顿饭。那个穆拉托女士，玛琳娜·本斯（Malena Benze），出去有些天了，她回来还会带来一个女仆。我们找些花放在桌上，一些放在客厅里。我们明天还是别的什么时候就可以开始动手了；因为你父亲的心情还挺好，我今天下午看见玛琳娜了，还告诉她我可能要她早点过来。她说她这星期没有什么约会，而我可以今晚就可以告诉她。假如你明天邀请他，他过来的话，爱丽丝，我敢说所有的事都会很好的。别担心了。”

“呃——但是——”爱丽丝不确定。

“但是你没觉得，这看起来很奇怪，不做点什么吗？”她的母亲催促道，“看起来真是太穷了。我们真的不应该再等了。”

爱丽丝同意了，虽然不是出于真心的：“非常好，我会问问他的，如果你觉得我们必须的话。”

“那么这事就这么决定了，”亚当斯夫人说道，“我会打电话给玛琳娜，接着我会把这事儿告诉你父亲的。”

但是当亚当斯夫人找到她丈夫的时候，她发现他火气正旺着，而沃尔特正站在黑暗中，面对着沃尔特。亚当斯几乎是在吼叫，如此猛烈地怒吼。

“冷静，冷静!”亚当斯夫人走近他们俩，恳求道，“他们在门廊边会听到的!”

“我不管谁听到了，”亚当斯严厉地说道，虽然他的火气缓和了一些，“你知道这男孩儿跟我要什么吗？我还以为他可能是来告诉我，他的脑子里终于有了点感觉，一点点他的家庭应有的正直的感觉！我还以为他是打算要我带他去我的工厂。不，夫人。那根本不是他想要的!”

“是的，那不是。”沃尔特说道。在黑暗中，看不到他的脸。他站在那儿，一动不动，看上去很是可怜。他平静地又重复道：“是的，那不是我想要的。”

“你就站在那儿，”亚当斯激动地继续说道，“你不是想着给你的家做点贡献，而你还能被允许待在那儿的唯一的原因，就是因为兰博先生从来没有恰好注意到你还在那儿！你只是等——”

“你想错了，”沃尔特还是用一样平静地语气说道，“他知道我在那儿。他昨天就和我说过话。他问我，我的工作怎么样了。”

“他问了?”亚当斯说道，看上去不怎么相信他。

“是的，他问了。”

“他还说了什么，沃尔特?”亚当斯夫人迅速地问道。

“没什么，只是路过。”

“我相信他不知道你是谁。”亚当斯断定。

“相信？他还叫我‘沃尔特·亚当斯’。”

这回，亚当斯沉默了。沃尔特等了一小会儿，然后说道：“呃，你还有什么事吗？我告诉过你的，你能给我了吗?”

“什么，沃尔特?”见亚当斯不说话了，他母亲就问道。

沃尔特清了清自己的喉咙，虽然声音中还带着一点沙哑，但是他用跟之前一样冷静的声调回答道：“我想要三百五十美元。如果你可以的话，你最好让他给我。”

亚当斯出声了。“是的，”他痛苦地说道，“这就是他所要的！他没做我叫他做的事，反过来，他还要我给他三百五十美元！就是这样!”

“到底怎么?”亚当斯夫人惊呼，“为什么，沃尔特?”

“我就要。”沃尔特说道。

“但是为什么?”

他沙哑的声音没有什么改变：“我就要。”

“但是你就不能告诉我们——”

“我就要。”

“这就是你从他嘴里问出来的，”亚当斯说道，“看起来，他似乎是觉得那会给他挣三百五十美元!”

沃尔特沙哑的声音微微颤抖起来：“你不给我吗?”

“是的，我不给!”他的父亲回答道，“而且下个星期我才去银行领工资，你以为我是开印钱厂的吗?”

“我不明白你是什么意思，沃尔特，”亚当斯夫人插了句话，话中满是狐疑和悲伤，“如果你爸爸有钱，当然他需要每一分钱，特别是现在，而且，无论怎样，你都不能指望他把钱给你，除非你告诉我们你准备用它做什么。可是他确实也没有钱。”

“好吧，”沃尔特说道，沉默着站了一会儿后，他又冷淡地补充道，“我就没见你们为我做过什么事，无论是你们中的哪一个。”

这好像是他的告别演说一样，他转过身，很快地走了，马上消失在了黑暗里，消失在他们的视线中。

“这个好男孩越来越麻烦了！”亚当斯抱怨道，“简直疯了，完了。”

“你说他要这些钱到底要做什么？”他的妻子好奇地问道，“我想不出来他能做些什么。我想——”她停下来了，“我想如果他——”

“如果他什么？”亚当斯急切地要她说下去。

“如果他是加入了坏——团伙。”

“天知道！”亚当斯说道，“我也不知道！在我看来像是他要做些我不懂的事情。在这么个大城市里，你不可能老盯着他，沃尔特的年纪也不小了。你在家管好女孩就行了，但是男孩就随他的天性去吧。我都不知道对他该怎么办！”

亚当斯夫人心宽了些。“他会好起来的，”她说道，“我肯定他会的。我肯定他绝对不会变坏的。关于胶水作坊的事，他也会处理得很好的，你会看到的。当然每一个年轻人都想要钱——仅仅因为他开口要钱，这不能证明他就做了什么错事。”

“不。在我看来，他向我要三百五十美元，肯定没什么好事，特别是他和你一样都知道我处在什么样的处境当中！如果我想的话，我是不可能不给他三百五十美元，去他的美元！”

“我恐怕你不得不让我拿些——而且可能还更多一点。”她有些胆怯，冒着危险说道。接着她跟他说了明天的计划。他粗暴地拒绝了。

“哦，但是爱丽丝这次可能会邀请他来，”亚当斯夫人说道，“这个必须做，维吉尔。你不想让爱丽丝觉得以我们为耻的，是不是？”

“嗯，那就做吧，但是让我离得远远的，”他请求道，“当然，他要是想跟我们说说他跟爱丽丝之间的事情的话，我希望能和他好好谈谈，但是真的很讨厌，我必须要坐上一整顿饭的时间。”

“为什么，哪个烦到你了?”她说道，“只是一个年轻的客人而已。”

“是的，我知道你想做顿令人惊叹的饭，而我想穿那件放在阁楼上的，胸前是香椿色的旧礼服。这件就挺不错的了，我也要打扮打扮。”

“我觉得你确实好多了，维吉尔。”

“我觉得衣服都已经被虫蛀了，”他说道，“上次我穿了那件去宴会上，那件真是够旧的了。当然我不介意经常穿着它招待客人，因为那是你所说的相当正式的一个场合。”他带着些许对往事的得意讲着这些话。“宴会”，这都是五年前的事了，那时他在一众市民当中脱颖而出，人生中有了那么一次机会，收到出席请柬，跟着其他七百多号人，去了每年例行聚餐和演讲的市商业议事厅里的年会。“无论怎样，正如你所说的，我觉得为了个年轻人，我穿上一件晚礼服，这让我看上去有点傻，”他继续有气无力地反对，“但是，见面打个招呼做这么多有什么用吗?你别指望他会相信我们每晚都穿成那样，是不是?你这么做是为了什么?”

“嗯，我想让他觉得我们过得不错。”她承认道。

“就为了那个!”他生气地抱怨道，“你想让他觉得那是我们的生活常态，是不是?好吧，他会更了解我的，不管你怎么修饰我。因为她把我介绍给他的时候，他看见我了，那天晚上我就穿着平时的衣服。无论如何，他都会告诉我，我不是那些运动会上的任何一个穿得很正式的运动员。另外，你和爱丽丝一定觉得他会再来，是不是？如果他们之间已经决定了什么事，他一定会常常在这房子周围转悠，随时随地都来这儿吃饭的，不是吗？我想，你根本不用一直穿得很正式。好了，他会懂的，这种事情就是一种作秀，一种假象，难道不是吗？怎么样？”

“哦，好吧，到了那时——“她话说到一半，又咽了下去，好像缺了什么，“为了明天，你能给些钱吗，能不能，亲爱的？”

“哦，我认为，我认为，”他咕哝着，“像爱丽丝这样的女孩是很让人舒服的。如果在接下来的五分钟内，她没有拿到三百五十美元的话，她也不会表现得好像她要去自杀一样。如果一定要的话，我想我可以省出五或六美元给你作作秀。”

然而，最后，在他睡觉前，她得到了十五美元。第二天早上早饭后，她就准备去“市场”了，留下爱丽丝独自整理床铺。沃尔特还没下楼来。“你最好叫叫他，”亚当斯夫人手臂上挎着个篮子说道，“我想他还睡得很香呢。昨晚他出去了，很晚才回来，我都没听见他进门，虽然到了后半夜我还一直醒着，听他有没有回来。告诉他，如果他还不快点的话，上班就会迟到了。即使他没有时间吃什么东西，也要看着他让他喝完咖啡。还有，玛琳娜来的时候，就让她到厨房里开始干活，顺便带她四处看看。”她出发了，走到汽车停靠的转角，她挥了挥手，再次强调：“一切都会很美好的。别忘了沃尔特。”

尽管如此，爱丽丝没过几分钟就忘记了沃尔特。她关上了门，茫然地走进“客厅”，迷茫地看着其中一个老旧的深棕色摇摇椅。她的额前满是忧虑的遐思布下的阴影。她的想法一个接着一个，成了一团乱麻：“他会怎么想？这些旧椅子——它们没法藏起来。我要擦掉柱子上这些煤烟灰痕迹，虽然这样也不会有什么改善。这些柱子上的裂痕——没什么能救得了它们的。他会怎么看爸爸？我希望妈妈不会讲太多。当他想起米尔德瑞德的房子，或者是亨丽埃塔的房子，或者除了这个之外的她们中的任何人的房子。我会买很多玫瑰花，那个应该会有点帮助。对这些可怕的椅子，什么都没用。可不可以把它们藏起来——把它们放到房间里。然后租些新的椅子来。不，如果他再来的话，他就会看见它们不在这儿了。‘如果他再来的话’——哦，不会那么糟的吧！但是那肯定不是他希望的。我得为他期待的那些负责。他期待的是我给他制造他所期待的氛围。我想给他展现什么呢？好像爸爸是个很有钱的人，以及那所有的一切？他会怎么想？虽然，罗马斗兽场的画是相当不错的东西。那有点帮助——好像也许是我们从罗马买来的。我希望他会这么想。当然，他会相信我到过国外。那天晚上他说：‘你记得走进圣礼拜堂的感觉。’——那是我的另一个谎言，不是说我不记得了，而是说我从没去过那。是什么让我做了这些事？爸爸一定会穿他的晚礼服，但是沃尔特——”

她想起了母亲的告诫，走上楼去到了沃尔特的房门外。她用手拍拍门。

“该起床了，沃尔特。我们半个钟头前都已经吃了早饭了，都快八点了。你会迟到的。赶快下来，我会煮些咖啡，做些烤面包给你的。”房间里没传来任何声音，所以她叩得更大声了。

“起床，沃尔特！”

她又叫了几声，敲了几次门，还是没有得到任何回应。她发现门没锁，于是推开门，走了进去。沃尔特不在里面。

然而，他又在那儿？爱丽丝猜想：也许他睡在床上，虽然没有盖上被子；他一定回来得很晚，困得连衣服都懒得脱。在床脚边，有个衣橱，他把他“其他的衣服”和他的睡衣放在里边。门开着，露出一堵光秃秃的墙。衣橱里什么也没有，而爱丽丝一瞬间对此深感惊讶。“太奇怪了。”她咕哝道。于是她决定继续猜想。也许沃尔特醒来的时候，他发现他睡在一堆脏衣服上，然后他披上了他的“其他的衣服”，在早饭前他走了出来，身上穿着皱成一团的衣服，乱糟糟的。对于这个解释，她很满意。虽然她没有看到，但是她看到那是因为地板上没有鞋子，她茫然地点了点头：“是的，肯定是这样的。”接着她的母亲回来了，她告诉母亲沃尔特可能已经在镇里吃了早饭了。她们不能再拖了，黑人仆人已经来了，现在最重要的是立马动手准备。

“我在回来的路上，在沃尔林格（Worlig）家里逗留了一会，”亚当斯夫人说道，她的脸上红光焕发，兴奋之情溢于言表，“我从那儿拿了一瓶鱼子酱回来。我想我们可以在晚餐前做点三明治放到‘客厅里’，你来说，她来做，你去参加宴会的时候，在——”

“但是我相信它跟鸡尾酒很配，妈妈，而且我们没有——”

“不是的，”亚当斯夫人说道，“我还是觉得那个很好。我们可以把它们做得很精致又可口，放在一个盘子上，让女仆把它端进去。我想我们最好早点准备好了汤放在桌子上，最好尽快地把三明治给端上来，免得它们凉了。然后，喝完汤之后，玛琳娜说她可以做些甜面包，上边放着蘑菇。这顿饭，我们都得用猪油来煮。玛琳娜真的是一个很棒的厨师，你懂的，她说她可以把什么都做得很完美。我会再做些肉片煮豌豆、土豆球、布鲁塞尔甘蓝。布鲁塞尔甘蓝现在很流行，他们在市场跟我说的。还有鸡肉沙拉，吃完冰激凌后——她打算做个天使蛋糕，来搭配咖啡和薄脆饼干。还有新品种起司，我在沃尔林格家拿的，他说那个很好的。”

爱丽丝觉得很吃惊：“你不觉得可能太多了吗，妈妈?”

“多总是比少好，”她母亲兴奋地说道，“我不想让他觉得我们是那种舍不得花钱的人。天知道，我们觉得太多了，虽然大多数时候是那样的！孩子，把花插进水里。我在市场买的花，它们太便宜了，但是它们很新鲜，很漂亮。你想怎么修剪就怎么修剪。赶紧的！今天将会是忙碌的一天。”

亚当斯夫人拿了三打小玫瑰花。爱丽丝接过它们，准备把它们插进花瓶。她尽量把茎分开，使得花变成一簇，看起来更茂盛些。她把玫瑰花中的一半分别放入“客厅”里的三个花瓶当中，把其中的一个花瓶放在了房间中间的桌面上，另两个放在了壁炉上。接着她把剩下的玫瑰花放到了餐厅里。桌子还没放安置好，直到晚饭前，爱丽丝才把它们放好。她沉思着，打算甩干茎干，把它们放到桌布上，就像玫瑰花的藤缠绕着桌子，造型独特。她发现她留下一打半就够了。如果没有的话，她会把它们放进花瓶里的。

她把花放进了装着水的盆里，看着这些花，看了很久。然后她叹了口气，接着做更艰巨的任务，而她的母亲正在厨房里和玛琳娜一块儿忙着。爱丽丝奋力地打扫“客厅”和餐厅，尽管表情一直凝重，闷闷不乐。她还是打扫着所有布满灰尘的东西，她擦着家具，努力地擦着。接着，她又清洗了地板。

中午，亚当斯夫人从厨房里钻了出来，发现她的女儿正手脚并用地跪着，擦着走廊和“客厅”之间的柱子的基座。

“现在，亲爱的，”她说道，“你不能太累着，而且你最好来吃点东西。你父亲说他今天会到镇里吃一顿——他打算去趟银行——而沃尔特最近一直在镇里吃，所以我想我们没法摆出桌子吃午饭了。来吧，我们就在厨房里吃点。”

“不，”爱丽丝迟缓地说道，她继续干着活儿，“我不想吃任何东西。”

她的母亲走近了她。“为什么，发生了什么事？”她轻快地问道，“我看你脸色有点苍白，你看上去不——你看上去不开心。”

“呃——”爱丽丝开了口，犹豫不定，但是也没再说什么了。

“看看这一切！”亚当斯夫人惊呼，“这全部都是为了你！你应该享受它！啊，这是我们第一次——第一次设宴款待，多久了我都不知道！我想自从在你十八岁时那场小聚会之后，它几乎就是第一次了。你怎么了？”

“没什么。我不知道。”

“但是，亲爱的，你不是很期待今天晚上的吗？”

女孩抬起眼睛，目光呆滞无神，脸色沉重阴郁。“哦，是的，当然，”她说，她努力挤出微笑，“当然我们必须做——我确实觉得那太棒了。当然我很期待。”

第二十章

爱丽丝虽然期待着那个晚上，但是心中一团忧虑。而且，虽然她从来没有猜想过，但是这也是另一个人同样的状况——除了为了这个客人，似乎没有哪个人会让她们这么乐意认为做饭和洗刷房子是必要的。而且，亚瑟·拉塞尔先生的预感只不过是巧合。他们也并没有不可思议地意气相投。他的心里有股暗流，一直在这段浪漫的友谊表面之下涌动。

没有什么时候比起她在分析绅士们的时候来得更敏锐的了，当她说他是那些安静而又有点情调的人中的一个的时候，爱丽丝并没有胡乱评论他。她说的这个，他有点“将信将疑”，同样的——他已经开始怀疑第一眼看见的爱丽丝。“看！”他对自己说，“那是谁？”他堂妹的舞会上，女孩群集，对他来说都是陌生人，而她是他想认识的那一个。

从那时起，他在夏天的晚上都会和她悄悄地待在一起，在三个小时后，他们又各自回到自己的港湾。在隐蔽的小走廊里，昏黄色的灯光透过窗户照在爱丽丝的脸上，除了街角拐弯处的灯光，整个世界都是黑暗的。街上时不时有那么一些人，茫然地行走在朦胧的枫树下，只留下他们的影子和声音。因此，当他们静坐在一起时，背后的世界只有这一面墙和关着的门，而每当拉塞尔离开爱丽丝，总会觉得她就坐在那紧闭的门前。她是如此的有魅力，而他身上却背着一个咒语。他有一个无形的焦虑一直没有说出来，所有他脑中关于她的片段停止在那扇紧闭的门前。

他还有另一种担忧，而且这担忧更大，那就是她的谎言。她经常问他（无论是多么愉快）关于她，他都听说了什么，经常乞求他不要听信任何话。接着，希望无论他听到了什么，她都能先发制人，因为这个，她太痛苦了，痛苦到不能不去说别人的坏话，不能不去嘲笑别人。因为这个他嘲笑过她，他也真心地告诉过她，他从没听说过她提到的这些。但讽刺永远存在，人类的防备之心总是压倒一切。

最近，对于她制造的紧张气氛，他向她吐露了些感觉："每当我要听某人说到你的时候，你都让我提心吊胆的。如果我听到有谁说'爱丽丝·亚当斯'这个名字的时候，你让我对这个感到很紧张，我要疯了！"这坦白只是半真半假，因为他是笑着说的。而她却把这个视为忠心的表现，还嘲弄地模仿他。

她误会了。他是在笑，但是他的紧张不安是真的。

所有事情发生后，快乐与否或是一场灾难，我们可以看到，这素材是都要花上很长一段时间才能收集的，唯一的奇迹是这并不是一场预言。但是，对于这后一个观点，是命运的巧合，无论是如何的令人厌烦，那也可能依旧是命运。但是，随着随机性的逐渐减弱，从古至今，相同的轨迹都留了下来以供细看，大事件从来都是遵守规律的。也许我们能很好地推断，它们还将继续，直到有了另外一个指示出现。

那天，拉塞尔和他的亲戚一起吃晚饭。一共有四个人，拉塞尔和米尔德瑞德，米尔德瑞德的母亲和父亲。他们在一个很大又凉爽的餐厅里吃了一顿饭。拱形的法式窗户被凉棚遮着，柔和的光透了进来，向外望是一个绿色的草坪，草坪的尽头有一个长长的温室，透过温室的玻璃窗，可以看到小草们都在茂盛地疯长。从桌旁他的位置上，拉塞尔一眼扫到了这个漂亮的景色，他告诉堂妹，他太激动了。“你的花长得满房子都是，”他说道，“我都不敢想象你都把什么放在了外边。事实上，我都不知道这世上居然还有这么美丽的花。”

帕尔默夫人，大方，冷静，公正，就像她的女儿一样，温柔地斥责道：“那是因为你没像堂妹般的对待它们，亚瑟。你总是要教我们去忘记你到底是怎样的。”

作为回击，拉塞尔向帕尔默先生挥着手，“你看，她开始让我为难了——”

但是帕尔默先生拒绝承担责任。“随便怎样吧，”他说道，“毕竟，年轻的绅士对我，对我的整个家庭来说都太陌生了。我还想她会是谁呢。”

“一个男人全神贯注，一定是为了女人吗?”拉塞尔问道。

“看上去这就是你的两性观，”帕尔默夫人问道，“那是我丈夫说的，不是米尔德瑞德也不是我。”

米尔德瑞德微微一笑：“爸爸的观点总是很特别的。它们可能全都来自于他自己的经验，跟亚瑟没什么关系。”

“谢谢你，米尔德瑞德，”她的堂兄说着，向她感激地鞠了一躬，“你似乎很了解我的性格——而且也很了解你父亲的性格!”

然而，米尔德瑞德依旧满脸端庄，习惯性地保持着礼仪，不是因为这个笑话不好笑，而是因为她自己的一些心事。她浅浅的微笑消失了，而且，当她的堂兄用余光扫向她的时候，她向下看去。这不是之前他在她的眼睛里看到的，那东西在她的眼睛里一闪而过——这个问题饱含着心酸尖锐，错愕沮丧。他也许能明白。在相互的庄重中，他的笑容马上消失了。

“你知道的，亚瑟，”帕尔默夫人说道，“米尔德瑞德一直是个好堂妹。她和我都站在你这边，即使你总是一周又一周地离我们远远的。”接着，帕尔默夫人看他似乎只是专注看着他碟子里的一串冰葡萄，并没有听见她讲话。于是她开始跟她丈夫说起话来，她问他什么是“继续到镇里”。

亚瑟继续吃着他的葡萄，但是一会儿后，他又冒险地看了看米尔德瑞德。她似乎只专注于自己的葡萄，虽然她什么都没吃进去，只是拉着它们的茎。她挺直了坐着，她的脸看上去就像大教堂里的新大理石一样洁白无瑕。然而，她那低垂的眼睛似乎透露了许多心事。她的堂兄，违背他的心愿，意识到这些想法可能在她的父母之间更随意些。随后，他就听到了一些与他有关的事情，他听着——是有关爱丽丝的事。刚听了个开头，他的心就沉了下去。

帕尔默先生正把这事儿告诉他的妻子，才讲了几个字，自己却有点被逗乐了。“这个维吉尔·亚当斯。”他说道，“这个维吉尔·亚当斯——那就是那个人的名字。真是怪事。”

“是谁告诉你的?”帕尔默夫人问道，她对此并不太感兴趣。

“ 阿尔弗雷德·兰博（Alfred Lamb），”她的丈夫回答道，“ 他在俱乐部正笑他父亲呢。你知道的，这个老绅士对他看人这点总是自信满满的。他总是对他的儿子们自夸说，在他的一生中从没信错人。现在阿尔弗雷德和詹姆斯·艾尔伯特（James Albert），小的那个，觉得那真是个大笑话。他们笑他，在这事儿上这么蠢，老兰博几乎都不跟他们说的。从一开始，阿尔弗雷德就说，那个老家伙很狡辩，'你等着，你会看到的！'接着他们就质问他，他太经常让他们等着瞧，而那些事他又根本不会说出来！"

"他可真是个滑稽的老头，"帕尔默夫人评论道，"但是他太精明了，我都没想到被他骗了这么久。二十年了，你说呢?"

"是的，我觉得要比那个时间更长的。似乎那时这个人——这个亚当斯——还是个年轻的职工，这位老绅士信任他，和他分享了一个商业秘密，就是那个兰博先生已经花了钱拿到手的胶水工程。这个老家伙还以为亚当斯会一辈子感激兰博家的关怀，当然也就从没想过他不诚实。阿尔弗雷德说这个亚当斯这些年真的都没什么用，他们本来想等他跟根朽木一样就让他走人的，但是这个老绅士不准，坚持要给他付这份工资。所以，他们就只能决定把它看成是一种养老金了。呃，上个月，三月的一个早晨，那人受了点打击，而兰博先生乘了他自己的车出去，亲自到他家里去，去看看他，看他是不是还在没完没了地生着病。"

"他会的，"帕尔默夫人赞同道，"他是个好心的人，那个老人家。"

她的丈夫笑道："阿尔弗雷德说，他觉得他的好心才是一种残忍！这个人似乎打算用这个老绅士的胶水秘密地做点什么吧。就是偷了它！阿尔弗雷德说他相信，要是他现在去办公室走一遭的话，他的父亲就再也不会帮他一根手指头的！"

帕尔默夫人沉思着，自己默念着这个名字："'亚当斯’——‘维吉尔·亚当斯’。你说他的名字是维吉尔·亚当斯？”

“是的。”

她看着她的女儿。“那个，你认识那个谁，米尔德瑞德，”她随意地问道，“那个就是爱丽丝·亚当斯的父亲，是不是？他的名字不就是维吉尔·亚当斯吗？”

“我想就是他了。”米尔德瑞德说道。

米尔德瑞德夫人转向她的丈夫：“你在这儿见过爱丽丝·亚当斯的。兰博先生宠爱的那个骗子肯定就是她父亲了。”

帕尔默先生伸出一双细腻的手，在他那整齐的灰发上摸了摸，努力回忆出来的成果并没有扰乱他的思路。“哦，是的，”他说道，“当然——肯定的。长得很好看的一个女孩——还是米尔德瑞德的一个朋友。多奇怪啊！”

米尔德瑞德抬起头，眼睛里好像有一点点吃惊，但是她没有说话。她的母亲戳破了一切。“爸爸在逗你呢。”拉塞尔正看着她，她冲拉塞尔微微一笑，虽然她没有留意到这眼神是多么的坚定，但是她马上转向她的丈夫，开导他：“每一个认识米尔德瑞德的女孩，都争着来这儿认识她，直到这个可怜的孩子不得不藏起来，那不是她的朋友，亲爱的！”

米尔德瑞德的头又垂了下去，一抹浅浅的红晕爬上了脸颊。“噢，我不该那样说爱丽丝·亚当斯的，”她说道，声音放得很低，“我有时候看见她好的一些方面。某种程度上来说，她不是那么不讨人喜欢的。”

帕尔默夫人随意地给爱丽丝下了结论。“一个有点野心的女孩，”她说道，“一个非常有野心的小人物。”

“幸好你这么做了，”她的父亲雀跃起来评论道，“特别是自从和兰博往来的各色各样的人物经常出现在这儿以后。她以为你在这地方展现不出别样的机智来。”他笑着转向她的堂兄。这所有的一切对于可怜的亚瑟来说可不是什么好玩的事情。在跟这个新来的人在一起的是这个镇上多可怕的人啊！他们说得好像他认识所有的人一样！”

“但是我们对这个奇怪的人一无所知，”帕尔默夫人说道，“我们知道这女孩儿的一些事，当然——事实上，她有那么点引人注目，就像你说的那样，我们可能给亚瑟找到了一个有趣的话题。”

她古怪地朝这个年轻人笑了笑。“跟我说实话，”她说道，“你是不是很讨厌跟那个专制的人一起做生意？”

“什么？是的——可以再说一遍吗！”他结结巴巴地说道。

“你是对的，”帕尔默夫人对她丈夫说，“是你让他觉得这么无聊了，说说那个小偷员工，他甚至都不能诚实地回答一个问题。”

但是拉塞尔开始从沉思的表象中清醒过来。“我再试试，”他说道，“恐怕我是在想别的事情。”

这是他能找到的最好的话题了。有一部分他想去反抗和拒绝，但是他热量还没散发得够，冰凉的冷就已经降临在他头上。这是他第一次“提到”爱丽丝，第一次的原因是：帕尔默夫人很难想得起她，她偶然提及，也仅是因为她的父亲背弃了恩人的信任，变得如此残忍不堪。站在恩人的家庭的立场来看，其中的理由够滑稽，给俱乐部里增添了不少笑料。那是故事最令人心寒的一部分：没有怨恨，甚至没有厌恶。

帕尔默夫人的话依旧在耳边：“一个有点野心的女孩”，“一个非常有野心的小人物”，还有那句“事实上有那么点引人注目”。她讲得很平静，刚刚好。然而，在她的桌旁，她对于这个年轻姑娘的评论，顷刻之间就传到了她丈夫的耳朵里。

她坐在那儿，大气地，友好地，平静地坐在那儿——要是有反对意见可能会使她吃惊，但是却不会改变她的态度。而此刻，拉塞尔紧张不安的指尖正揉搓着膝盖上的餐巾的蕾丝花边网。他觉得心变得火热起来，但是还是不敢反对她。

她注意到，他的脸色就如同一个小心翼翼向女子献殷勤的绅士被一位淑女抓住了个小辫子一样。“别受影响，”她仁慈地说道，“人不能总希望一辈子都听他们亲戚的。你的脸红得太厉害了，亚瑟。在堂兄妹之间没必要那样。你总是只在你想听的时候你才专心听我们的。”

他的脸色变得比往常更红，一顿饭后，帕尔默夫人站了起来，他还是有点受影响。“这人在递雪茄给你，”她说着，向两位绅士点了点头，“我们会给你个机会去做些邋遢的事，谈谈我们认识的你，真正喜欢的是什么。之后，米尔德瑞德会带你看看温室，那儿的花正开着呢，如果你愿意的话，亚瑟。”

他们被独自留在了宽敞的房间里，米尔德瑞德跟着她走到窗户边，向外看去。房间中心有一张镀金椅子，一张柔软的奥布松①花毯正铺在椅子上，她的母亲在椅子上坐了下来。帕尔默夫人若有所思地看着她女儿的背影，直到咖啡送来，也没对她讲一句话。

“谢谢。”米尔德瑞德说道，她没有转身，“我想我并不想喝咖啡。”

“不喝吗？”帕尔默夫人温柔地问道，“我担心你，我们长相英俊的堂兄都认为你不是很健谈。米尔德瑞德。你在午饭的时候只说了两次话，你很生气，他对这个怎么想，我不在

---

① 奥布松：法国中部一座城市，以产花毯闻名。——译者注

乎，因为他是最近才来这儿的，不是吗？”

“不，我不该。”米尔德瑞德低声答道，她迅速转过脸来，坐到她母亲的身边，“但是这就是我担心的！妈妈，你都没有注意到他脸是有多红吗？”

“你是说他有心事，没听进我的问题？是啊，那对他来说变化太大了。”

“妈妈。我觉得不是这个原因。我的意思是，我觉得那不是因为他没在听。”

“不是？”

“我觉他的脸红和他听不进话是因为同一个原因，”米尔德瑞德说道，虽然她坐在她母亲的身边，米尔德瑞德仍然不看她，“我觉得那碰巧是因为你和我爸爸——”她停了下来。

“是吗？”帕尔默夫人自然而然地提醒她，“你父亲和我做了些尴尬的事情吗？”

“妈妈，那是因为说了一些跟爱丽丝·亚当斯有关的事。”

“那个怎么会让亚瑟觉得烦恼呢？他认识她？”

“难道你不记得了吗？”女儿问道，“在我的舞会那天，我提过的，我觉得他真的好奇怪——我对他有点失望。当然，我看到他认识了每一个人，但是她是唯一一个他主动要求要见见的女孩——事实上，我很抱歉，我觉得我不得不邀请她，因为她，哦，好吧，她有点那个‘如果她有半点机会的话，总是勇于尝试新的男人’。而且有时，为了她，他们看上去还挺神魂颠倒的——就是，那次。我以为亚瑟就是刚才说的那样或者我对他精明世故的评价是太高估他了。”

“我明白，”帕尔默夫人若有所思地说道，“我记得你讲过那个。你说那个似乎有点奇怪，但是当然，并不是真的很奇怪。一个年轻人没经历过什么事情，除了靠自己的第一印象。

你不能怪可怜的拉塞尔——她确实是一个有意思的小人物。你觉得那时他就能看得明白她吗?”

米尔德瑞德慢慢地点了点头:“我从没想过昨天还会发生这样的事，而且甚至我还很怀疑——直到刚才他的脸变得那么红！他要求去认识认识她的时候，我就很吃惊了，但是他只是和她跳了个舞，后来再也没提过她了。我都忘了这一切了——事实上，我实际上是忘了所有有关她的事。我知道她的一些事——”

“是的，”帕尔默夫人说道，“她的确来这儿了!”

“但是我只是觉得那不是真的那么做的，”米尔德瑞德继续说道，“她不是——好吧，我一点都不羡慕她。”

“不，”她的母亲却赞同道，思路却与这个话题明显不相关，“我理解小马龙想娶到亨丽埃塔。我希望她不会。他似乎是相当粗俗的那种人。”

“哦，他就是那样的人，”米尔德瑞德说道，“我不知道他和爱丽丝·亚当斯以前订过婚——她从来都没跟我说过那个。她可能没有和其中的任何一个人订婚过——她只能够在其他女孩中去讲那些——我觉得其中一个原因是她被她们的圈子边缘化了。虽然不久前，我还见到她们在一起。我碰巧提到，我就要举办个舞会，她就假装接受它（我打算邀请她的哥哥）——至少，我觉得她是假装的。她可能真的相信了吧。反正，我不得不给她送了一张邀请卡。当然，我不打算再让那种事发生了。那就是你所说的，‘野心’，虽然我很不喜欢你这么说。”

“为什么我不该这么说呢，亲爱的?”

“当然，我不是说‘不应该’。”米尔德瑞德庄重地解释道，“我只是说它发生了，我很抱歉。”

“是啊，但是为什么？”

“妈妈，”米尔德瑞德转向她，倾身向前，低声说道，“妈妈，从一开始，变数就很小了，似乎亚瑟很难自己知道。他总是对我很好的，而且他一直对我很好，但是——哦，好吧，你懂的——在我的舞会之后，好像更多的是他的天性，他——”

帕尔默夫人把小咖啡杯放在她旁边的桌上，目光冷静地看着她的手。她的女儿正用肃穆的眼神怔怔地盯着她，可她似乎没有意识到。米尔德瑞德重复了她的最后一句话，强调了她的观点。

“妈妈，那可是爱丽丝·亚当斯！”

但是帕尔默夫人却没有受到多大影响，至少表面上都没什么表示。为了强调她的拒绝，她对女儿宠爱地笑了笑：“你怎么会这么想呢？”

“昨天亨丽埃塔告诉我的。”

帕尔默夫人轻轻地笑了笑：“天哪！亨丽埃塔是个预言家吗？要不然她是亚瑟的红颜知己？”

“不。是艾拉·道林告诉她的。”

帕尔默夫人继续笑着。“现在是我们知道了这事！”她大声说道，“这就是个嚼舌根的游戏而已。亚瑟告诉了艾拉，艾拉告诉了亨丽埃塔，而亨丽埃塔又告诉了——”

“请别笑，妈妈，”米尔德瑞德乞求道，“当然亚瑟没有告诉任何人。这是够绕的，但是那是真的。我知道的！我不是完全相信它，但是他脸红的时候，我就知道那是真的了。他看起来——噢，大概有那么一两秒钟他看起来——饱受打击！他以为我没注意到。妈妈，最近他每天晚上几乎都去看她。他们一起散步，花费很长很长的时间。这就是他为什么都不来这儿的原因。”

帕尔默夫人收住了笑，脸上只剩下一丝微笑，她不能让那个消失。“好吧，那又怎样?”她说道。

“妈妈!”

“是的，”帕尔默夫人说道，“那又怎样?”

“但是你不明白吗?”米尔德瑞德那教养极好的语气，虽然已经调整，压抑了她现在的感情，但是几乎颤抖的。“真的。弗兰克·道林有天晚上打算去见她，然后他就看见亚瑟正和她一起坐在门廊上，也没有进去。常和艾拉一起去上学的一个女孩，就住在那条街附近。她跟艾拉说——”

“噢，我懂得了，”帕尔默夫人打断了她，“假设他常去那儿。亲爱的，我说，‘那又怎样’?”

“我没明白你的意思，妈妈，我很担心他可能会想我们知道那事了，而且你和爸爸说关于她和她爸爸的那些事情的时候——好像我们在嘲笑他，因为他去了那儿而不是来这儿。”

“胡说!”帕尔默夫人站了起来，走到窗边，转身背向着窗户站着，面对着她的女儿，兴奋地看着她，“别胡说，亲爱的！他完全清楚，她只是碰巧被提起，她父亲也是。这真是个令人意外的人！如果亚瑟像那样和人交朋友，他一定更懂，更希望从他们那里听到一些有益的建议。除此以外，只有一点点事脱离了他们。”

“妈妈！他去那儿，几乎每个晚上都——”

“是的，”帕尔默夫人冷冷地说道，“对我来说，我从某处听到的是，某人‘每个晚上’都去那儿！她明显维持不了多久的。亚瑟这样殷勤很让人印象深刻——但是他消退得也快，而且这消退的速度正好可以验证令他印象深刻的程度。一个女孩也是属于她的家庭的——而且这点确实很特别，那让我很震惊！亚瑟很敏锐，他看到的比你想到的多得多。”

米尔德瑞德满怀希望地看着她：“那么你是不相信他可能对我们说她的这些事产生什么想法？”

此时，帕尔默夫人不由得笑了起来：“有件事，好像你没注意到，米尔德瑞德。”

“什么事？”

“他只字未提，似乎就逃过了你的观察。”

“那是不是说——”米尔德瑞德开了口，但是她又停了下来。

“不，不是那样的，”她的母亲轻易地就领会了她的意思，她回答道，“相反，他之所以没法开口，是因为他没有投入得太深，相反他正一点一点地明白过来。”

米尔德瑞德站起来，走向她：“你凭什么认为他从来没有告诉过我们他去了那儿？你觉得他是——你觉得他是高兴和她在一起，还是觉得羞耻？你为什么认为他从来没说过这事儿？”

“呃，那个，”帕尔默夫人说道，“很可能那是她自己做的。如果是的话，那我和你父亲说她的那些话就是对的，因为我们是不会说那些的，如果知道亚瑟——”她快速地看了一眼远处。越过女儿的肩膀，她看到两位绅士正从走廊向这边宽阔的通道走来。她兴奋地向他们打了个招呼。“如果你们之间能相互消停会儿的话，”她补充道，“亚瑟可能就会觉得宽慰了。除了信托公司，他就会把他的心思多放点在一些更美好的事情上边——而且更愉快。”

亚瑟走向米尔德瑞德。

“你妈妈在吃午饭时说这些，可能你会——”

“我可没说‘可能’，亚瑟，”帕尔默夫人打断他的话，纠正了他，“我说的是她会。如果你想去看看或闻闻远处这些可爱的东西，她会带你去看看的。去吧，孩子们！”

半个小时以后，帕尔默夫人从窗户看出去，她看到他们从温室走出来，慢慢地穿过草坪。亚瑟的扣子上多了一朵玫瑰花，看起来他陷入了深深的沉思。

第二十一章

尽管时不时地刮起一阵阵微风，但是这却起不到任何作用，早晨和中午温度已经很高了。而下午 3 点，来自西南方向的热气一下子就让人感觉到扑面而来的热浪，天气热的要死。滴着汗水的黑人一边开着挖沟机，一边咒骂着炎热的天气，挖沟机的铲子在阳光的照射下，正闪着耀眼的光芒。走在街上的男人们穿着夏装，或用草帽或用衣服角扇着风，还不断地用湿透了的手帕擦着额头。大商店里的小职员们一个个热的不想说话，办公室里的速记员也不停地吹着风扇，老板们也懒得管了，随便他们怎么样；酒店里的客人们离开了大厅，回到自己的房间里赤裸裸地躺在床上；医院里的病人们也在喃喃自语，不停地抱怨着炎热的天气，也有可能是抱怨那些人的喧闹声，那些人吵着要去户外感受热天气，有人警告他们医院附近的人可能也需要安静，他们并没有被警告困扰。对人来说，高温的确是个魔咒。天气的确很热，在郊区的高尔夫球场上，高尔夫球手们放弃了比赛，然后沿着俱乐部起伏的山坡，缓缓地回到了住所。

即使是这么热的天，有些工作还是要做，炙热的炉需要再把液态金属浇入，但是这些工作需要一些熟练的人才能做。在整个城市里估计没有一个人能像亚当斯夫人更能挨热了。在炎热的小厨房的角落里，亚当斯夫人雇佣了非洲黑人来下厨，她自己则用热熨斗来熨烫丈夫的晚礼服。

毫无疑问，她自己乐于尽力地给丈夫提供帮助，她期望自己能够一辈子照顾丈夫和孩子。

她没有觉得自己有多么的英雄气概，反倒是在熨完衣服之后，她惊讶地发现自己相当的虚弱。不过她相信，尽管衣服有一两个地方熨焦了，但熨完之后衣服更好看了。她把衣服送到丈夫的房间，然后就迫不及待地找个椅子坐下来。休息一会之后，她试着站起来走了走，但因为休息得不够，她又不得不再次坐下来。过了一会，她站起来扶着墙走了一会，成功地走到了房间的门口。在这儿，她又有点站不稳，想要倒下，她只能靠自己的意志力坚持着。她最后努力了一把，走到房里，来到书桌前，从抽屉里拿出了药瓶，吃了点药。这些药是丈夫和孩子们给的，或者说是她认为是他们给的，然后亚当斯夫人又回去继续工作。

她用颤抖的手扶着扶梯，走了下去。楼下爱丽丝正在用自己旺盛的精力摆弄这房间里的木制品。爱丽丝抬起头看着妈妈，爽朗地笑了。

“爱丽丝，别!”妈妈同情地说道，“你今天早上刚做完这个，看起来这么可爱。你干吗要把自己弄的筋疲力尽？你应该躺下来休息，这样晚上看起来才能有精神。”

“难道你不是也需要躺下来休息一会吗?”女儿回答道，

“你是不是生病了，妈妈？”

“当然不是，你怎么会这么想？”

“你脸色很苍白，”爱丽丝语气沉重地说道，“我很内疚，让你为了我这么辛苦的干活。”

“傻孩子！我认为干活有意思，还准备好了像这样再玩一下呢。唯一希望的就是天气不要这么热，我害怕你爸爸会难受，我看他的负担太多了。无论怎样，因为这个承受些这种痛苦对他也有好处！”她笑着来到爱丽丝前面，弯下身亲了亲她并说道，“亲爱的，难道你不应该为了让妈妈开心而上楼去睡一会儿吗？”

但爱丽丝摇了摇头，拒绝了。

“去吧！”亚当斯夫人说道，“你不想生病吧，是不是？”

“我会好好的，”爱丽丝嘶哑着说，“你喜欢我放的这些装饰品吗？我已经尝试了所有可能的方式。”

“很可爱，”亚当斯夫人钦佩地说道，“我认为你刚才放的方式也很好。但是你知道最好的。我不知道还有谁有这么丰富的经验。你最好现在就别做了，然后休息会……”

“现在不是时候，虽然我想休息。可是现在已经五点了，我真的不能休息。你认为我们应该怎么安排一下沃尔特呢，我的意思是去看看他晚上着装的事情？”

亚当斯夫人考虑了一下：“考虑到天气和其他事情，我恐怕他需要很多东西。我本来希望昨晚或者今早我们有机会告诉他。我下午已经给他打电话了，我不喜欢在这个地方给你爸打电话，因为他——”

“当然不要，妈妈。”

“假如沃尔特回家晚了，”亚当斯夫人继续说，“我就会跟他说，考虑到拉塞尔先生比他来得早，我希望他加快速度把事情做完。”

“也许他今晚不会回家吃饭了，”爱丽丝说，“有时他不会。”

“不，我认为他会的，当他不来的时候，他通常会及时打电话说别等他了，这方面他考虑得很周全。现在真的很晚了，我必须要去告诉女仆应该准备肉片，亲爱的，去休息会儿吧。”

“你自己最好去休息一会儿。”爱丽丝叫住了妈妈，但是亚当斯夫人摇了摇头，继续走进火热的厨房。

爱丽丝继续做自己的无用功。她先把水桶提到地窖的楼梯上，然后将水桶放在了最高的那层楼梯，关上门，又回到了客厅。她又一次改变了旧毛绒摇摇椅的位置，把它们移到了她觉得的最不容易引起人注意的角落里。她正在忙碌时，一声铃响打断了她，她惊恐地呆站在那里，接着她想到拉塞尔一个小时内不会来，然后她就走到了门口。

一个年轻的女人，姿态慵懒，正等在那儿，她手臂下夹个小包，她说道：“听着，你们家正在等个黑人妇女？”

“不”爱丽丝说道，“特别不是在前门。”

“那，”这个黑人妇女说道，“哎，这几天不是有其他的黑人妇女已经到过这儿了？难道那天晚上玛琳娜不是在这烧伤的吗？这是她给我的号码。”

“你是服务员吗？”爱丽丝忧郁地问道。

“是的，假如玛琳娜在的话。”

“玛连娜在，”爱丽丝犹豫道，但她决定不把这个女仆人送到门口，这可能是在冒险，她让她进来了，“你叫什么？”

“我？我的名字叫格特鲁德（Gertrude），格特鲁德·克拉姆斯（Gertrude Collamus）小姐。”

“帽子和围裙，你带了吗？”

格特鲁德把她手臂下的小毯子拿了下来。“是的，我装备齐全。”

“我已经把桌子放好了，”爱丽丝说道，“我带你去看看我们想要做的。”

她带着格特鲁德走向了餐厅，并对她进行了一些指导。格特鲁德懒洋洋地听着，慢慢地走着。爱丽丝把她带进了厨房，戴上了帽子，系好了围裙。效果不太好，格特鲁德的眼睛充满了血丝，戴上白帽子后，她看上去显得很痛苦。爱丽丝把她和母亲分开，焦急地嘟囔着。

“你认为现在去找其他人是不是太晚了?”

“恐怕是，”亚当斯夫人说道，“玛琳娜说很难找到她！你得给他们付很高的工资才能让他们感觉喜欢这份工作。”

“妈妈，你能让她把帽子戴直点吗？每次移动她的头，她总是把它弄到一边，而她的衣服后面太长，前面太短。噢，我从没看过这样的脚!”爱丽丝笑道，“她必须吐掉口香糖，停止那个恐怖的咀嚼声!”

“别介意，我要和她一块工作。我会把她弄的尽量好的，亲爱的。别担心。”亚当斯夫人拍了拍她女儿的肩膀以示鼓励，“现在你不能做其他事情，假如你现在不去换衣服的话，你会来不及的。而我换衣服只需要一分钟，我会在下面等你很久的，跑起来，亲爱的。我会照顾好一切的。”

爱丽丝心不在焉地点点头，快速地回到房间，然后坐在梳妆镜前，呆呆地看着镜子里的自己。过了一会，她站起身，走到衣橱前，打开衣橱们，拿出初遇拉塞尔那晚穿的白色薄纱裙。她把裙子轻轻展放在床上，准备穿上它。半小时后，她妈妈走进来催促她。

“我穿戴整齐了，”亚当斯夫人轻快地说，“当然这也没什么，他关注的是你，哪会注意到我们呢？我知道我年龄大了，我打扮不过是不想让他小瞧了。看看我怎么样？”

“你看起来简直就像是世界上最美的女孩，真的！”爱丽丝轻吸一口气回答。

亚当斯夫人开心不已，因为笑的太夸张，结果她的皱纹都挤到一起了。她从头到脚仔仔细细地把爱丽丝看了看，然后说：“亲爱的，你应该化点妆，因为激动，你的脸都有些发白了。高兴点！你的眼眼睛一点儿精神都没有，一整天都看起来好像没睡醒一样。我得走了，你爸爸想要我帮他整理一下领扣。沃尔特还没来，我会照顾他的。别担心，不过亲爱的，如果你还想整理一下桌上的花，你最好快点了。”

她离开后，爱丽丝又坐到了镜子前，按照妈妈的建议，她给自己“上了一点妆”。这时候门又响了，她爸爸应声而入。他穿着妻子熨好的衣服，但是他比做这些衣服时瘦了太多，完全看不出衣服是熨过的。衣服松松垮垮地挂在他的身上，看起来好像错穿了一个胖子的衣服。

“你妈妈下楼了，”他说，声音里带着苦恼，“我衬衫上的一个纽扣孔太大了，衣服根本扣不紧，烦死了！我只能穿另一件白衬衣，不过也不行，我之前试过这一件了，你说怎么办？”

“我看看。”爱丽丝说。

爱丽丝检查着这件烦人的衬衣，他抱怨说：“衬衣的领子边磨破了，看起来跟穿了一把锯一样，要是能快点弄平整我就不用烦了，我应该自己动手的。我都不记得有多久没这么热了，十年？十二年？”他抬起头吸了一口气，空气混混浊浊，还带着一股味儿，“我的天啊，这是什么味道啊？”

“拜托你了爸爸，别动，”爱丽丝制止道，“你总动来动去，我都找不到问题在哪了。你身上怎么有股过期的胶水味儿啊？当然，一点痕迹都看不到。”

“这不是胶水味，”他说，“这是卷心菜，晚上聚餐吃卷心菜，现在不是很流行吗？”

“爸爸，那不是卷心菜，那是布鲁塞尔甘蓝。”

“是吗？无所谓了，反正它把我身上的胶水味盖住了，不过这味道真大。我以为你一直待在屋里，习惯了这个味道，可能闻不出来呢。”

“这味道太难闻了，楼下窗子开着吗？”

“你给我把纽扣孔缝好了，我再下楼看看。”

“估计不行，你得把衬衫脱下来拿给我，我把纽扣孔缝小一点。”

“好吧，我让你妈去——”

“别，她够忙了。爸爸，快点把衬衣脱下来，我还要在客人到来之前再摆摆桌上的花。”

亚当斯先生走开了，又马上跑回来，光着上身，手里拿着衬衫。“这样舒服多了，”他一边看着爱丽丝缝着衣服一边沉思地说，“我暂时把那个领子拿下来了，真希望能穿成这样去吃饭，自在多了。你能缝好吗？”

“应该没问题。”

这时楼下的门铃响了，爱丽丝惊得一下子停了下来。

“天啊！”亚当斯先生惊呼，“针扎到你的手了？”

她白了他一眼：“他来了！”

是的，拉塞尔正站在小阳台上，对着紧闭的门。但是，门铃响了好久，依然没人来开门。屋内几乎与这警告似的门铃声一同响起的是一声闷响，爱丽丝和爸爸听到了有人摔倒的声音，接下来是远处传来的一阵痛苦的抱怨。

“老天!”亚当斯先生说，“怎么了?”

爱丽丝走到楼梯上面，看到她妈妈在楼下的大厅里。

“妈妈!”

亚当斯夫人抬头看着她，低声说道：“没事，格特鲁德在地下室的楼梯上摔倒了，有人放了个木桶在那，她……”她的话被爱丽丝急促的声音打断了，她还想解释一下让大家安心，“亲爱的，别担心，她脚可能崴了一下，不过……”

亚当斯先生从扶手处探出头问：“摔到哪了吗?”

“嘘!”亚当斯夫人低声说，“没有，她只是挺心烦挺生气的，正揉着腿呢，把小三明治及时端上来应该没问题。爱丽丝！那些花!”

“妈妈我知道，但是……”

“快点!”亚当斯夫人提醒她说，“你们都快点，让他进门!”

然后亚当斯夫人走到门口，在开门之前摆好了友善的微笑：“拉塞尔先生，请进。”声音大得足够让其他人都听到，以告诉大家客人进门了。“这边，很高兴能在寒舍接待您，楼梯下面有衣帽架，”拉塞尔客气地答应着走进了大厅，亚当斯夫人还在说，“也许您觉得我自己去应门有点太随意了，不过我们的女仆刚刚出了点小事故。不过，不值一提！我想着不能让您在门外等，于是自己开了门。我们到客厅里去吧?”

她穿过门柱引着路，然后径直坐在了一个舒适的摇椅上。她坐这里是因为之前爱丽丝曾说过，坐在这些摇椅上就不那么引人注目了。“拉塞尔先生，请坐。天气太热了，让人都不想站起来!”

“谢谢你。”他坐下说道，“现在的确相当暖和。”这句话很合场景。亚当斯夫人曾经描述过对他的印象：他是个英俊的年轻人，风度翩翩，但是当第一次见的时候，他严肃而苍白的脸色显得很局促而且非常紧张。亚当斯夫人对他微笑，伴随着她所说的，还有连续不断的笑声。当然这除了是为了传达热情之外，没有什么意义。“当然，我们这温度的确挺舒服的，”她说，“我们屋里的温度比外面的要低很多。”

“是的，”他说，“屋里很舒适。”他对着屋里瞟了一眼，然后目光收回来对着这位微笑的女主人。

“大多数人对天气炎热都感到很奇怪。”她说，“我认识的人中唯一对这个不介意的是爱丽丝。她好像总是感觉很凉爽，似乎不论多热，总有一阵阵微风吹来。她不介意任何事，多么可爱啊。她性格就是这样。她对每个人都是一样的，不论对方是高还是矮，因为她是个小孩子。我认为性格是这世界上最重要的东西，你说呢，拉塞尔先生?”

“是的。”他说道，白皙的额头被汗水打湿了，他拿出手帕擦了擦。

“的确。”她赞同地说道，夹杂着自己的笑声，“这就是我一直告诉爱丽丝的，但她从来没看到自己的优点，当我说她的时候她就一直笑。她会看到世界上其他人的好处，不管对方值不值，或者他们怎么对她，但她总是在低估自己，这习惯从小就养成了。当其他女孩行为自私或者对她不好时，你觉得她会跟我说吗？从来不会，那小家伙太骄傲了。在学校她也一样，老师告诉我她拿了个奖，但她拿回来藏在房间里，对爸妈一句话都没提。但是沃尔特就是另外一个德行了，他会——”但是亚当斯夫人想了想，然后她提高了笑声，接着说道：“我真傻，我希望你知道母亲都是这样子。拉塞尔先生，假如给我们这些母亲一个机会，我们会一直谈论孩子的。如果爱丽丝知道我一直在跟你说她，她会觉得难受的。”

在这方面，亚当斯夫人是对的，她自己也不怀疑这个。

嘟囔了几个字之后，她继续说道："当然我的说法是，很少有一个像爱丽丝那样的女儿。我觉得我们考虑孩子的方式都是一样的，但如果必须有些人是对的，那就是我们的孩子是最好的，你说是吗？"

"是的，的确是这样的。"

"我想我是的！"她笑着说道，"我会让别人为自己说话。"她停下来想了想："不，我想一个母亲是知道家里的宝。即使没有，她也会装着她有。但如果有，她会知道的。我知道我有，她总是被人们称之为家里的开心果。不管出了什么差错，她总能出来用一些诙谐的说法来圆场。你得保证不会告诉她我们之间这个关于她的对话，否则她会生我气的。你不会告诉她，对吧？"

"不，"他说着，又用手帕抹了抹额头，"不，我——"他停顿了一下然后一气说完，"我不会告诉她的。"

再一次确认后，亚当斯夫人跟他说了些她女儿在十六岁就很受欢迎的事，她说爱丽丝现在正在她的那些追求者之间难以抉择呢。

"她不想去伤害他们，因此对所有人都一样。他们中的六个都想娶她，她父亲和我认为这些想法太可笑了，她还这么年轻。"

妈妈接着说她女儿的传记了，而这个脸色苍白的年轻人面对她坐着，头顶上白色的灯光汇集到天花板上。他没有打断亚当斯夫人的话。她很高兴有机会跟他说一些关于爱丽丝的事情，这些事情是她自己没想过的。事实上，她想找个这样的机会，但是事情太多了，而她自己就像一个演员，为了能让观众不会感觉到他们错过好戏，她所希望的是不要对不起安静的观众。

同时，爱丽丝还在换着花样摆放她的小玫瑰呢，那儿很可能有花。此时她父亲通过厨房和楼梯来到了餐厅。

“它又倒出来了，“他说，“但我觉得这没什么用了，太迟了，无论如何，要在它凸起来的时候，就让空气进来。我可以坐下，希望这样不会太引人注目。你是不是得赶快弄完你这摆弄桌子的工作了，你妈妈已经跟他谈了将近半个小时了。我知道他来是为了你，而不是你妈，你是不是最好得去——”

“就一分钟。”爱丽丝说道，“你觉得这样好看吗？”

“花吗？好看！你是不是最好把它们放在一边？”

“就一分钟，”她求着说道，“一分钟，爸爸！”她把拉塞尔碟子前的玫瑰花用一个她看起来更大的换了下来。

“你最好赶快。”亚当斯一边说，一边向门前走去。

“就一会儿，爸爸。”她叹息着摇了摇她的头，“我希望我们能多租一些银器！”

“为什么？”

“因为上面有这么多的镀的银被刮掉了。等一下，爸爸。”说着她绕着桌子一周，把所有她认为保存的最好的收集起来，然后把拉塞尔位置上的不好的餐具给换了，“好了！”最后，她叹了口气。

“现在我来了。”但是在门口她又停下来了。

“怎么了？”

“玫瑰花。我认为我不应该尝试那个藤蔓效果。应该把它们放在花瓶的水里。天气这么热，它们已经开始有点枯萎了，有点像干燥的桌布了，我想我——”

“为什么啊，看这儿，爱丽丝！”当她似乎准备回身的时候父亲说道，“如果你继续的话，我会把这一切都放进炉子里烧掉的。”

“哦，好吧”她说，“花瓶太难看了，我已经尽力了，我们进去吧。”但当她把手放在门把手上的时候她再次停了下来：“不，爸爸，我们不应该进去，这看起来——?”

“看起来什么?”

“没事，”她说，“我们从另外一条路进去吧。”

“我看没什么区别。”他抱怨道，但是跟着她进了厨房，上了后面的楼梯。在楼梯顶，她停了一会，喘了口气，然后在父亲迷惑的眼神前，她做了个变身。

她的肩膀和她的眼皮一样下垂着。但是现在她把她的头往后甩。肩膀放直，把睫毛弄的闪闪发光，感觉她身体一瞬间活力四射。她快步走下台阶，手摆起来，嘴里哼着轻快的曲子。

在楼梯口，她把一只手伸直了对着拉塞尔，并朝着他走了过去：“很抱歉！这么晚才下来，爸爸，我想你们知道对方吧。”

她父亲朝着年轻人走了过去，希望能与他握手，但是爱丽丝挡在他们中间，拉塞尔有些脸红，郑重地朝他鞠了个躬，没有看他。亚当斯略有些尴尬，把手放进了口袋里，朝妻子走去。

“我想晚饭快好了。”他说，“我们最好坐下来。”

但是她猛摇了摇她的头，“等等。”她说道。

“为什么？沃尔特呢?”

“不，他来不了了，”她回答完，又摇了摇头说道，“安静!”

“噢，好吧——”他咕哝了一句。

“坐下!”

他十分疑惑，但还是服从了她的命令，走到对面角落的椅子上坐了下来，在那里他的表情很祥和，他正等待着她的询问。

与此同时，爱丽丝继续说道：“迟到真不是我的错。事实是我想催爸爸赶快。他太慢了。他在那个老厂房里待到太晚了。我希望您不要介意在这么热的天气里，和我们共进晚餐。我都快热死了，或者说我们是难兄难弟。为什么当我们认为其他人必须要去忍受这些事的时候，我们就必须把事情做得更好呢?”她激动地笑着，接着补充道，“你不觉得我们很愚蠢吗?”

格特鲁德刚从餐厅进来，手里拿着一个托盘。她走得很缓慢，满脸不满。她在走路的间歇，虽然下巴上没有什么东西，但是她仍然习惯性地调整着自己的裙子。她走到亚当斯面前，停了下来，面对着他。

他看起来有点哀伤。“你想对我干吗?”他问道。

作为回应，她面无表情地把托盘递给了他，他仍然感到疑惑。“到底是——?”他开始问道，然后他看到了妻子的眼神，立刻头脑清醒地从托盘上把没干的整个三明治拿了下来，“好吧，我尝一个。”但一会儿当他吃完之后，脸上浮现出强烈的不好吃的表情，接着他想把三明治返还给格特鲁德。但是，当格特鲁德穿过亚当斯夫人的房间时，他只能无助地坐下，手中拿着三明治。女服务员从他前面经过，在回餐厅的时候，她看起来没有刻意去观察他，他就在尝试用另一个种方法把这个困扰他的三明治给扔掉了。

爱丽丝是个忠诚的女儿。“这些东西很美味，妈妈，”她说着把东西递给了拉塞尔，“你错过它了，你应该尝一个。很遗憾我们没法告诉你该怎么吃它，当然，但是——”

“晚餐好了，”格特鲁德第二次进来把她的话打断了，她只好先不继续说下去。

“好的，”亚当斯从椅子上站起来，长舒一口气，“很好，我们去看看我们能吃了吗。”当这几个人走向餐厅的门的时候，他把三明治放在了空壁炉上。

爱丽丝侧着头，从自己的肩膀看过去，她是唯一一个看着拉塞尔的人，但她却不由自主地战栗着。看到他，祈求地望着他，仿佛他想解释说自己已经做到了最好，她微笑地看着他，然后开始对拉塞尔接着唠叨。

第二十二章

他们坐了下来，虽然这房间里的温度，这热汤的外观可能有损这愉快的气氛，但是爱丽丝一直兴致勃勃地聊着。枯萎的玫瑰花此时散发出的气息不是美丽的，而是满是悲伤，因为它们散发出的气味是如此微弱，根本敌不过甘蓝的气味。在桌子的一头，亚当斯正低低地坐在他的椅子上，僵硬的身体似乎难以放平。而格特鲁德表情中，敌意明显可辨，在这长长的一段时间，她等着这碗汤被喝光。只有亚当斯夫人在这方面没有取得什么进展。其他人不过是声东击西，一会儿提起他们的勺子，好像他们打算去做些什么似的。

爱丽丝聊着天，虽然语气中仅带着一点兴奋，但是，却充斥了整个空荡的休息区，实现着它的目的。她的母亲正拍着手，喔喔喔地欢呼着，笑着支持着她。“这天气多滑稽啊！”女孩说着话，“昨天还那么冷——天使接管后——今天它就变了一张脸，所以恶魔看见了机会，开始从赤道移到北极；但是这次它走到半路，想起有些事想做，就又回去了；然后就留在赤道这儿，正好在我们的上边！我希望它回来!”

“爱丽丝，亲爱的!”她的母亲深情地叫道，“真是胡思乱想！真是不虔诚的人，虽然也我担心拉塞尔先生可能会这么想!”她给格林鲁特偷偷使了个眼色，让她移走这碗汤。但是，并没有得到格林鲁特的回应，她不得不让眼神显得明显些。格林鲁特斜倚着墙，她的下巴好似钟摆一样摇来摇去，她不安的眼神夹杂着对拉塞尔的反抗。亚当斯夫人点了几次头，强调了她的动作，但是爱丽丝还是兴致勃勃地说着。但是紧张的女仆还是继续紧张，手指微微啪啪作响，这也没能打扰到她，那耳语间嘶嘶作响的声音同样没有。当女儿来安慰她的时候，她才展示出一丝紧张不安来。

“真不敢想象我们在这样的夜晚喝如此热的汤!”她讪笑道，“为什么不给我们上些冰镇汤或者冰糕呢？真不知道厨师在想什么。当然，她自己原本生活在赤道附近，恐怕除非撒旦先生把赤道挪到咱们这北方来，她才会觉得如鱼得水吧。”她转头看向站在她身后的格特鲁德“把这盘糟糕的汤端走!”

“喂!”他压低声音，说道，“喂，你!”

“怎么了，维吉尔?”他的妻子问道。

“她的名字叫什么?”

亚当斯夫人突然一阵惊恐，看了他一眼，明白这个客人一晚都没看她一眼，但是在他面前的白色桌布前坐下，她眉头紧皱，摇着头。

不幸的是，爱丽丝并没有注意到她的母亲这样，她天真地问道：“ 什么谁的名字，爸爸?”

“额，就是那个年轻的黑人妇女，”他解释道，“她刚走。”

“别担心，”爱丽丝笑道，“ 你还是有希望的，爸爸。她永远都不会走的!”

“我不知道,”他说道，言语中没什么自信，“她看起来像她。”他的评论可以看作是一种预言，似乎是担保格特鲁德能在聚会的下一阶段时候，就会带着瓷盘回来。

爱丽丝表明隔阂同样存在于她自己身上，她对母亲对她的夸奖感到恼火，母亲说她“总是把准备着摆平事情”，但离摆平还差得远呢。她让父母对拉塞尔冷静下来，她也让拉塞尔在父母面前平静下来。这边，她喋喋不休地说着话，那边女孩那明亮的眼睛轻快地寻找着他，但是其间却隐藏着一丝疑问，一丝哀求。她好像在问:“这对你来说太多了吗?你能说得了话吗?你会不会不高兴?我想为你着想来着。你能不能给我透露点信息，你觉得这些都挺不错的?”

他看了她一眼，但只是一眼扫过。似乎是感受到了某种热度，再强大的力量也无法抚平他的皱起的眉头。刚才和爱丽丝及她的父亲打过招呼，他那时还有点兴奋。之后，他的脸色渐渐沉了下来，只留下苍白黯淡，一种不舒服的神情逐渐浮现，但是，这也被看成是一种修饰，对他来说几乎接近一种诗意。善意的微笑没有减弱，一切都在说他很愿意，很享受。然而他又笑得很不自然，好像他已经尽了最大的努力喜欢亚当斯一家。

他让亚当斯一家很高兴，亚当斯全家都觉得他是个很好的年轻人，绝对是爱丽丝带回家来的当中最好的一个。在她父亲看来，他连个小缺点都没有。对于拉塞尔的赞赏，他在这第一次私人会面中显得有些手足无措，带着含蓄和谦虚。“至今为止，他似乎可以在超好年轻人中排个第一名。”亚当斯想道。而且，他似乎不愿意离开爱丽丝，但是看起来很明显，这位候选人不是太高兴，他补充道:“终于来了!”

爱丽丝活跃到了极致。她马不停蹄地让一切显得和谐，而且她不得不这么做。然而她喋喋不休地谈着话的同时，她也在无休止地问着自己，她的眼睛似乎在时时关切，不停地询问着拉塞尔。为什么她不担心她母亲所害怕的衣服“尺寸太小”的问题？确实，她妈妈说他看着像是“在出神”，但是，他怎么了？发生了什么事？她苦笑着告诉自己，他一定发生了比这顿晚餐更糟糕的“某事”。

在这间小小的房间里，熟透了的甘蓝散发着令人窒息的气味。在极其漫长的等待中，满是怨气的格特鲁德把食物端上桌来，这使得房间变得越来越热，味道也变得越来越浓。然而爱丽丝依然在寻找着拉塞尔的眼神，用各种不同的方法看着他的脸，害怕他们所有人。零零散散的几株小花，枯萎了，落在满是污渍的布上，她感到自己的心随着食物变得越来越沉重，想她没有像玫瑰花一样死去。

咖啡来了，主人家尽其所能，热情待客，“天哪！”他说道，“我本打算买些雪茄来。”他向客人道歉道。“我不知道我在想什么，回家忘记带些东西。我自己是不用它们的——除非有人递给我，你可能会那么说吧。我抽的是烟斗，味道纯正又好弄，但是我应该要记得会有这么个时候的。”

“没关系的，”拉塞尔说道，“我最近一点儿都不抽。但是我抽的时候，也像你，抽烟斗。”

爱丽丝开始想起来，在烟草店回来的路上，他追上了她，那时她就跟他说过的。但是，她看着他一会儿后，她确定他一定已经忘记了。她想，如果他记得的话，他不会躲着她的眼神的。相反，比起刚才他坐下来吃饭的时候，现在他似乎更轻松了。因为亚当斯开始把一个男人间的话题引进谈话当中，这个拉塞尔比较擅长。“好吧，拉塞尔先生，在这方面我猜你是对的。我不能说，但是可能对于可以抽得起它们的人很好，如果比起烟斗，他更喜欢雪茄的话，但是现在你就有个很好的老烟斗——”

他继续说道，他被这个话题勾起了习惯性的赞扬，此时，门铃响了，打断了他，他很吃惊，诧异地停了下来。亚当斯夫人低声对格林鲁特说：“就说，‘不在家’。”

“什么？”

“如果就是个敲门的，就是我们都不在家。”

格特鲁德口无遮拦地大声说了出来：“你是说你叫我去前线帮你挡着？”

她看起来有些不敢相信，感觉受到了侮辱，但是亚当斯夫人虽然有点儿担心，但是她坚持着：“是的，赶——快——求你了。如果你乐意的话，就说我们都不在家。”

格特鲁德在服从和反抗中再次明显犹豫了，幸运的是，温顺的性格再次说服了她，她狠狠地盯了亚当斯夫人一眼，走了。她回来的时候，她说：“他说他等着。”

“但是我跟你说了，无论是谁，都说我们不在家，”亚当斯夫人回道，“是谁啊？”

“他说他叫劳尔先生。”

“我们不认识什么劳尔先生。”

“是啊，他认识你。他说急着见亚当斯先生。他说他等着。”

“告诉他，亚当斯先生正在会客。”

“等会儿，”亚当斯插话道，“劳尔？不。我不认识什么劳尔先生。你确定这名字没错？”

“他说他叫劳尔，”格特鲁德回答道，显出一副疲劳的模样，看着天花板，继续说：“劳尔是他跟我说的。我就知道这么多了。”

亚当斯皱了皱眉。“劳尔，”他说，“会不会是‘洛尔’？”

“他长什么样？”

“没什么”她说，“就比你年长一点。白胡子，带着好看的眼镜。”

“那是查理·洛尔！”亚当斯惊呼，“我去看看他要干吗。”

“但是，维吉尔，”他的妻子劝道，“喝完你的咖啡。他可能会待上一整晚。他可能就是来叫你走的。”

亚当斯笑道：“我想，他只是来做客的。别担心！我会把他带到我的房间的。”接着他转向拉塞尔：“呃——请见谅。”说完，他走了出去，去见他的客人。

他走了，亚当斯夫人喝完了她的咖啡，狡黠地看了客人一眼，又看了女儿一眼，她站起身。“我想可能我得去看看，亲自跟洛尔先生打个招呼，”她站到门边，对拉塞尔解释道，“他是我丈夫的一个老朋友了，他已经很久没来这儿了。”

爱丽丝点点头，冲着她露出灿烂的微笑，但是当她关上了门，这微笑就消失了。她的活泼生气也消失了。随着脸色的变化，局面也开始发生改变，她苍白的脸变得通红，还很明显。然而，拉塞尔没有看见这种变化，因为他根本没有看着她。仅仅是短短的一瞬间，对于这个女孩来说，感觉就像是过了十秒钟。然后，她又像有力的弹簧一样，突然恢复了精神。

“告诉我，你呆呆地在想什么呢！”她从桌上向他丢了一朵玫瑰花过去，说道，“我多赌一分钱，我赌两个便士——不，一朵可怜的枯萎的玫瑰花，一朵花换你的想法，亚瑟·拉塞尔先生！你在想什么？”

他摇摇头：“恐怕我什么都没想。”

“不行，当然不是那样的，”她说道，“这种天气下，谁不会想很多呢？天气这么好，谁会这么沉默呢？你会原谅我们吗？”

“什么？”

“让你一晚上吃了这么多，我是说看上去这么多，因为你一定没多看一眼——一晚上都是这样的！但是这罪快要受完了，你可以开始欢呼了！”她轻快地笑道，站起身，走向门边：“去别的房间看看吧。你担心的事情大部分已经完了，如果你想回家，你很快就可以走了。那才是你最想做的。”

“不是的。”他的声音这么微弱，而她笑的更大声了。

“天哪！”她叫道，“我还没明白原来这个这么糟！”

虽然他笑着但是他没有反驳什么。他跟着她进了“客厅”，她站在那儿，转过来，看着他。

“它有这么吓人吗？”她问道。

“什么，当然不了，一点也不吓人。”

“尽管你这么说，当然了它很吓人！”

“一点儿也不。你的父母和你都非常好。”

“你知道吗，”她说，“你甚至一次都没看我，一整个晚上，一次一秒钟都没有？而我今晚看上去也很不错！”

“你老是这么讲，”他低声说道，“我不懂你说怎么知道的，”她向他走近了一步，带着点温柔的关心说道：“告诉我，你感觉真的很差吗？是吗？我知道你头疼得厉害，或者别的什么事。告诉我！”

“没什么。”

“你一定是身体不舒服——我敢确定。”

“没什么。”

“你说的是真的吗？”

“我真的很好。”

“但是如果你——”她开口道。接着，她极度甜蜜地看着他，好像这是她可以让他振作起来的最后的办法了。“到底怎么了，小男孩?”她故意大舌头，温柔地问道，“告诉阿姨吧!”

但是这方法错了，因为他似乎退缩了，身子轻轻向后斜着。她立即转了回来，双手随意摆弄着。“哦，我的天哪!”她笑道，“我不会吃了你的!”

有些懊恼的年轻人看着她，似乎努力抬起他的眼睛，而她的背又转了回来，她走到前门，停下来，打开了屏风。“我们从走廊出去吧，”她说道，“我们应该属于那儿!”

接着，他跟着她出去，坐了下来。“这儿会不会好些?”她问道，“在外面你会不会感觉更自在些?”

他开始低声咕哝道：“没关——”

她突然打断了他的话：“请别又说‘没关系’!”

“对不起。”

“你似乎确实该为某些事说对不起，”她说，“什么？现在可以告诉我是怎么了吗?”

“没事。确实，什么事也没有。当然这种天气影响相当大。当然，这种天气可能让人比平时安静一点儿。”

她叹了口气，放松了脸上疲劳的肌肉。在室内昏暗的灯光，一直照着她，直到肌肉要烧起来，在黑暗中，不需要戴着假面具，这真是一种奢侈。

“当然，如果你不告诉我的话——”她说道。

“我只能确定地告诉你，我没什么可以跟你说的。”

“我知道，这小房子是很难看，”她说道，“也可能是家具，或者是妈妈的花瓶让你反胃了。或者是妈妈她本身，还是爸爸？”

“没什么让我‘反胃’的。”

她一声接一声地笑着：“我知道你为什么会这样讲。”

“因为事实就是这样。”

“不。那是因为你太好了，或者太谨慎了，或者太尴尬了——无论如何总有那么些什么——所以不能告诉我。”她靠了上去，手肘支着膝盖，手托着下巴，她知道怎么做更优雅，“是的——甚至你从来都不打算告诉我。我想知道——我想知道——”

“是吗？你想知道什么？”

“我只是想——毕竟，我想知道他们是不是那样做了。”

“我不明白。”

“我想知道，”她继续慢慢地说，回声似的，“我想知道那些人有没有在你面前说我？没有吗？”

“没——”他开了口，但是又止住了，换了另一种拒绝的态度，“那算不上什么。”

“你确定吗？”

“呃，是的。”

“多新鲜！”她说道。

“为什么？”

“因为整个晚上，你完全不同了。”

“当时这种天气下——”

“不。那不至于让你担心地整个晚上都看着我！”

“但是我确实经常看着你。”

“不是。不是真的在看。”

“但是我现在在看着你。”

“是的——在黑暗中！”她说道，“不是——这天气可能让你比平常安静些，但是它不会打击得你几乎成了个哑巴。不——它不会让你看上去这么紧张——好像你只想逃跑！”

“但是我没有——”

“你不应该，”她温柔地打断他，“你知道的，没有什么让你要去逃离的。你许下承诺——对这段友谊。”

“你这么想我很遗憾——”他开口说道，但是却没有说完。她接过话茬：“我觉得你不一样了，你很遗憾，你是不是打算这么说，对不对？没关系！那就是你打算说的，但是你没说完因为你不是很会骗人。”

“哦，不，”他无力地反驳道，“我不是在骗人。我是在——”

“没关系，”她又说道，“你很抱歉我觉得你不一样了——一天之内所有的都不一样了——自从昨晚之后。是啊，你的声音听起来也充满了歉意。它听起来比本该有的更抱歉，因为你可以在一分钟之内改变的我的想法，所以那意味着你很抱歉你很不一样了。”

“不——我——”

但是她忽视了他薄弱的否认。“没关系，”她说道，“你还记不记得一天晚上，你告诉我，没有人可以做什么阻止你来这儿？那如果你——如果你离开我，那将会是因为我把你从我身边推开了？”

“是的，”他一时语塞，“确实。”

“你确定？”

“我确定。”他声音低沉，回答道，但是语气却十分坚定。

“然后——”她停住了，“好吧——但是我没有把你推开。”

“不。”

“而你已经走了。”她轻轻地说道。

“我说这些看起来很愚蠢?”

“你知道我是什么意思。”她缩回身体，靠到椅背上，她的手停了一会儿，一动不动放在膝上。她说着，那是一种悲伤的低语：“我不知道我是不是已经把你推开了?”

“你什么都没做——什么都没有。”他说道。

“我不知道——”她又说了一遍，但是她停住了。在她的脑海里，她正回到她们第一次见面后在一起的时光——聊天的片段，沉默的瞬间，无关紧要的小事，和可能重要的小事；月光，阳光，星光。在这混乱的记忆中，她的想法曲曲折折。但是，好像她把所有的碎片都拼了起来，随意地把它们扔到一幅画里。她看着它们，所有的一碰，就沾上了污点，渐渐地，变得模糊起来。对于这段友情，她真是自作多情了。而且，如果是这顿可怕的晚餐，或者是任何一件事，或者是所有事，在她面前，已经都露出了真实的一面。昨天晚上是情人，接着，确实是她自己把他推远的，而且可能觉得她迷路了。

“你知道吗?”她突然说道，大声又清晰地说道，“我有种最奇怪的感觉。我觉得好像在余下的一生当中，我可以跟你在一起的时间只有五分多钟了!”

“什么，不会的，”他说道，“当然我会经常来看你的。我——”

“不，”她打断了，“之前我从来没有这样的感觉。那只是这样而已。这就够了！你打算，那个，你不会再来这儿了!”

她突然站起来，开始一直颤抖。“那个，完了，是不是?”她说道，现在她的声音颤抖着，“那个，所有的一切都完了，是不是？那个，是吧!”

他像她一样站了起来。“恐怕你是太累太紧张了，”他说道，“我真的应该走了。”

“是啊，你当然该走了，”她绝望地叫道，“你也没什么事情要做了。所有事情都搞坏了，除了人走开之外，别无他法。所以，再见了！”

“至少，”他回应道，“我们只能——只能说晚安了！”

然后，他向前走着，在走廊的阶梯上他被绊了一脚。“你的帽子！”她叫道，“我本想拿它当个纪念品，但恐怕你是需要它的！”

她跑进前厅，从椅子上拿出他放在那儿的帽子。“你这可怜的东西！”她叫道，笑声中带着颤抖，“难道你不知道你没帽子都走不了的吗？”

他们互相看着对方，两个人都知道这是他们待在走廊的最后时刻了，爱丽丝断断续续地笑得更大声了。“有件事要说一下！”她说道，“多浪漫啊——谈谈帽子！”

他转过身，她笑得更大声了，但是房子中传出了其他声音，楼上的门开着——亚当斯夫人拉长了声音，哀嚎痛哭着。拉塞尔停下了脚步，踌躇着，但是爱丽丝朝他挥挥手，要他继续走。

“哦，别受干扰，”她说道，“在那个可笑的小房子里，这种事情太多了！再见！”

拉塞尔走下楼梯，爱丽丝跑回屋里，重重地关上身后的门。

第二十三章

她妈妈细微的抽泣声断断续续传来，老查理·洛尔独自从楼梯上走了下来。

他同情地看着爱丽丝说："我仅仅是给你一些建议，也许你该试图让自己从事情中解脱出来。你知道，你的妈妈并不是要打扰你，她只是想让你听她说说话而已，也许你该去看看她。"

"好的，我会去看她的。还有什么事吗？"

"是的，我本来只是下楼来表达我的同情并且看看能为您做些什么，仅此而已，当然我知道您知道这些。然而事实上，有一些关于晚报的事——当然仅仅是在最后一页的一小块而已。"

"怎么了？"

他清了清嗓子说："是这样的，事情并没有多糟。事实上是你的哥哥沃尔特遇到了一点小麻烦，也许你还会觉得这真是一个解决问题的好办法呢。他在公司账目资金上出了点问题。”

爱丽丝走上楼梯，进到了她父亲的房间。亚当斯夫人马上和她紧紧地拥抱在一起。“他走了吗？”她啜泣着问，“他不听我的，我这么努力——”

爱丽丝轻轻拍了拍那紧紧抱着她的人的肩膀说：“不是这样的，他没有听到你说话——那没什么的——他不是故意的。”

“噢，可怜的沃尔特！”妈妈哭着说，“噢，可怜的孩子！可怜的沃尔特，可怜的……”

“冷静点，亲爱的，冷静点！”爱丽丝试图去安慰亚当斯夫人，但是她的恸哭丝毫没有减轻。这时从房间的另一边传来不同的声音。

亚当斯左手紧握成拳，愤怒地走向那里。“这个讨厌鬼！”他说，“讨厌的傻子！白痴！为什么他不告诉我，这个小蠢货！”

“他干的！”亚当斯夫人边抽泣边说，“他要是告诉你，你就不会把钱给他。”

“是他做的，难道不是？”亚当斯冲她吼道，“他一直在向我乞求给他离开的钱！他从没想过偿还他拿走的。你说这多该死啊——都怪我！”

“他需要它，”她说，“他需要用它逃跑！如果他没有一点儿钱，他走后要怎么生活呢？噢，可怜的，可怜的，可怜的沃尔特！可怜的孩子——”

她边重复边走了回去。亚当斯也要回自己房间，可是他停了下来，因为透过开着的门，他看见他的老朋友站在门廊上。

“啊哈——我正打算进去呢，我认为，维吉尔，”洛尔说，“我看我说的没起到一丁点儿用，你让我做什么我就做什么，你明白的。”

“你等等，”亚当斯边说边走了出去和他一起下了楼，“你说你压根没看见那个老伙计?”

“没有，他要做的事，我什么都不知道，”当他们走到楼下时洛尔说，“不是一回事。想想，维吉尔，我不是把这个看成你和你的妻子应该承担的——无论如何也不该是你现在所承担的这般沉重。”

“不，”亚当斯哽咽道，“似乎总是这样，旁观者只能看着。”

“噢，是的，我当然知道那些，”老查理回来了，轻声说，“但是听着，维吉尔，他们也许没有抓住这男孩。他们甚至都不知道他坐的是哪趟火车。如果他们确实抓住了这个男孩了，老伙计也许要放弃起诉，假如——”

“他?”亚当斯的哭声被打断，“他放弃了起诉? 为什么? 他一定是在等着什么，一定是! 他认为我和我的孩子欺骗了他! 他一定是想让沃尔特自投罗网! 你不是说过他们已经怀疑他曾经回来过，还正在准备抓他吗?”

“是啊，我知道，”洛尔说道，“但是你什么都不能说，除非你凑够了这笔钱可以还上。”

“每一分钱!”亚当斯喊叫着，“我会偿还每一分钱的——我会凑齐钱的! 明天我就用工厂去抵押，喔，我会还钱给他的，你告诉他，每一分钱!”

“好了，老家伙，你现在先试着平静下来。”洛尔伸出他的手说，“你和你的妻子都需要冷静下来。要知道你并不是世上最强悍的男人，在这之前你受的困扰已经够多的了。为了你的妻子和楼上你那漂亮的女儿，你也得保护好你自己。那现在，晚安吧。”他说完走出去，来到了门廊：“有什么需要帮忙的请告诉我。”

“做什么?”亚当斯重复道，“谁也不能做什么!”在他的老朋友向外走时，他在后面喊着：“你告诉他，我会偿还他每一分钱！每一分肮脏、恶心的臭钱!”

亚当斯夫人已经崩溃了，爱丽丝把她扶到了床上，她躺在床上颤抖着哭泣，一遍又一遍地说着：“噢，可怜的沃尔特!”过了一会她转过来开始说：“噢，可怜的爱丽丝!”她抓着女儿的手呻吟着：“噢，可怜的爱丽丝在晚餐时遭遇这些——在一切都如此美好的时候——最后竟然——噢，可怜的，可怜的——”

“安静!”爱丽丝尖声说，“不要说可怜的爱丽丝，我很好。”

“你一定得好好的!”她的妈妈哭着说，“你一定得好好的，我们大家都要好好的——当然上帝不会介意我们都好好的——那不会妨碍他的——”

“冷静，冷静妈妈！冷静!”

但是亚当斯夫人把她抓得更紧了：“他是这样好的一个男人，亲爱的，他也许还没看到报纸——洛尔先生说那只是很小的一个版面——他也许没看到，亲爱的——”

亚当斯夫人的痛苦再次转向了沃尔特，对于他那变来变去的需求——她早就打算帮他缝补内衣，但是一直拖延着没有时间，她的疏忽如今似乎正好成为这悲哀的印证。她不能再被压抑了，自责让她筋疲力竭，于是她不再去想这些。在她丈夫异乎寻常的暴力下，在他失控的谩骂下，在他的粗鲁行径而低声的抱怨下，沃尔特婴孩时期漂亮的脸和他睡前祈祷的样子伴随着她极度疲惫的声音破碎开来。

夜晚是如此炎热，亚当斯夫人上床的时候，已经三点了，爱丽丝也回到了她自己的房间，她听到爸爸光着脚在地上来回走的声音。“可怜的爸爸!”她模仿着妈妈无助的口吻说，“可怜的爸爸！可怜的妈妈！可怜的沃尔特！可怜的我们!”

过了一会儿，她睡着了，而走廊仍旧传来爸爸光脚走来走去的声音。早上七点，她醒了，她听到亚当斯的脚步声经过她的房门。她穿上晨衣走到了走廊发现他正在下楼。

“爸爸!”

“小声点，”他红着眼睛看着她说，“别吵醒了你妈妈。”

“不会的，”她轻声说，“你怎么样？你整夜都没睡!”

“没有，我睡了一会儿，我现在得去上班了，我得给银行上交一些材料，别担心，我会处理好一切的，你快回床上去吧，拜拜。”

“等等!”爱丽丝突然严肃地命令道。

“怎么了?”

“你得去吃点儿早餐。”

“我已经吃了。”

“你等等!”她急切地说着，迅速消失了一下又马上回来解释道，“我穿着卧室拖鞋就可以做好早饭，但是我觉得我光着脚做不好!”

爱丽丝悄悄下楼，让爸爸坐在餐厅里，她端来烤面包、鸡蛋和咖啡。“吃吧!”她说，“我现在去打电话帮你叫出租车，如果你时间紧的话。”

“不用了，我步行过去——我想走着去。”

她担忧地摇着头说：“你看起来不太好，你已经走了一整晚了。”

“没有，”他回答说，“我跟你说过，我睡了一会儿的，而且我已经吃饱了。”

“但是，爸爸——”

“好了，”他突然放下的咖啡杯打断了爱丽丝的话，“好了，拉塞尔怎么样了？我都快忘了他了，他怎么样？”

她的嘴唇微微动了动，但是她很快克制住了。“他怎么了，爸爸？”她假装平静地问。

“是的，我们几乎不能——”亚当斯停了下来，深深地皱起了眉头说，“对于他对此事完全不知晓，我们几乎不必抱希望。”

“是的，我知道，他知道了爸爸。”

“是吗？”

“是什么？”她轻声问。

“你说，他应该不是一个小气的人吧，这件事不会改变他吧。”

“噢，当然，他并不小气，这件事不会对他有什么影响的。”

亚当斯深深地叹了一口气，然后躲开这个话题：“好的，无论如何，对此我很高兴。”

“改变的话，”她解释道，“在他知晓沃尔特的事前一切都不会改变的，他还不知道那些。”

“那么他知道些什么呢？”

“仅仅是关于我的一些事。”她说。

“你那是什么意思，爱丽丝？”他无助地问。

“别介意，”她说，“比起我们现在遇到的麻烦那根本就无关紧要——以后我会告诉你的。你快点吃鸡蛋和面包吧，仅仅喝一些咖啡是不够的。”

“我吃不下面包和鸡蛋了，真不行。”他反对地说。

“那等一会我帮你去拿点别的东西，然后再帮你去叫出租车。”

“不用了，”他急躁地说，“我真的不想吃了！我不想吃什么令人恶心的食物了。你听着，我也不想要什么令人恶心的出租车。你看好你妈妈等她醒来，我现在要去工作！”

尽管如此，爱丽丝还是跟着他去了前门，恳求着，但是阻拦他是不可能的。他迈着虚弱的步子走上了清晨的大街，手里摇晃着他的旧草帽，边走边生气地自言自语。他斑白的头发已经有一个月没有修剪过了，头发从他汗湿的额头上被温热的风吹了起来。他红红的眼睛努力地睁着，一眨也不眨。他一边的脸颊开始一阵阵的抽搐。孩子们都在逃避他或是在嘲笑他。

当他走到离他的工厂还有四分之一路程的时候，他已经恢复过来了。一个黑人妇女正靠在她白漆的门上一直盯着他走过，然后她开始咯咯地笑着，并看向她隔壁院子里那些爱嚼舌根的朋友。

“噢，天啊，那个奇怪的男人怎么了？”

“谁？他吗？”邻居回答道，“他现在在做什么？”

“和他奇怪的身体说话！”第一个女人兴奋地解释道，“那个奇怪的男人看起来有点魂不守舍！”

亚当斯的腿越来越不听使唤，他步履蹒跚的经过像被烘烤的泥地，却丝毫没有察觉，事实上，他并不知道这些。他的眼睛看到的比他的身体感觉到的还要少，因此他并没有看到那个古老的可能为他带来一丝光明的谚语。

世间多数的人并没有真正懂得它的意义，但是一些既不年轻也不漂亮的人却真正懂得这句话的深层含义：“不幸的雨。”它是沸腾的雨水，它选择降落的地点斑斑点点，完全异想天开、毫无规律。迄今为止在肉眼可以看见的范围里人们都希望去避开它，担心自己被淋到。毫无疑问，它现在淋到了亚当斯的家庭。

这个胶水厂的领班，站在砖墙门口，看着他的工人们反常的行为，轻轻抚摸着下巴上的胡子。

“好的，他们看起来并不是那么烦心，”亚当斯说着，振作了起来，“该来的总会来的，没有什么原因，你所能做的就是去思考解决的方法，很好地去解决它。”

亚当斯停了下来，头痛得像要裂开似的。“怎么了?”他艰难地说，“它是写在晨报上了吗?”

“不，它没在晨报上。我的天啊！它不需要写在任何一张报纸上，看看它的大小吧!”

“什么的大小?”

“为什么，上帝!”男人抗争道，“他甚至没有看它。看啊，看它多么辽阔!”

亚当斯顺着男人的手指的方向看过去，看到一个巨大的工厂牌子立在街上。字大到站在两个街区外也可以看得清。

十五天后这栋建筑将会被 J. A. 兰博胶水公司接手。

一辆银灰色观光车在当事人进入建筑前就已经停在了楼前，J. A. 兰博从上面走了下来。兰博瞥了一眼他投资项目的竞争者，看到了他的老部下，他快步走过街道和空地，他有许多话要告诉亚当斯。

“亚当斯，你的胶水生意怎样了?”他用沙哑而愉快的声音问道。

亚当斯发出含混不清的声音，左手里的草帽试图做出防护的手势，但是他做不到，他的胳膊无力地垂在身侧。这个领班觉得一些事应该被讲出来。

“我们的胶水事业，真见鬼！”他说着，“我猜我们在这里的胶水垄断不会太长久了，如果我们硬要和你在那儿的那个大家伙比的话。”

兰博咯咯地笑着说：“我的确是有这打算，你知道的维吉尔，我不会像打发一只宠物一样打发你的，那么现在呢，我能吗？现在看来，我让你那样离开也是毫无理由的，不是吗？”

亚当斯觉得仿佛有什么东西哽住了他的半个喉咙：“你，您愿不愿意到我的办公室小叙几句呢，兰博先生？”

“为什么不呢？我当然很乐意跟你聊聊，”老人说着跟着他的前员工进到了室内，接着又补充说，“我觉得我就像是回到了以前那个地方，维吉尔。”

亚当斯打开了粗糙的房门，只有从房间里的电话和办公桌才能勉强看出这是一间办公室。“请进吧。”他说。

兰博瞥了所谓的办公桌一眼，一个厨房用的椅子摆在它的前面，他又看了一眼电话以及用老旧的木板隔成的隔间，木板上面刷着过时的油漆，有些地方已经腐坏了，像是海上失事的货船。他大笑起来，问道：“这就是你的办公室？你打算在这里谈事情吗？不会吧，维吉尔。”

亚当斯的脸色因为受挫而变得扭曲：“从昨晚起你见过查理·洛尔吗，兰博先生？”

“没有，我没有见过他。”

“好吧，我让他告诉你的，”亚当斯开始说，“我告诉他我会付你——”

“付给我你希望去生产胶水的钱？你是这个意思吗，维吉尔？”

“不是的，”亚当斯说，“我的意思是付给你我儿子欠你的钱，我让查理告诉你，我告诉他，让他去告诉你我会付给你每一——”

“好的，好的!”老绅士暴躁地打断他，“但我什么也不知道。”

“我希望偿还你，”亚当斯吞了口口水，继续受伤地说，“我希望用我的胶水生意来偿还超出的债务。”

老绅士抬了抬他冷若冰霜的眉眼：“噢，出售胶水厂？你的意思是出售胶水厂来筹钱?”

那时，亚当斯明显激动起来了。

“为什么你觉得我希望你去偿还呢?”兰博说，“你觉得我会从我自己的老部下身上压榨钱吗?”

他拍着自己的胸脯和大腿说：“你觉得银行会借钱给一个肋骨和膝盖骨都受过伤的人吗？他们不会那么做的！你需要把商业前景展示出来，即使你没有财产或是安全保障。现在我有一个很好的预期打算，你要用那个标语来东山再起吗?为什么你不接着做胶水呢?用你的标志，你就不需要别的宣传。这就是你要做的，做起你自己的品牌！你需要——”

“让我告诉你一些事，亚当斯·维吉尔，”老人严厉地打断他，“在我们进一步谈生意前，我有一件很重要的事要告诉你。那就是，这个镇子上有一些人靠见不得人的手段赚钱，但是这种人并不是很多，也有很多骗子比你想象中还要夸张，是的先生，但是他们都没有进取心和坚持不懈的力量去成就他们自己。我知道你想的什么，你对自己说‘兰博是个伪善的家伙，我可以给他下这样的定义，不用’——”

“我没有!”亚当斯大声辩解，“你知道我有多痛苦我对自己说了什么！这就是我想告诉你的，也是我现在想告诉我自己的，我此时此刻的感受！”

他用手指用力地敲击着桌面，关节嘎嘣作响：“我仅仅想告诉你我的感受，没有别的意思，我不知道怎么想的，我很痛苦，兰博先生！”

“那你现在感觉好点了吗，维吉尔？”

“你赌定我会做的！你一步步把我带进了你的圈套，我不会对别人做这种事的，无论他对我做什么，我不会——”

“你在胡说些什么呀！我什么时候诱骗你了？”

“还不够清楚吗？”亚当斯哭喊道，“你甚至把我逼到没有地方可以借钱来还我儿子欠你的钱！难道你认为在看到你竖在街那里的牌子，还有傻瓜愿意把钱借给我吗？”

“我没有。”

“你没有，”亚当斯嘶哑地重复道，“而且，你知道我的房子被抵押出去了，我的——”

“我没有做，”兰博愤怒地打断亚当斯，“我管你的房子做什么？”

“你这么说是什么意思？”亚当斯哭喊着说，“你把我逼到没有地方可以借钱来还我儿子欠你公司的钱，所以我没有任何理由来阻止诉讼，我不能带他脱离罪恶，这都是你一步步干的！”

“你在说什么！”兰博喊道，“你控告我——”

“控告你？我控告你什么了？你认为我没长眼睛吗？”亚当斯又拍着桌子说，“为什么，你明知道那男孩很脆弱——”

“我没做！”

“听着，你带他到了那一步，在我离开以后，你欺骗他，你袖手旁观，看着他坠入深渊，好把他送入监狱！”

“你疯了吧！”老人大声咆哮，“直到事发那晚我都什么也不知道，你这个疯子!”

亚当斯呆呆地看着，他的头发盖在汗湿的前额和血红的眼睛上，他用手扶着桌子，身子摇摇欲坠，魂不守舍。

“也许是我疯了!”亚当斯叫道，破碎的声音颤抖着，“也许我是疯了，但是我不会在对一个人做了你对我做的那种事后，还去嘲笑他！你看着我，我一辈子都在为你工作，也许我做的对你来说没有半分钱的意义，但对我的家庭来说却意义非凡，看看现在你是怎么对我的！我告诉你，兰博先生，世上没有一个人能像我尊敬您那样，但我以后都不再尊敬你了！你现在觉得你很高兴，你轻而易举地摧毁了我的小厂子，但是你听好了!”他声音沙哑而激动，手颤抖着，“你听好了!你认为我坏了你的事，所以你报复我和我的家庭，如果去年有人对我这么说，我一定会骂他疯子，但是现在，你在我面前还不如一条狗!”

他的声音很疲惫，就像他的身体一样，在他说完最后一段话后，终于支持不住倒在了椅子里，用手抚着胸。

“我告诉你了，你疯了!”兰博再次说，“在这个世上——”话还没说完，他发现亚当斯不对劲，“喂，你怎么了?”他把手放在了亚当斯抽搐的肩膀上。

老人赶紧走出去叫人。

“来人！让我的司机开车来这儿，让他快一点儿!”

于是就发生了这一幕：兰博先生把他生命垂危、奄奄一息的老员工送回了家。

第二十四章

那天下午大约五点，老绅士又去了亚当斯的家。爱丽丝开了门以后，他点了点头，一言不发地走进了卧室，然后他站在那里眉头紧锁着，仿佛在思考什么复杂的问题。

“他现在怎么样了？”最终，他问道。

“医生刚刚在这儿，他说爸爸会好的，上帝保佑他。”

“和去年春天的病症一样吗？”

“是的。”

“真该死！”兰博暴躁地说着，“医生上次告诉我，这并不是很难缠的疾病，但是他又怎能这样不在意自己的身体，他再也经不起再一次的刺激了。只要他能好好调养身体，就能没事了。

“是这样的，但是他并没有那样做！”

兰博点点头：“他的胶水事业比他的健康重要多了。”他边抬高声音说着边坐到了房间里的椅子上。

“是的。”

“我就知道是这样。”他看着她眼里露出担忧的神色，“他醒来过吗?”

“是的，他说了几句，脑子是清楚的，他对我和妈妈还有佩里小姐说话。”爱丽丝苦笑着说，“我们很庆幸她回来了，但是爸爸不这么认为，当他意识到是她时，他说：‘噢，上帝啊，是你吗？不会吧！’”

“这是个好现象，如果他已经清醒了，他——他有没有说一些事——有关于我的?”

这个不合时宜的问题，让女孩的脸变得苍白，很快又涨红。“是，是的，他问了，事实上，有点麻烦关于——关于——”她不再说了。

“关于你哥哥的事?”

“是的，关于弥补——”

“现在这样，”兰博在她又一次停下时不快地说道，“听着姑娘，我们现在不要再谈论这个了，我想问你，你明白胶水行业吗？我希望你是了解的，你了解吗?”

“我也不是很确定，我仅知道——”

“我来告诉你，”他不耐烦地打断，“我会用两个词来告诉你关于它的一切。这是我的生产步骤，但是你的爸爸一直在用它，但是这其实没什么大不了的。”

“没什么?”爱丽丝盯着他，“我觉得你错了，兰博先生，难道爸爸改进了它，它不该属于他吗?”

他蓝色的眼眸中闪过怒火。“什么?”他问，“所以他就到处宣传？为什么？我一辈子也没听过如此——”他没有说完，但是他蓝色眼眸中闪出的怒火表达了全部。“好吧，我想也许这就是他的方法，无论如何，你支持你爸爸总是没有错的，如果你认为他有权利——”

“但是他确实做了!”她哭着说。

“但愿如此,”男人返回身来说,“我也希望如此,无论如何,这现在都是个问题,我想说的是——好吧,你爸爸有没有说过今早我和他说的话?”

“没有。”

“好吧,事实是,”他摇了摇头说,“你爸爸,嗯,他对我说了一些很过激的话,年轻的姑娘。那些并不是事实,但是他用来指责我,更糟糕的是他相信那是事实。我思来想去,还是想向你解释清楚,所以才来和你谈谈。”

“好的,兰博先生。”

“首先,”他说,“事实是这样的。希望你不会觉得我很无礼,你哥哥的事,我们谈过的,为什么在你父亲脑海中,事情会变得这么歪曲?如果我真的做了你父亲所说的那些事,我就该被拉出去枪毙!你知道那个男人在想些什么吗?”

“我也不是很清楚。”

他皱紧眉头问道:“好吧,那你怎么认为呢?”

“我不知道,”她说,“我不相信今天发生的一切。”

“好吧,好吧,”他回答道,“我希望不是,你看着我就像是你躺在自己的床上,年轻的姑娘。”

“噢,不是的。”

“我猜你的意思是‘噢,是的’。我不会打扰你很久的,但是一些事我们必须解决。我宁愿和你交谈而不愿去找你的母亲。你是个聪明善良的姑娘,我想你能理解我的,现在,听着。”

“我会的。”爱丽丝无力地笑着答道。

“我一直没注意到你的哥哥还在为我工作,”他认真地解释道，“我从没想过那事，我儿子取笑你父亲的方法——关于他谈论的胶水生意，就是说——有一天年少的艾伯特问我，我是否能让你哥哥留在这儿，我告诉他——好吧，我只是让他闭嘴。如果这个男孩想留在这儿，我没有任何责任去把他送走，不仅仅是他做了那些——报告显示他确实做了。好吧，对于突然发生的事，现在看来他待在那是因为他不得不待着，他不能离开，否则就会被发现他做的那些。在很长一段时间里，他一直在掩饰自己缺钱——对此，你知道你父亲是怎么指责我的吗？”

“不，兰博先生。”

“不，”她温和地说道，“我觉得你不会。”

“不！”他大声地说，“如果他还是他的话，他也不会这样想的，他很了解我。但是他一定有点对整个事情耿耿于怀——我是说在沃尔特事件之前，他一定是将它牢牢记在心里有一段时间了。他觉得我没有再想起他——而且我想你可能不知道我计划要去做的事——没有什么比被一个人怀疑做了各种各样的卑劣行径更糟糕的事情了。好吧，实际上他站了起来，当着我的面，控诉我那些事情，甚至他不能筹钱帮沃尔特解决问题，叫我们不要起诉。这就是你父亲现在着急上火的事情，年轻的女士——控诉我要了那样一个把戏！”

“对不起，”她说，“我知道你从来不——”

老人生气地拍了拍他健壮的膝盖。“哎，那个该死又愚蠢的维吉尔·亚当斯！”他叫道。

“他都没给我说话的机会。而且他让我快疯了，我都讲不了话了，无论我说了什么！他可能觉得我不会让他进入这行，把我挤出去——也是说，他可能觉得在生意上，我是不会让他走在我前面的——不会让我的儿子们每分每秒都嘲笑我的！

但是就像今早他跟我说的那样——好吧，他管不住自己了。完了！“现在，就等一分钟。”她似乎要说点什么。兰博却又插了句话：“第一，我们并不打算为难你哥哥。我相信从法律上来讲，好吧，商人是应该要保护自己。但是，在这件事中，是由家庭来补偿的，哎，我希望有时只是有点影响，然后大事化小。当然你哥哥必须要离开这里，就是这样。”

“但是你说——”她颤抖着。

“是的。我说了什么？”

“你说，‘让东西物归原主’。似乎这对于爸爸来说这么麻烦，因为——因为物归原主不可能——”

“哎，是的。可以的。那就是我要和你说的。”

“我不明白——”

“我打算告诉你了，不是吗？”他粗声地说道，“只要冷静一分钟就好了，求你了。”他从椅子上站起来，在房间里走来走去，接着在她面前停了下来，他咳着说道：“就像这样，今早我把你父亲送回家后，他在那儿告诉了我一件事——那使我如鲠在喉。胶水的争议对我来说不算什么，而那对于他和他的家庭来说却是是雪中送炭。好吧，他错了两件事。第一件，这么多年后，让他回到我身边对我来说意味着很多。我不需要说更多了，除了只是告诉你，那对我来说比你想象的意义还要深一些，可能。他错的另一个是，对于一个人来说，一件事意味着什么，一件事对一个商业事件来说又意味着多小的一件事。”

“我想不是的。兰博先生。”

“不，”他说，“不是的。那不是看待事情的正确方式。是的，你爸爸和我都知道那个秘方，他的东西正在我的脑子里。我想他发疯了似的对我的其中一个原因是因为——但是无论如何，我都情不自禁地想这事儿对他到底有多重要。我说这事的时候，如鲠在喉。我想让你把这事儿说给他听，我想要你去带他走正确的道路。如果他能够听，并且愿意听的话。你告诉他，我知道，他被形势所逼，告诉他我活了这么久，知道环境才是我们最大的敌人——你告诉他我说的是‘最好的我们’。告诉他，我没有一丁点儿要和他作对的意思——不会——而且告诉他，我来这儿是为了要他不要再和我过不去。”

“是的，兰博先生。”

“告诉他我所说的——”老人突然停止了。爱丽丝很吃惊，有些迟钝和疲倦，当她看见他的嘴唇开始抽动，眼睛一眨一眨时，他马上让自己恢复了过来，继续说道：“我想让他记住，‘别忘了我们的罪过，当我们忘记的时候，这些罪过就会指向我们自己’。如果他和我都相互背叛的话，哎，告诉他我觉得是时候该结束这种愚蠢的行径了！”

他又咳了几声，真诚地冲她笑笑，走到门边。接着，他又转回来，大声说道：“好了，如果我不是个愚蠢的老家伙！”

“那是什么？”她问道。

“哎，我忘了我们刚才讲的了！你父亲想解决沃尔特的事情。告诉他，我们很乐意接受。当然，我不指望他能够清理所有的事情，直到他能够再谈生意为止。”

爱丽丝茫然地盯着他，意识到更进一步的解释是很需要的。“就像这样，”他说道，“你懂的，如果你的父亲决定遵守承诺，我不会说什么，但是他可能会有段时间里会跟我们竞争，特别是他已经开始准备进入市场。那就是我正在打算我们可以用他的厂子——太小了，但是那是我们的利益，我们必须要用的——而且他已经拿到了那一大块田地。如果我们想要扩张的话，我们是可以弄到手的。好了，我更想让他尽可能地安静下来——所有人都听到这样的事可不好——但是我算出来了，他可以把那一点点东西全都卖给我，足够他装修这间房子了，而沃尔特的亏损也——那根本不值得一提。这样算起来的话，我可以给他总共大概九万三千美元——或者说九万三千五百美元——而如果他想接受的话。哎，我就会很快让一个信得过的人给你父亲送来合同，让他过目的。你告诉他，你会吧，问问他，愿不愿意接受这样的算法?”

“是的，”爱丽丝说道。现在是她的嘴唇开始抽搐，她的眼睛睁得很大，以便她可以看清楚，但是她的眼睛湿润了，只看到了一个老人模糊的轮廓，老人微微伸出手，爱丽丝感激地说：“我会告诉他的。谢谢你了。”

他匆忙地握握她的手。“好了，我们还是保持安静吧，”他站在门边，说道，“不是这个镇上的所有人都知道所有事情是怎么发生的！你爸爸要是准备去签合同的时候，你就告诉我一声——今晚到我家叫我，好吗？让我听听他是怎么感觉的?”

“我会的，”她说道，她含泪给了他一个容光焕发的微笑，“他会好起来的，兰博先生。我们都会的。”

第二十五章

秋天的一天早上，亚当斯夫人来到了爱丽丝的房间，她发现她正在对着镜子打扮着。而镜子里，她的表情与商业似的严肃盛装，搭配得和谐动人。“什么让你看上去这么痛苦，亲爱的?”母亲问道。“穿这种惨白，颜色又暗的裙子，你能有什么更好的感觉呢?”

“我没有生气，”女孩漫不经心地说道，“我觉得我只是在思考。跟时间没有什么关系。”

“什么时候?”

“我是说，对我来说——思考的时候?”

亚当斯夫人忽略了这个，若有所思地看着她。“我不懂你为什么不穿得鲜艳些，”她说道，“在你这种年龄，也正合适。无论如何，当你走在街上的时候，我相信你应该尽你所能看上去轻松而又愉快，充满了活力。你要给他们看，你已经得到了精神的力量!”

“你什么意思，妈妈？”

“我的意思是说，沃尔特跑掉了，打乱了你父亲的生意计划。那对你有帮助的，你可以向她们展示，你一样撑住了。”

“给谁看？”

“所有的那些女孩——”

“那不是我的风格！”爱丽丝立刻笑了起来，摇摇她的头，“我已经不在她们面前打扮了，而且如果她们看见我，她们不会思考你想让她们干什么。这很滑稽，但是我们不经常让人们思考，我们想让他们干的是什么，妈妈。你确实是这样的，而且就是这样的，你告诉你自己，‘现在，看着我做而且就是这样的’，人们将自然而然就那么想。但是她们不会，她们会想些别的——通常都是那些你不想让她们去思考的。我猜假装的唯一好处就是我们愚弄了别人，但实际上我们愚弄了自己。”

“呃，但那不是假装，你应该让她们看看你还撑得住，因为你就是这样的。你不想让米尔德瑞德·帕默尔觉得你很沮丧吧——好吧，你知道你不想让她觉得你抬不起头来了，是不是？”

“她不会知道我是不是那样了，妈妈。”爱丽丝咬了咬嘴唇，微微一笑说道，“无论如何，我想那样——不是在这个早晨，我不想。”

亚当斯夫人随便就岔开了话题。“你打算去镇里吗？”她问道。

“是的。”

“ 干什么去？”

“我就是想去看些东西。回来的时候我会跟你说的。你想让我给你带点什么吗？”

“不，我猜不是今天。我想让你去看看小地毯，但是我宁愿跟你一起去挑选。我们必须在你父亲的房间里放个毯子，我希望如此。”

“我很高兴你能这么想，妈妈。我不指望他会注意到那个，但是他的旧毯子——好吧，真的很旧了！”

“我不是为了他，”亚当斯夫人若有所思地解释道，“不是，他不介意那个。如果我们搞乱了他的东西，他很可能就会大发脾气。不，我是说——我们得把你父亲弄到沃尔特的房间里。他不会介意的，我不指望——那么多。”

“不，我想不会的，”爱丽丝很是悲伤，但很赞同，“不久前，我听见了门铃的声音。谁来了吗？”

“是的，就在我上楼前。洛尔夫人让一个年轻人给了我一个便条，而他真的是一个非常好看的年轻人，一个非常好看的年轻人，”亚当斯夫人重复着这句话，越来越快活，还意味深长地看着她女儿，“他就是威尔·迪克逊（Will Dickson）先生。他可是在一个燃气作坊里坐头把交椅的。洛尔夫人是这么说的，而且他完全可以供得起一座漂亮的房子。如果你和我都在这儿，然后把那对年轻的夫妇安置在我的房间里，这位迪克逊先生就安置在你父亲的房间里，这样我们就刚好可以解决所有的事。我想可能我也可以腾出个地方放桌子，以方便从外头来的人，我们全部可以服务的共十一个。你懂得，如果我必须一星期付这个厨师 12 美元——那简直对我们毫无益处，我猜——呃，多一个一定可以多点收入的。当然，有个非常令人担心的事情是，就是要看我们这边的情况了。你不觉得我们再难腾出个地方了，不是吗？”

“我想还是可以的。是的。”

亚当斯夫人开心起来：“我确定让那对新婚夫妇住进家

里，肯定是件令人开心的事，特别是这个威尔·迪克逊先生。他似乎非常绅士，急着要在一个好的环境下安顿下来。我很同意给他展示每个地方。他跟我解释了他的名字，似乎不是‘威廉’，而是‘威尔’。他的父母就是那么给他起的名字。真是稀奇。”亚当斯夫人停了下来，于是，她努力显得很随意的样子，好像对她女儿什么都没隐瞒。“真是相当奇怪，”她又说了一次，“但是那真是迷人又很不一样，你也这么觉得的吧？”

“可怜的妈妈！”爱丽丝满是怜爱地笑道，“可怜的妈妈！”

“他，虽然，”亚当斯夫人继续说道，“他真是个非常绅士的人，除非我是以貌取人了。让他住进来真是件美好的事。”

“毫无疑问，”爱丽丝打开房门，要走出去时说道，“我觉得我们应该不会介意让他们任意一个住进我们家里，就像我们想的那样。再见了。”

但是她的母亲抓住了她的臂膀，拖住了她：“爱丽丝，你讨厌那样，是不是！”

“不，”女孩快速地说道，“没有那样的事。”

亚当斯夫人马上变得难过了起来。她苦着脸，一副悲惨的样子，声音悲戚：“这件事非做不可！爱丽丝，你给了你父亲一个坏建议，当你支持他，从那个老恶棍手里接过那一点点令人痛苦的，九万三千五百美元的时候！如果你父亲有那种聪明的脑子出手的话，他们就不得不答应他提出的任何要求。如果他就有这样的野心，和一点点的男人的勇气——”

“嘘——”爱丽丝低声道，她的母亲抬高了声音，“嘘！他会听到的，妈妈。”

“他听到的还算少吗？”饱受苦难的女人问道，“如果他适时听进了我的话，我们还会不得已忍受这种食物，不是向上爬而是沉沦在这种生活中吗？你都错了。我不需要这么害怕——这就是那个老家伙要的，让我们害怕，不花什么东西就能买到我们的所有！如果你的父亲那时就听了我的，或者在他的人生中，他像半个男人的话——”

爱丽丝捂住了她母亲的嘴：“你别说了！他会听到的！”

但是另一扇门，亚当斯那关着的门后，他愤怒的声音传出：“哦，我听到了，好吧！”

“你看看，妈妈？”爱丽丝说道，此时，亚当斯夫人转了过去，流下泪。女儿叹了口气，接着走了出去，她去跟她父亲说话去了。

他正坐在桌旁的一张旧椅子上，后脑勺上垫着个枕头，但是他没有用戴那条针织的丝巾和穿那件亚当斯夫人给他做的外套。他穿着他妻子给他买的睡袍，抽着他的烟斗。“老掉牙的故事了，是不是？”爱丽丝走进来，他说道，“一样的，都是一样的老掉牙的故事！好吧，好吧！她走了吗？”

“是的，爸爸。”

“都把帽子戴上了，”他说道，“你这是要去哪儿？”

“我要去镇里跑一趟，自己有点事儿。你有什么想要的，爸爸？”

“是的，有的。”他冲她笑了笑，“我希望你能坐一会儿，跟我聊聊，如果你的事——”

“不，”她拉了把椅子靠近他坐了下来，“我只是去看看我给自己弄的，不着急。”

“你给自己做了哪些安排，亲爱的？”

“我之后会告诉你的——我找到了我自己的一些事情之后。”

“好吧，”他宠溺地说道，“继续保守秘密，继续保守你的秘密。”他停了下来，抽着烟斗，沉思着，摇摇头。“有趣有趣——你母亲看待事情的方式，等等，每件事都非常有趣，我想，如果你停下来想想看的话。比如，如果J.A.兰博没有把它放在心上，没有问到作坊的事，而让她说她喜欢的，但是我们恰好就在门外停了下来。而我最近在想一件事，爱丽丝。想想看他们做出来的是有多么可笑。”

“你怎么会想那些，爸爸!”

“好吧，我只是碰巧在其他人的生活里，一次又一次地见到的，而现在它就发生在我们的生活中。你觉得你要推开一堵墙，可你根本看不见任何出路或是希望。你觉得你走了，于是发生了你之前从未碰到过的事。也许你过去所做的，从没得到过回报，然而，你有点难为情，直接抵住墙，继续走下去——可能你不能走太远，但是你确实走了一点点。明白我的意思吗?”

“是的。我懂的，亲爱的。”

“是啊，我想你懂的，”他说道，“太糟糕了！在你这个年龄，你不该懂的。对我来说，似乎洛尔真的打算让年轻人有段愉快的时光，而作为老人就会有那么点麻烦。当和你一样的年轻人有了麻烦之后，总会有那么个大错误的。”

“哦，不!”她反对道。

但是他异想天开地坚持这个神圣的错误观点：“是的，那看上去有点意思。当然我们没法说。我们不是对所有事都那么肯定的——根本什么事都没有。虽然有时我用另一种方式看它。对我来说，有时好像主要有人来，因为他没有足够的意义知道——好像他的麻烦是一个男孩放学后被老师留校，批评了他，或者其他的什么。但是我的天，我的天哪！我们放松不了!”他哀伤地轻轻一笑：“不用去学怎么活着，直到我们死去，对我来说，看起来真是艰难!”

“听着，我不能这么想，爸爸。”她说道。

“想法? 不!”他回道，“我只是这么想想而已。”他又笑了，叹息道，接着，他没有看着她，继续说道：“拉塞尔先生——你母亲告诉我他不会再来这儿了——不是因为——”

“不，”她平静地说道，“他再也不会来了。”

“好吧，但是也许——”

“不，”她说道，“没有什么‘可能’。那天晚上，我跟他说了‘再见’了，爸爸。在他认识沃尔特之前——我跟你说过了。”

“好吧，好吧，”亚当斯说道，“年轻人有权力保留他们的隐私，我不想去打探。”他身边的桌子上摆着个茶托，他把烟斗翻过来，把烟渣倒在茶托上，然后把烟斗放在一旁，又回到原先的话题：“说到死——”

“好了，但是我们不会的!”爱丽丝说道。

“是的，一直都不知道怎么活着，直到你活完一生——而且可能还不知道呢!”面对自己的这种悲观，他轻轻地笑了起来，“我知道，我真的老了，因为我讲了这种话——我记得我祖母讲了很多跟我现在讲的一样的话。我还小的时候，我就常常听她说——她真的是个很悲观的人，我记得。好吧，无论如何，这倒是提醒了我。一旦可以的话，我就想走自己的路。我要四处看看，看看有什么可以去看看。”

爱丽丝轻轻地摇摇头：“但是，爸爸，他告诉过你的——”

亚当斯暴跳如雷，打断了她：“别理那个该死的医生的话！他说我好了，可以做些轻的活儿——如果我可以找到那种正好的活儿的话。既没有生理也没有心理上的负担。”接着，他语气缓和地说道：“好吧，我倒想找到那样的事做。但是，如果我仅仅能出去找找看的话，我会感觉更好的。”

“但是，爸爸，恐怕你是找不到，你会感觉失望的。”

“好吧，无论如何，我都想去到处找找看。”

爱丽丝轻抚着他的手，安慰道：“你要知足，爸爸。所有的事都会好起来的，你做什么都别担心。我们拥有自己的房子这是千真万确的——而且你关心妈妈和我，我们所有人的生活，现在轮到我们了。”

“不，先生！”他满是怨气地说道，“我不喜欢那个做法，我不想成为女房东的丈夫，就绕着这间寄宿旅馆似的房子转，那让我反胃。我知道，那些星期天早上，就为了他的妻子打算盘——有时还和一个吝啬鬼一起工作，看着抽屉，还看着炉子——老板还时不时给他一支雪茄。那可真是令人期待的好日子啊！不，先生。我不想以一个女房东的丈夫这个称呼来结束自己的一生！”

爱丽丝沉重地看着他，因为她知道这样的描述，很有可能出现。“但是，爸爸，”她安慰他，“总之，你就不能不把它想成一个‘结束’！你说可能我们直到死都学不会怎么活，但是也可能那是在我们死后——只是学了更多而已，我们就那么做，而在那之后还可能还要再次经历困难。”

“哦，可能吧，”他叹息道，“我希望是这样。”

“好吧，那，”她说道，“说‘结局’有什么用呢？我们确实保持向前看，好像他们已经完成了某些事，但当我们得到它的时候，他们没有完成任何事。他们只是连续的一部分。我告诉你——我看到，整个夏天我都在担心一些事，我跟自己说：‘好吧，如果那些事发生的话，我就完了！’但是事情不是这样的，爸爸。它确实发生了，而什么都没有结束。我还在继续，一样的只是——”她停了下来，红了脸。

“只是什么?”她问道。

“呃——”她的脸更红了，她跳了起来，站在父亲面前，抓住他的两只手，“呃，你不觉得，因为我们不得不去继续，我们至少应该去学些有意义的事，学着应该怎样去做?”

他敬佩地看着她。

“我在想，”他说着，声音颤抖着——“我想你是这世界上最聪明的女孩！我不会把你当作工具一样出售的!”

但是他这种荒唐的恐惧让她热泪盈眶，她迅速地吻了他一下，就去做她的事了。

自从那顿哭笑不得的晚宴过后，她就再也没见过拉塞尔，就连远远地看他一眼的机会也没有。很好奇，当她现在正在做的这件差事的时候，她应该遇到他。有一天她看见了他。拉塞尔在转角转了个身，朝她走了过来，他们面对面。拉塞尔那张引人注目的脸顿时红了，但是爱丽丝表现得很平静。他们互相注视着，接着爱丽丝欢快地笑了笑，向拉塞尔伸出了手。

“那个，拉塞尔先生!”

“我很——很高兴——能有这个机会，”他结结巴巴地笑道，“我只是想告诉你——只是进入了新的阶段——这商业生命——人的精力有限，总是鱼和熊掌不可兼得。我希望能有机会，你能再让我来，如果我可以的。”

“是的，当然可以!”她迅速地点点头，并用真挚的语气说道。

她呼吸变得急促起来，但是她知道他不会注意到那些的。面对这样的尴尬，她竟然轻而易举就化解掉了，她有些为自己感到骄傲。但是对她来说，比起为刚才的表现而骄傲，以如此单纯的勇气来面对这件事，更加令她感到心安。因为她发现，现在她内心深处所做的决定是最真实的。她都撑过去了！

她走着，但是越走越慢，因为现在烟草店离她不远——在它之外，那个厄运的大门，弗林克商学院。爱丽丝已经可以完全看出那些标志上面布满了满是污渍的镀金字母了，虽然它们以从容不迫的姿态书写命运，但是旧习俗依旧占了上风。

相对于她的命运，那些她很久以前读过的法国罗曼史中的女主角们，她曾为她们哭泣过，现在她还记忆犹新，此时一些古怪的对比冲进她的脑子。故事总是以女主角因为爱情受到死亡般的打击后，成为修女为结局。一瞬间，对于爱丽丝来说，最后的结局场面又一次变得生动起来。她又一次读着，又一次哭泣着，她似乎让自己身处于大教堂的巨大阴影之中。周围的空气中飘着熏香味，庄严肃穆的风琴，它那跃动的音符声隐隐可闻。她记起新教徒的神父跪在一个灰色的石头柱子旁，是怎样地颤抖着。忠诚不再的爱人是怎样地看着，是怎样在圣徒的神像后边发抖。新教徒走进圣坛，呜咽声，抗议声到处都是。一束光冲破玫瑰色的窗户，将她笼罩在一片琥珀色的光芒当中。那画面仅仅是一闪而过，一瞬间就不在了，爱丽丝告诉自己，罗曼史讲述的出家的方式，比她自己选择的要更美。那个变了心的爱人，在圣徒神像后，悔恨地发抖——如果他可以的话，他有时想要叫唤起来！这比起一个人在街上的角落默然离去还是默默反抗都要令人安慰得多。她的遗憾更加不愿离去了，但是她把它甩开了，她试着微笑，在她浪漫的回忆中——对它们所有微笑。她有重要的事要去思考。

她经过烟草店，弗林克商学院的木质楼梯前的黑暗入口处——她总是看着正对着的门，好像那是青春与希望的尽头。

多少次她经过那里，讨厌那楼梯的阴沉晦暗；多少次她想起这阴沉晦暗，就好像这躺着的东西，在等着擦去。任何一个女孩，都应该走上去，进入上面的阴沉晦暗！每次，她经过这里，她总是带着对自己不祥的想象：美丽的女孩变成了“听从命令”的老女人——老女人们类型不一，但是所有的看起来都有点像她自己。

好吧，最后她还是站在了这儿！她快速地打量着这条街，肩膀略带沉重，接着，她勇敢地进去了，她在胸前画了一个十字，然后开始爬上木质楼梯。途中，阴影沉重，但是之后开始变得明亮起来。她发现头顶上，有扇窗开着。楼梯的顶处，阳光明媚。